KB239474

테이도의 모험

TEIDO'S ADVENTURE

모험

정희재 퓨전 판타지 소설

FUSION FANTASTIC STORY

테이도의 모험 1

정희재 퓨전 판타지 소설

초판 1쇄 찍은 날 § 2007년 9월 1일
초판 1쇄 펴낸 날 § 2007년 9월 11일

지은이 § 정희재
펴낸이 § 서경석

편집장 § 문혜영
편집책임 § 김동화
편집 § 최하나 · 문정흠

펴낸곳 § 도서출판 청어람
등록번호 § 제1081-1-89호
등록일자 § 1999. 5. 31
어람번호 § 제1-0879호

주소 § 경기도 부천시 원미구 심곡1동 350-1 남성B/D 3F (우) 420-011
전화 § 032-656-4452팩스 § 032-656-4453
http://www.chungeoram.com
E-mail § eoram99@chollian.net

ⓒ 정희재, 2007

ISBN 978-89-251-0885-8 04810
ISBN 978-89-251-0884-1 (세트)

정희재 퓨전 판타지 소설

FUSION FANTASTIC STORY

TEIDO'S ADVENTURE

테이도의 모험

도서출판 청어람

Teido's Adventure

Contents

Prologue

열사(熱砂)의 사막.

그곳에 한 사내가 앉아 있다.

오랜 시간 움직이지 않은 듯 그의 어깨 위에는 하얀 먼지가
검은 빛깔의 장포와 묘한 조화를 이루며 수북이 내려앉아 있
다.

그 순간, 영원히 떠질 것 같지 않은 사내의 눈이 번쩍 떠졌
다.

"으하하하하……!"

통쾌하게 터져 나오는 웃음소리.

사내는 한참을 웃어대고는 자리에서 천천히 일어나 어느

한곳을 향해 걸어가기 시작했다.

그 순간!

사내의 걸음에 따라 그 뜨겁던 열기와 사막의 풍경이 바뀌기 시작했다.

갑자기 까마득한 높이의 절벽 위에 서 있는 모습이 되었다가도 또 어떤 때는 거친 풍랑이 일렁이는 바다에 빠질 듯 위태로웠다.

정말 이해하지 못할 일들이 벌어지고 있었다.

더구나 주위를 자세히 살펴보니 수많은 무림인들이 시체의 모습으로 바닷 속을 유영하고 있었다.

백골이 되어 아주 오래된 듯한 시신부터 죽은 지 그리 오래돼 보이지 않는 시신들까지.

그들의 주위엔 주인을 잃어 애처로워 보이는 병장기들만이 곁을 지키고 있었다.

하지만 사내는 주위의 풍경과는 상관없이 묵묵히 제 갈 길을 갈 뿐이었다. 걸음은 점차 빨라졌고, 어느 순간 사내는 몸을 날렸다.

휘리릭—!

신법을 펼치며 앞으로 나아가는 사내.

갑자기 사방에서 벼락이 치는 듯한 굉음이 들리며 무언가가 그를 향해 빠르게 쏟아졌다.

버— 번쩍!

쉬— 쉬쉭! 콰쾅—!

"하아앗!"

사내는 허공 속에서 몸의 움직임을 몇 번 바꾸었다.

거친 파도의 물살을 헤치며 나아간다는 금리도천파(金鯉倒穿波)의 신법.

콰콰콰— 쾅—!

쿠앙!

몇 번의 폭음이 더 터져 나갔다.

"으윽!"

날카로운 암기 하나가 그의 어깨를 스치고 지나갔다.

주위를 보니 시커먼 어둠 속에서 온갖 종류의 암기가 사내를 향해 쏟아지고 있었다. 그것은 마치 암천(暗天) 속에서 터져 나오는 눈부신 유성우(流星雨)와 같았다.

샤아아아아아아아—

사내는 이를 악물고는 자신이 펼칠 수 있는 최고의 신법인 공령섬(空靈閃)을 전력으로 펼쳤다.

스팟—

순간, 사내의 신형이 공간 속으로 사라지는 듯하더니 어느새 환상으로 여겨지던 주위의 풍경은 사라지고, 그의 앞에는 푸른빛이 맴도는 석문이 앞을 가로막고 있었다.

스르르르르르—

"훅훅훅……!"

사내는 문 앞에 내려서자마자 빠르게 호흡을 골랐다.

험난한 길을 뚫고 와서인지 그의 몰골은 말이 아니었다. 검은 장포의 이곳저곳이 날카로운 무언가에 잔뜩 찢겨 나가 있었다.

잠시 후, 사내는 거칠어진 호흡을 안정시키며 자신이 지나온 길을 바라보았다.

"휴우우, 정말 힘들었다. 까딱 잘못했으면 죽을 뻔했어."

사내는 고개를 살래살래 내저으며 이내 다시 푸른빛이 맴도는 석문을 향해 고개를 돌렸다.

"헤헤! 드디어 나, 무림 최고의 대도(大盜) 귀영섬투(鬼影閃偸)가 이곳까지 들어오게 되었구나!"

스스로를 귀영섬투라 밝힌 사내.

그의 해맑은 웃음 속엔 잔뜩 흥분된 기색이 역력했다.

정말 지난 열흘 동안 죽을 고생을 해가며 겨우겨우 여기까지 찾아들어 온 그였다.

스윽! 척ㅡ!

귀영섬투는 손을 들어 푸른빛의 석문에 가져다 댔다. 그러고는 알 수 없는 말과 함께 손에 힘을 주었다.

"자아, 무림의 전설이여! 이제 나에게 네 본모습을 보여다오!"

그그그그그그궁!

푸른빛의 석문이 서서히 열리기 시작했다.

　오랜 시간을 홀로 지내온 이곳이 드디어 귀영섬투에 의해 그 비밀을 드러내려 하고 있었다.

　휘스스스스—

　곧 푸른 석문 안쪽에서 희미한 빛이 새어 나왔다.

　그것은 점점 세기를 더하더니 순간 눈부신 빛이 되어 귀영섬투의 전신을 감싸왔다.

　화아아아아아악—!

CHAPTER 1
열대우림 지역

후텁지근하다.

축축한 습기를 가득 머금은 대지.

보이는 것이라고는 온통 나무가 바다를 이룬 숲뿐이었다.
활엽수가 숲을 이루고 있는 열대우림 지역.

한데 이상했다.

열대우림의 기후가 나무들이 자라기에 이상적인 것만은
틀림없다. 하지만 그렇다 하더라도 이곳의 나무는 너무도 컸
다.

비정상적일 정도로.

끽끼, 끼끼끼.

나무의 굵은 가지 위로 긴꼬리원숭이들이 한가로이 과일을 따 먹으며 놀고 있다. 그런 평화로워 보이는 순간도 잠시뿐.

원숭이 무리 사이에서 갑자기 소란이 일었다.

끼아악! 끅끅끅… 끅끅!

녀석들은 서로 발로 나무를 치며 온갖 요란법석을 떨더니 숲의 중심으로 달아났다. 덩치가 큰, 이들의 대장으로 보이는 원숭이가 뒤에서 계속 괴성을 질러댔다.

잠시 후,

숲이 흔들리더니 원숭이 무리를 위협하는 무언가가 다가오고 있었다.

크와와와왕……!

사각, 사각, 키리릭!

뭇짐승들의 오금을 저리게 하는 포효 소리였다. 그리고 곤충이 나뭇잎을 갉아먹을 때 나는 소리도 같이 들려온다.

뿌지지지직—!

쿵!

커다란 아름드리나무가 쉽게 부서져 나갔다.

크아아아아아앙!

나타난 것은 거대 몬스터였다. 아니, 괴물이라고 해야 했다.

삼 장—9미터—가까이 돼 보이는 키에 몸통은 갑옷을 두른

듯 비늘이 돋아나 있는 거대 파충류였다.

괴물은 이족보행인 듯 굵은 뒷다리로 서 있었다.

아무래도 고대에 존재했다는 공룡의 일종인 듯했다.

웃기는 건 생긴 것이 쥐를 닮았다는 것이다. 뾰족한 앞니와 붉은 눈을 가진…….

쿵! 우지직!

놈은 자신의 걸음을 방해하는 나무들을 그 거대한 몸통으로 부수며 앞으로 나아갔다. 무언가에 쫓기는 듯 계속해서 나아가는 쥐 머리 공룡.

자세히 보니 그 단단해 보이는 갑옷 같은 몸통의 이곳저곳이 무언가 날카로운 것에 베인 듯 피가 흘러내리고 있었다.

사각사각…….

기분 나쁜 소리가 지척에서 들려왔다.

쥐 머리 공룡은 재빨리 뒤로 돌아 공격 태세를 갖추었다.

키리리릭―!

나타난 것은 곤충이었다.

녹황색의 피부에 역삼각형의 머리를 가진 사마귀처럼 생긴 곤충 괴물.

키는 이 장이 조금 넘어 보였고, 여섯 개의 다리 중 뒤에 네 개는 걷는 데 사용하고, 나머지 두 앞다리는 들려 있었다. 그 앞다리는 공격용으로 쓰이는 듯 칠 척 길이의 날카로운 칼처럼 보였다.

크와와와아왕—!

쥐 머리 공룡은 뒷걸음질을 치면서도 투지를 잃지 않으려는듯 위협적인 소리를 냈다.

덩치 차이가 두 배 가까이 나는 데도 불구하고 앞의 사마귀 괴물을 두려워하는 듯했다. 도망을 치기도 쉽지 않은 게, 나무들이 빼곡히 자라 있어 재빨리 움직이기가 어려운 상황이었다.

쐐애애애액— 서걱—!

사마귀괴물은 칼날과 같은 앞다리로 앞을 가로막는 나무들을 베어 넘겼다.

후드드드, 쿵!

그 커다란 나무가 너무나 쉽게 잘려 나가며 쓰러졌다.

크르르르르르, 크와와왕—!

쥐 머리 공룡은 참지 못하고 먼저 공격을 가했다. 튼튼한 뒷다리의 힘으로 한 번의 도약에 사마귀괴물 앞에 다가갔다.

그러고는 날카로운 앞니로 상대의 조그마한 머리를 물기 위해 고개를 숙였다.

슈우우욱!

순간 사마귀괴물이 칼날 같은 앞발을 들어 막았다.

카캉—!

금속끼리 부딪치는 소리가 났다.

힘에서 밀리는지 사마귀괴물은 뒤로 몇 걸음 물러서더니

몸의 균형을 잃고는 곧바로 옆으로 넘어졌다.

크오오오오오!

쥐 머리 공룡은 기회라 여겼는지 다시 한 번 달려들며 공격을 가했다.

실수였다.

사마귀괴물의 붉은 눈은 넘어지는 순간에도 여전히 상대를 바라보고 있었다. 그러더니 일 장 높이로 점프를 해서 내려오는 쥐 머리 공룡의 목 부위로 사마귀괴물의 칼날 같은 앞발이 다가왔다.

서걱!

붉은 피가 비를 뿌렸다.

툭!

수풀 위로 떨어진 물체.

다행인 걸까! 아직 죽을 운명은 아닌지 쥐 머리 공룡의 목은 그대로 붙어 있었다. 다만 앞발 하나가 사라졌을 뿐.

크오오오오오─!

짧은 한 번의 포효. 고통의 울부짖음이었다. 그러나 계속 그렇게 있을 수는 없었다. 사마귀괴물이 넘어져 있는 지금이 아니면 도망칠 기회는 다시 오지 않을지도 몰랐다.

상대는 생긴 것과는 다르게 잘 달렸다.

쥐 머리 공룡은 곧바로 몸을 돌려 달아났다.

쿵쿵쿵─!

지축을 흔드는 빠른 걸음 소리.

콰지지직— 쿵!

쥐 머리 공룡은 눈앞의 방해가 되는 거목들을 부수며 그렇게 도망쳤다.

부스럭.

사마귀괴물은 일어서는 게 쉽지 않은지 몇 번을 버둥거리고서야 겨우 일어설 수 있었다. 그리곤 요사스럽게 느껴지는 눈을 들어 주위를 바라보았다.

녀석은 수풀 위에 떨어져 있는 쥐 머리 공룡의 앞발을 보고는 그것을 향해 다가갔다.

끼이이익—!

기분이 좋다는 건지 나쁘다는 건지 알 수 없는 비음을 흘린 뒤 바로 칼날 같은 앞발을 이용, 포크를 사용하듯이 꽂고는 입에 가져갔다.

뽀드득! 뽀드득!

뼈다귀 갉아먹는 소리를 내며 사마귀괴물은 쥐 머리 공룡이 사라진 방향을 바라보았다.

어차피 상대는 지쳤다. 많은 상처를 입어 멀리는 도망가지 못한다. 앞발을 모두 먹어치운 사마귀괴물은 천천히 나아갔다. 나머지를 모두 쪼개 먹으러.

사마귀괴물은 지능을 지닌 놈이었다.

Teido's
Adventure

                    *   *   *

　열대우림의 상공은 회색빛이었다.

　푸른빛이 아닌 회색빛이라는 게 신기하게 느껴진다.

　가끔 커다란 흰머리독수리가 하늘을 누비는 게 보였다. 놈은 아름다운 날개를 활짝 펴고는 하계의 뭇짐승들을 바라본다.

　흰머리독수리가 지나간 회색빛 공간.

　갑자기 그곳의 일부가 비틀렸다. 새벽의 뿌연 안개처럼 흔들거리는 이상한 광경.

　지이이이잉!

　순간, 회색빛 공간이 열리며 검은 물체가 튀어나왔다.

　"으아악! 뭐야, 이거?"

　검은 물체는 스스로를 무림대도라 밝힌 귀영섬투였다.

　그는 공간에서 튀어나옴과 동시에 발에 걸리는 것이 아무것도 없자 당황스러워했다.

　휘리리릭!

　재빨리 몸을 비틀어 공중제비를 돌며 허공에 멈추어 섰다.

　어떠한 물체의 도움도 없이 허공에 그냥 멈추어 설 수 있다는 것은 무림 최고수들이나 펼칠 수 있다는 허공답보(虛空踏步)보다도 더욱 어려운 일이었다.

　귀영섬투는 허공에 멈추어 서자마자 자신이 튀어나온 공

간을 바라보았다. 흔들거리는 공간이 다시 닫히려는 그 순간, 하나의 물체가 튀어나왔다.

슈우우우욱—!

마지막 순간 그가 의념으로 끌어들인 커다란 철궤였다.

빠른 속도로 떨어지는 철궤를 가볍게 받아 든 귀영섬투는 주위를 둘러보았다.

온통 초록빛 물감으로 칠해진 바다를 보는 기분이다.

뒤를 돌아봐도 마찬가지였다. 한 가지 다른 점은 저 멀리로 부끄러움에 벌벌 떠는 벌거숭이 산이 보인다는 사실이다.

다른 산과는 다르게 홀로 입고 있던 모든 옷을 던져 버린, 그런 바위산이었다.

자세히 보니 그 앞에는 보통 사람은 너무 멀어 볼 수 없는 자그마한 시냇물이 흐르고 있다.

"씨불! 여기는 도대체 어디야?"

귀영섬투는 철궤를 들고 허공에 가만히 서 있는 게 힘이 드는지 계단을 걷듯 천천히 밑으로 내려갔다.

사뿐히 내려선 그는 주위를 다시 한 번 둘러보았다.

생소한 장소다.

스윽.

답답한 듯 쓰고 있던 복면을 벗어버렸다.

생각보다 젊은 외모.

이십대 중반 정도로 보이는 나이.

오른쪽 뺨에는 잘못됐으면 바로 저승 문턱에 다다랐을 상처가 나 있다. 짐승의 발톱에 긁힌 듯 세 줄기의 고랑이.

원래는 지극히 평범해 보일 얼굴이었다. 오관이 뚜렷하지 않은, 노상 흔히 볼 수 있는 얼굴.

그런 얼굴에 세 줄기의 상처는 그를 달리 보이게 했다. 스쳐 지나가면 바로 잊을 얼굴이 사람들에게 강한 인상으로 남게 만든 것이다.

"제기랄! 불회곡(不回谷)에 놓고 온 게 수두룩한데……."

안타까운 탄식을 흘리는 귀영섬투.

한데 이 무슨 말도 안 되는 소리란 말인가?

그의 입에서 지금 불회곡이 언급되고 있다.

불회곡은 그의 입에서 함부로 다루어질 만큼 손쉬운 장소가 아니었다. 지금까지 얼마나 많은 무림인들이 그곳을 들어가 보려고 노력했던가.

무림에서 협명을 떨치는 정파의 최고수들부터 무시무시한 악명을 날리는 사파의 대마두들까지…….

모두 실패했다.

그곳에 한 발이라도 걸친 자치고 살아서 돌아온 자는 아무도 없었다.

지금으로부터 칠십여 년 전 즈음에 생겨난 불회곡의 전설.

불회곡에 들어서면 천하제일의 부와 최상승의 무림 절기를 무수히 얻을 수 있다는 그 전설.

그곳은 무림제일의 금역(禁域)이었다.

누구도 들어갈 수 없는.

"으드득! 지난 열흘 동안 죽을 고생을 해가며 겨우겨우 그 윤회자연혼진을 돌파했건만……."

다시 한 번 안타까운 탄식과 함께 이를 가는 귀영섬투.

그에게서 또 하나의 생소한 단어가 튀어나왔다.

윤회자연혼진(輪回自然混陣).

진법의 대가라고 불리는 극소수의 사람만이 알고 있는 죽음의 절진이었다.

그들 역시 진법의 이름만 알고 있을 뿐, 본 적조차 없는.

그것은 모산파의 숨은 비기(秘技)였다.

현재는 그들도 일부가 유실되어 전혀 사용할 수 없는 그런 절대의 진법.

그가 지난 열흘 동안 갇혀 지내며 끙끙 앓던 그 사막의 풍경은 모두 윤회자연혼진으로 인한 현상이었다.

그렇다면 모산파의 비기라는 그 절대의 진법이 어떻게 해서 그곳 불회곡에 펼쳐져 있었던 것일까?

사실 불회곡은 전대 황실의 비고(秘庫)였다.

그것도 좀 더 특별하고 귀한 것들만 모아놓는다는 별고.

세상의 권력은 윤회자연혼진을 원했다.

그것으로 된 것이다.

모산파의 윤회자연혼진은 고개를 조아리며 불회곡의 입구

에 자신의 힘을 내보였고, 따라서 그 많은 무림 고수들이 왜 그렇게 하나같이 살아서 돌아오지 못했는지도 알 수 있는 일이었다.

그가 윤회자연혼진에서 보았던 수많은 무림인의 시체.

그것은 진법으로 인한 환상이 아닌 실제의 모습이었던 것이다.

척!

귀영섬투는 들고 있던 철궤를 내려놓았다. 그러고는 땅바닥의 흙을 한 줌 쥐어 만져 보곤 바로 냄새를 맡았다.

"후— 읍!"

잠깐 냄새를 맡아본 흙을 버리고 이번엔 두 팔을 벌려 눈을 감고는 이곳의 기운을 느껴보았다. 또한 옆에 있는 거대한 나무를 만져 보기도 했다.

자신이 살던 동네는 절대 아니었다.

"이거 아무래도 내가 남만(南蠻) 지역으로 이동되어 온 것 같은데……."

그는 한 손으로 뒤통수를 매만지며 고개를 갸웃거렸다.

"아무튼 대단하군. 밀교의 술법진이 이런 엄청난 일을 해내다니……. 신선이나 할 수 있을 것 같은 공간 이동진이라……. 햐아! 언제 한번 천축으로 일하러 가야겠구나. 아직까지도 이런 술법진을 지닌 밀교의 무리가 있을지는 모르지만 말이야."

귀영섬투는 자신의 옆에 내려둔 커다란 철궤를 바라보았다.

무고(無庫)!

이 철궤는 그가 황실 별고의 여러 석실 중 하나인 무고에서 가지고 나온 것이다.

그곳엔 서고를 비롯해 약고(藥庫), 무기고(武器庫), 보고(寶庫), 무고(無庫) 등 여러 개의 석실이 만들어져 있었다.

서고에서 책을 읽던 중 무고에 대한 호기심이 생긴 그였다.

아무것도 없다는 석실을 그럼 도대체 왜 만들었을까 하는 생각에 귀영섬투는 재빨리 무고라 쓰인 그곳으로 가보았다.

그때, 무고 안으로 들어선 그는 뜻밖의 광경을 보았다.

그곳엔 도사 복장의 사내와 무림인, 그리고 전대 황실의 관리로 보이는 세 구의 시체가 놓여 있었다.

지금 귀영섬투가 바라보고 있는 이 커다란 철궤는 그 세 구의 시체 사이에 있었는데, 아무래도 놈들은 이 철궤를 서로 차지하려다 양패구상을 당한 듯이 보였다.

당연히 귀영섬투는 이것이 엄청난 보물이라는 생각에 철궤를 만져 보았고, 그 순간 자신으로서도 조금은 생소한 천축의 밀교에서 파생되었다는 술법진에 걸려들게 되었다.

그곳 불회곡의 전설을 만들어낸 자들은 마지막까지 자신과 같은 투법(偸法)을 익힌 자들을 대비해 최후의 방비를 해놓은 것이다.

툭툭.

귀영섬투는 자신이 만지고 있는 나무의 몸통 둘레를 보고 는 고개를 들어 올렸다.

십 장은 충분히 되어 보이는 높이. 옆의 나무는 그보다 더 높다.

"흐으음! 그런데 나무가 너무 크잖아."

양손을 허리에 얹고는 나무 꼭대기를 바라보며 이상하다 생각하는 귀영섬투였다.

"에잇! 모르겠다. 내가 한 번도 가본 적이 없는 남만의 나 무에 대해 고민할 필요는 없지. 일단은 이 지역 주민들을 만 나서 중원으로 빨리 돌아가야겠다."

옆에 놓아둔 철궤를 바로 어깨 위에 걸쳐 멘 그는 아까 봐 두었던 바위산으로 이동을 결심했다.

바위산까지의 거리가 결코 가깝지는 않았지만 신법을 펼 쳐 달린다면 금세 도착할 수도 있을 터였다. 하지만 이런 후 텁지근한 날씨의 남만은 처음이라 주위를 구경하며 천천히 걸었다.

잠시 후,

귀영섬투의 고개가 갸웃거려졌다.

"이게 뭐지?"

그가 걸음을 멈춘 이곳.

사방 삼십여 장의 공간이 폐허가 되어 있었다. 이곳만 마치 태풍의 영향을 받은 모습이다.

높다란 나무는 군데군데 부서져 있고 길게 자라 있던 잡초는 온통 헤집어져 있다.

그리고 한쪽에는 핏물이 뿌려져 있다.

귀영섬투는 우선 수풀 바닥을 살펴보았다. 도저히 이해할 수 없는 거대한 발자국이다. 족히 육 척―180㎝―은 넘어 보이는 길이. 발가락 수는 네 개였다.

그 옆에는 삼 척이 넘어 보이는 통나무에 짓눌린 것 같은 자국이 나 있다. 이것도 어떤 생물체의 발자국처럼 보였다.

일정한 보폭을 보면 그런 것 같은데 발가락이 안 보여 확신을 못했다.

"으음, 이거 누가 장난을 친 걸까? 당췌 모르겠네."

고개를 들어 아름드리나무를 쳐다보았다.

이 장 높이 위로 그 커다란 나무둥치가 부서져 있다. 곳곳에 그러한 나무들이 즐비했다.

휘이익―!

몸을 띄워 날아올랐다. 그러고는 부서져 있는 부분을 손으로 매만져 보았다.

"으응! 진짜네. 정말 커다란 놈이 부딪친 자국이잖아. 핏자국도 나 있고. 이거… 에, 이걸 정말로 믿어야 하나?"

옆으로 몸을 이동해 다른 것들도 살펴보았다.

똑같았다.

발자국의 크기와 부서져 있는 나무의 높이를 보니 대충 놈의 크기가 그려진다.

이번엔 잘려져 있는 나무를 찾아 만져 보았다. 성인 세 사람 정도가 팔을 맞잡아야 할 정도의 커다란 나무.

정말 깨끗이 잘려 있다.

"이 정도 두께의 나무를 완전히 잘라내려면 검기를 써야 하는데… 이건 표면이 거친 것으로 보아 그냥 날카로운 금속 무기에 잘린 거야."

귀영섬투는 다시 한 번 바닥을 살펴보았다.

잘려 있는 나무 앞에 나 있는 자국.

"그래, 이건 저 통나무에 발자국을 남긴 놈이 한 짓이야. 으음! 놈은 네 개의 발로 걸어다니는구나. 그리고 앞발에는 두 개의 칼과 같은 거대 무기를 지닌 놈이군. 그 무기는 적어도 육 척은 넘는 길이이고."

그는 더 볼 것도 없다는 듯 바닥으로 내려섰다.

"정말 믿기 힘든 일이야. 흐음! 아무리 여기가 중원에서 멀리 떨어진 남만 지역이라 해도 이런 괴물들이 산다는 애기는 들어보지 못했는데… 한번 우연히 본 적이 있는 코가 기다란 짐승도 이 정도 크기는 아니었단 말이야. 듣기로는 그 짐승이 세상에서 제일 커다란 놈이라 했는데……."

주변을 걸었다.

두 마리의 괴물이 움직인 동선을 파악하기 위해서였다.

"호오, 이것 봐라? 덩치 커다란 놈이 쫓기고 있는 거네? 이 핏자국은 그놈 거구. 흐음! 힘만 있지 칼날괴물처럼 별다른 무기는 없는 건가?"

여러 가지 상황들을 떠올려 보던 귀영섬투는 괴물들이 사라진 방향을 쳐다보았다.

"궁금한데… 쫓아가 볼까?"

어떻게 할까 고민하다 이내 고개를 가로저었다.

"아니다. 일단 여기를 벗어나자. 아까 봐두었던 바위산 밑의 물줄기를 따라가다 보면 이곳 사람들을 만나겠지. 그들을 만나는 게 우선이야. 헤헤, 이거 아주 재미난 일들이 많겠어."

귀영섬투는 속도를 좀 더 올려 걸었다.

휘이익—!

"룰루~ 랄라!"

등 뒤에 메고 있는 커다란 봇짐을 생각하니 저절로 흥이 났다.

그럴 수밖에 없었다.

봇짐 속에 든 것은 그가 황실 별고의 여러 석실 중에서도 가장 먼저 찾아들어 간 약고(藥庫)에서 가져온 보물들로 가득했으니 말이다.

*　　　　*　　　　*

Teido's
Adventure

“랄라라~ 라라.”

귀영섬투는 신법을 펼친 지 반 각—7, 8분—도 안 되어 바위산 밑에 도착했다. 입가엔 휘파람을 매달고 옆에는 굽이굽이 흐르는 시냇물을 벗 삼아 걸었다.

가볍게 산책하듯이 걷는 걸음.

스르르르르—!

하지만 그 속도는 평범한 사람이 전력 질주를 해야만 얻을 수 있는 빠르기였다.

구름이 흘러가는 모습에서 착안했다는 무림의 유명한 신법인 유운신법이었다. 아니, 그 비슷한 신법이라 해야 옳았다.

“훙훙, 이 물줄기를 따라 걷다 보면 사람들을 만날 수 있겠지. 우선 중원으로 돌아가는 길을 묻고…….”

신나게 걷다 갑자기 멈추어 서는 귀영섬투였다. 그러고는 이제야 생각났다는 듯이 고민의 말이 흘러나온다.

“근데 이곳 사람들이 중원의 말을 할 수 있으려나 모르겠네. 생김새도 조금 다르고 나라가 다른데……. 에이, 당연히 안 통하겠구나. 빌어먹을!”

신경질적인 고민도 잠깐.

곧 귀영섬투는 다시 유쾌한 말소리와 함께 걸었다.

“뭐, 한두 놈은 중원의 말을 쓸 수 있는 자가 있겠지. 아무

리 멀리 떨어져 있더라도 서로 붙어 있는데 한 놈도 모른다는
것은 말이 안 되지. 명나라가 그래도 대국이니 그쪽 말을 배
워둬야 여러모로 쓸모가 있을 테니 말이야. 정 안 되면 다른
방법도 있고.”
 뭐든 긍정적으로 생각하는 그였다.

 뾰로롱! 짹짹짹!
 새들의 지저귐은 사람의 마음을 편안하게 해준다.
 하루 종일 쌓인 심신의 피로감을 풀어주는 자연의 소리.
 특이한 것은 이런 자연의 소리가 시냇물 건너의 바위산에
서는 전혀 들리지 않는다는 것이었다.
 마치 그곳만이 자연에게서 버림받은 외톨이처럼 보였다.
 귀영섬투도 이런 사실을 깨달은 것일까.
 그는 유쾌한 걸음을 멈추고는 바위산을 쳐다보며 고개를
갸웃거렸다.
 “으음!”
 나중에는 코끝을 찡긋거리며 바위산을 노려보았다.
 “거참, 희한하네. 왜 저곳만 기(氣)의 흐름이 불규칙하지?
기가 많이 메말랐네. 바위산이 스스로 살아 있어 주위의 기를
빨아먹는 것 같잖아.”
 호기심이 일었다.
 “헤헤헤, 웃긴다. 바위산이 흡성대법을 펼치다니. 갈 길이

Teido's Adventure

바쁘긴 하지만 우선 구경 좀 해봐야겠다.”

귀영섬투는 시냇물을 가볍게 건너뛰고 바로 바위산 초입으로 몸을 날렸다.

몇 걸음 만에 도착한 그는 우선 전체적인 바위산의 모습을 눈에 익혔다. 그러고는 여기저기를 자세히 살펴보았다.

정말 풀 한 포기 자라지 않은 곳이다.

환경이 이렇다 보니 개미 새끼 한 마리도 보이지 않는 건 당연한 일이었다.

저절로 이런 현상이 일어날 수는 없었다. 인위적인 무언가가 이렇게 만든 것이 틀림없었다.

“기를 빨아들이는 어떤 장소가 틀림없이 있을 텐데, 잘 모르겠군. 이 넓은 바위산을 전부 뒤질 수도 없고.”

귀영섬투는 이대론 안 되겠는지 아예 자리에 누워버렸다. 바로 와공(臥功)을 익힐 때 사용하는 그런 자세였다.

“에잇! 이렇게 해서도 안 되면 다음에 시간 날 때 다시 와야겠다.”

두 손을 배꼽 밑에 가지런히 놓아두고 눈을 감은 채 수만 가지 마음의 갈래를 거르고 걸러서 오직 일념만이 남게 했다. 그러자 그 하나의 마음이 자연의 기운을 받아들여 조화를 이룬다는 편안한 상태가 되었다.

일각—15분—의 시간이 흘렀을까.

‘찾았다!’

고요한 하나의 마음이 마침내 자연기의 흐름을 포착했다.

자신이 누워 있는 곳에서 앞쪽으로 이백 장 부근.

바위산 중턱쯤에서 자연기가 모여들고 있었다. 그 흐름이 너무나 자연스럽고 미약하게 움직여 귀영섬투가 아니라면 그 누구도 찾아낼 수 없을 듯했다.

마음이 흔들림과 동시에 그는 자리에서 일어났다.

툭툭!

옷에 묻은 먼지를 털어내고는 자신이 느낀 곳으로 시선을 돌렸다.

그러고는 의미심장한 미소를 지었다.

"좋았어! 한번 가보자."

신법을 펼쳤다.

귀영섬투는 이백 장 거리를 단숨에 달려가서는 바로 철궤를 내려놓았다. 그러고 나서 산 중턱을 한 번 쳐다보고는 바로 몸을 숏구쳤다.

일직선으로 거의 사십 장—120미터—높이를 날아올랐다. 무림의 최상승 신법인 어기충소(御氣沖消)였다.

그가 도달한 산 중턱은 깎아내린 듯한 험한 기암절벽으로 이루어져 있었다. 날짐승이 아니라면 도저히 올라올 수 없는 곳이었다. 귀영섬투는 허공에서 잠시 멈추어 서서는 주위를 살펴보았다.

'저기다!'

그의 신형에 변화가 일었다.

휘이익—!

그가 내려선 곳은 사람 네다섯 명 정도가 앉을 수 있을 만한 좁은 지반이었다. 밑으로는 험준한 절벽이라 심장 약한 사람은 다가설 엄두도 내지 못할 것이다.

앞에는 칠팔 장 높이로 절벽이 살짝 파여져 있었다.

거대한 동혈처럼 보인다. 안쪽으로 일 장 정도로 파여 있어 어찌 보면 동혈이라 착각할 수도 있을 듯했다.

귀영섬투는 입구처럼 보이는 그곳으로 다가갔다.

가까이 다가가 살펴보니 확실히 여기가 기를 흡수하는 곳이라는 걸 알 수 있었다.

그는 손을 뻗어보았다.

퉁!

"아얏!"

벽에 닿지도 않았는데 손이 튕겨졌다.

반탄지력(反彈之力)이었다.

평범한 사람이 손을 대 만졌으면 전신이 터져 버릴 정도의 대단한 위력이었다.

"어라, 이거 좀 아프네? 보이지 않는 어떤 막이 펼쳐져 있구나. 어떤 원리지?"

귀영섬투는 잠시 입구를 바라보며 어찌할까 고민하다가

곧 심호흡과 함께 다시 한 번 손을 들어 올렸다.

"후으읍."

휘류류류류류류.

순간 그의 몸에서부터 갑자기 흰 기류가 피어올랐다. 몸에서부터 시작된 그 기류는 어깨를 거쳐 곧 그의 손으로 모여들었다.

그는 천천히 손을 밀어 넣어보았다.

스스스스스스슷.

아까와는 다르게 부드럽게 입구를 통과한다.

'헤헤헤, 되는구나.'

그 순간,

파직! 파지지직—!

'윽! 이런 써그럴! 갑자기 왜 이러는 거야?

입구에 쳐져 있는 막의 기운이 거친 반응을 보였다. 손목까지는 별 탈 없이 들여보내 주던 녀석이 그 이상은 아니라는 듯 갑자기 요동을 치는 것이다.

할 수 없이 내밀었던 손을 거두어들였다. 잘못하면 그의 팔이 터져 나갈 수가 있었기에.

"에이, 뭐가 문제인 거야!"

귀영섬투는 신경질적인 반응을 보이며 방금 들이민 손이 저린 듯 다른 멀쩡한 손으로 만지작거렸다. 잠시 그러고 있다가 다시 또 입구를 바라보았다.

“어디, 이번엔……”

방금 전에 혼이 났으면서도 또다시 무언가를 시도해 보려는 귀영섬투.

이번에는 손바닥을 좀 더 뒤에 놓고 전체적인 흐름을 느껴보았다. 손바닥을 조금씩 움직이며 이 보이지 않는 막의 원리를 파악해 보려는 것이었다.

몸을 띄워 키가 닿지 않는 곳까지 모조리 살폈다.

한참의 시간이 흘렀다.

“휴유우! 제길, 이건 내가 알고 있는 진법과는 조금 다르구나. 전체적인 기운은 내가 함정에 빠졌던 밀교의 술법진과 상당히 유사해. 하지만 그것과도 조금 다르단 말이야? 그렇다고 전혀 새로운 형태의 진은 아닌 것 같고……. 이건 깨부수고 들어가기가 상당히 힘들겠는데?”

귀영섬투는 미간을 잔뜩 찌푸리고는 바닥에 앉아 팔짱을 낀 채 고민하기 시작했다. 이렇게 무언가 있어 보이는 곳은 절대 지나치지 못하는 그였다.

“하아! 참나, 이런 특이한 형태의 진, 아니, 결계라고 말할 수 있는 이런 게 오지의 남만 땅에 있다니, 도저히 믿을 수가 없구나. 분명 이런 난해한 결계가 펼쳐져 있는 걸로 봐서는 안에 엄청난 보물이 숨겨져 있을 텐데.”

그는 한쪽 눈을 힐끔 뜨고는 결계를 바라보았다.

“……”

순간, 그의 눈빛에 강한 결심이 어렸다.

"불가능하지는 않아. 다만 시간이 오래 걸릴 뿐. 우선 나가서 준비를 해 다시 오자."

귀영섬투는 자리에서 벌떡 일어났다.

"밑에 있는 철궤를 여기다 두고 가야겠어. 어차피 다시 돌아올 테니 말이야."

그가 둘러보니 여기는 날아다니는 새가 아닌 이상 누구도 올라오지 못할, 그런 험한 절벽이었다. 설사 날아다니는 새 중 어떤 미친 녀석이 있어 이 철궤를 낚아채 가려 해도 소용없을 것이다.

철궤는 생각보다 상당히 무거웠다.

족히 70관—260㎏—은 나가지 않을까 생각되었다.

저벅저벅.

귀영섬투는 절벽의 끝으로 다가가 다시 한 번 결계의 입구를 쳐다보았다.

'기다려라! 나 귀영섬투, 다시 돌아온다!'

휘이익—!

CHAPTER 2
뭔가 이상하다!

"이보게, 대주! 알레인은 아직 보이지 않나?"

대머리에 갈색 로브를 입고 있는 육십대의 노인이다.

노인은 1미터 50 정도의 조그만 키를 지녔는데, 얼굴엔 근심이 가득했다.

"늦어도 어제는 돌아왔어야 하는데 너무 늦는군. 아무 일 없어야 할 텐데 걱정이야."

"촌장님, 너무 걱정하지 마십시오. 아직 보이지는 않지만 알레인은 문제없을 것입니다. 괴물들에게 들켰다 하더라도 그가 마음먹고 도망치려 한다면 그 누구도, 심지어 저라고 해도 잡을 수 없으니까요."

나무로 지어진 누각 위.

10미터 높이의 그곳에서 굵은 중저음의 목소리가 들려왔다.

오십대 초반의 건장한 체격에 짧은 금발머리.

가슴엔 싸구려 레더 아머를 걸치고 있고, 허리엔 바스타드 소드를 차고 있다.

그는 지금 누각 위에서 사방을 경계하고 있었다.

"그런데 촌장님, 황금 두꺼비의 독은 좀 더 어떻게 안 되겠습니까? 블로우 파이프—파이프에 독침을 넣어 사용—와 활은 충분히 구비되어 있는데 거기에 바를 독이 충분치가 않습니다."

"흐음! 그건 좀 기다려야겠네. 황금 두꺼비의 서식처는 알아냈는데 거리가 거리인지라……. 일단 오늘 밤 위기를 넘기고 나면 그때 구하러 떠나야겠어."

누각 위의 사내도 충분히 알고 있는 일이었다.

그러나 오늘 밤은 붉은 달이 뜨는 날.

석 달에 한 번씩 일어나는 살육의 밤이었다.

이때는 괴물들의 아드레날린이 과도하게 분비되어 미쳐 날뛰는 밤이다.

인간에게 있어서는 가히 공포스러운 날이라 할 수 있었다.

물론 평상시에도 위협적인 놈들이지만 붉은 달이 뜨는 날에는 직접 인간의 마을을 찾아서 습격하기 때문에 더더욱 무서웠다.

"예, 저도 그냥 답답해서 한번 해본 소리입니다. 이곳으로 모두가 이주해 와 처음으로 맞는 밤이니 답답해서 말입니다. 저도 오늘의 위기를 무사히 보내면 경비대 조원 몇 명과 함께 잠시 팬트린 시에 다녀올까 합니다."

촌장은 의문이 든다는 표정으로 누각 위에 있는 토이타를 바라보며 물었다.

"필요한 물자는 저번에 모두 가져오지 않았는가! 그새 떨어진 게 있는가?"

"아닙니다. 다른 물자는 아직 많이 남아 있습니다. 다만 이번에 팬트린 시에 가서 석궁을 몇 정 구입할 수 있나 알아보려고 말입니다."

촌장이 쓴웃음을 지었다.

"힘들지 않겠나? 석궁을 만들 수 있는 기술자도 드문 데다 그런 기술자는 시에서 관리 감독하고 있잖은가? 또한 석궁은 외부로 쉽게 반출시키지도 않고 말일세."

"그렇긴 합니다만, 저희같이 이제 시작하는 작은 마을엔 무기라도 강력해야 그나마 생존 확률이 높지 않겠습니까. 블로우 파이프와 활과 같은 단순 무기로는 괴물들의 질긴 몸통을 뚫을 수도 없고, 놈들의 눈이나 입 안같이 약한 부분만을 노려야 하는데 말입니다. 마을 사람들의 사격 솜씨를 끌어올리기가 쉽지 않습니다."

토이타는 잠시 쉬었다가 다시 말을 이었다.

"구할 수 없더라도 여러 가지 정보도 얻을 겸 다녀오겠습니다. 혹시 석궁을 만들 수 있는 자유 기술자가 있을지도 모르니 말입니다."

"휴우!"

촌장이 작게 한숨을 내쉬었다.

그러고는 별로 기대하지 않는 듯 힘없는 목소리가 이어졌다.

"알아서 하게. 정말 자네 말대로 떠돌이 자유 기술자라도 만날 수 있다면 좋겠네. 나는 일단 마을 안으로 돌아가 볼 테니 계속 경계를 살피게."

촌장이 다시 마을을 둘러보려 돌아서 걷는 그 순간,

토이타 대주의 약간은 들뜬 듯한 말소리가 들렸다. 좀처럼 말에 감정을 싣지 않는 그였지만 지금은 달랐다.

"촌장님, 알레인 녀석이 돌아옵니다."

마을 안으로 들어서려던 촌장이 그 말에 즉시 몸을 돌리며 반가운 듯 말했다.

"오! 그런가? 지금 오고 있단 말이지?"

촌장은 누각 옆까지 와서는 좀 더 자세히 보기 위해 요새 짓고 있는 나무 방벽 입구로 나갔다.

잠시 후, 산 아래의 초입에 한 사내의 모습이 비쳤다.

사내가 올라오고 있는 구불구불한 길은 이곳에 마을을 처음 지을 때 생겨난 것으로, 처음부터 세 사람 정도가 지나가기에 충분한 길을 만든 것이다.

알레인이라는 이름을 갖고 있는 사내는 작은 체구의 소유
자였다. 키가 1미터 60 중반에 호리호리한 체구였으며, 머리
색은 이곳에서는 보기 드문 검은색이었다.

휙휙휙—

알레인은 빠른 걸음으로 길을 따라 올라왔다.

산채에 거의 다 도착할 무렵 그는 누각 위의 사내를 볼 수
있었다.

'어! 토이타 대주님이 왜 누각 위에서 경계를 서고 있지?
그런 일은 조원들이나 하게 놔두어야지. 하여간 대주님도 알
아줘야 한다니까.'

알레인은 스쳐 지나가는 생각을 바로 접고는 누각 위의 사
내에게 반가움의 인사를 전했다.

"대주님, 저 왔습니다!"

그의 말이 채 끝나기도 전에 목벽의 입구에서 다른 반가운
목소리가 들려왔다.

"어서 오게나. 자네가 무사히 잘 다녀와 다행이네."

알레인은 누각 위에 둔 시선을 낮추어 방금 들려온 익숙한
목소리를 찾았다.

이 마을의 촌장.

그리고 마법사라는 대단한 신분을 지닌 데다 그가 세상에
서 존경하는 유일한 남자, 바로 파구스였다.

"아니, 촌장님까지 나오셨습니까! 제가 죽으러 나간 것도

아니고, 간단한 정찰일 뿐인데……."

"허허허! 저 멀리 회색 밀림까지 갔다 온 것치고는 아주 쌩쌩하군."

파구스 촌장은 알레인의 이모저모를 살펴보며 다가가 그의 손을 잡았다.

"어서 안으로 들어가 얘기하세."

땡땡땡!

누각 위에 있던 토이타 대주가 신호용 종을 세 번 울렸다.

그러자 마을 안에서 한 명의 검붉은 머리를 한 건장한 사내가 뛰어왔다.

"부르셨습니까, 대주님?"

사내는 토이타 대주에게 인사를 하다가 목벽 입구에 서 있는 촌장과 알레인을 보게 되었다.

"어! 조장님 아니십니까? 많이 늦으셨네요. 걱정 많이 했습니다."

"걱정은 무슨, 그렇게도 나를 못 믿었냐? 어서 누각 위로 올라가 봐. 대주님 다 내려오셨다."

대주는 내려오자마자 마을에서 달려온 사내에게 몇 가지 주의를 주고는 산채의 경계 임무를 맡겼다. 그러고는 촌장과 함께 알레인을 데리고 마을을 향해 몸을 움직였다.

마을 입구의 초소.

Teido's
Adventure

초소는 누각이 세워진 곳에서 80여 미터 떨어진 곳에 있었다. 여기는 누각 위의 경계병에게 예기치 못한 일이 벌어졌을 경우를 대비해 만든 곳이다.

초소 안을 살펴보니 탁자 하나와 네 개의 의자가 보였다. 그 탁자 위에는 물 주전자 하나와 컵 다섯 개가 놓여 있었고, 또한 지붕을 받치는 기둥 위에는 기다란 장궁이 하나 걸려 있었다. 아무리 초소라지만 매우 썰렁한 풍경이다.

그들은 각자 의자에 앉아 간단한 담소를 나누었다.

토이타 대주는 탁자 위에 있는 물 주전자를 들어 세 개의 컵에 따랐다.

"자, 뛰어오느라 목이 마를 테니 물 좀 마시게. 그러고 나서 본격적으로 얘기해 보자고."

"예, 대주님!"

세 사람은 물을 한 잔씩 마시며 계속해서 말을 나누었다.

대부분 촌장과 대주가 질문을 하고 그에 맞춰 알레인이 대답하는 형식이었다.

그들의 진지한 대화 속에서는 긴장감이 묻어 나왔다. 가끔 파구스 촌장의 음성엔 탄식이 흘러나오기도 했다.

"흐음! 그러니까 회색 밀림의 괴물들이 서북 방향으로 움직이고 있다는 말이지?"

파구스 촌장이 눈을 감았다.

톡톡톡!

한 손을 탁자 위에 올려놓은 채 손가락 하나로 툭툭 치면서 깊은 생각에 빠져드는 그다.

옆에 있던 토이타 대주가 다시 물었다.

"그럼 우리 마을이 있는 이곳은 잘하면 별 피해가 없을 수도 있겠군. 어떻게 생각하나, 알레인?"

알레인이 조심스럽게 자신의 생각을 말했다.

"물론 대부분의 괴물 놈들은 서북 방향으로 움직이고 있었습니다. 제가 사흘 전에 떠나올 때만 하더라도 그랬으니까요, 대주님. 하지만 제가 회색 밀림의 중심부까지 들어간 것도 아니고 그 주변에서 관찰만 한 것이기 때문에 확신은 못합니다."

알레인은 목이 마른지 한 잔의 물을 다시 들이키며 계속 말을 이었다.

"붉은 달이 뜨는 날에는 사람 사는 곳이라면 어디든 공격을 받습니다. 때문에 아무래도 회색 밀림의 괴물 일부가 이쪽으로 빠질 수도 있다고 봐야 합니다."

대주는 그의 대답에 고개를 끄떡이고는 촌장과 마찬가지로 눈을 감았다.

"그나마 다행이군. 놈들이 일부만 온다면 어떻게든 버틸 수는 있을 테니 말일세. 오늘 하룻밤만 무사히 보낼 수 있다면 다시 석 달의 기간이 있으니 그때까지는 이곳을 완전히 정비해야만 해."

촌장은 처음의 긴장감이 묻어나는 음성에서 다소 벗어난 듯 보였다. 이 마을을 지켜야 한다는 무거운 짐이 그를 힘겹게 했는데, 마음을 다잡고 할 수 있다는 긍정의 말로 스스로 자신을 일으켜 세웠다.

"그렇습니다, 촌장님. 마을 사람 모두가 오늘 하루도 무사히 보낼 수 있기를 빌어야겠지요."

스윽!

토이타 대주가 일어섰다.

"촌장님, 저는 마을 안으로 들어가서 조장들과 잠시 이야기를 나눠봐야겠습니다. 창고 안의 독화살과 블로우 파이프를 점검해 보고 마을 사람들의 배치를 다시 의논해 보겠습니다."

"그렇게 하게. 나도 같이 나가서 전체적인 상황을 다시 점검해 봐야겠어."

촌장도 따라 일어서자 알레인도 같이 일어서려고 몸을 움직였다. 그러자 토이타 대주는 일어서려는 그를 손짓하며 막았다.

"알레인, 자네는 며칠 동안 밖에 나가 정찰하느라 힘들었을 테니 여기서 서너 시간 쉬고 있게. 좀 있다 사람을 보낼 때 점심 식사거리도 같이 보낼 테니 그리 알고."

일어서려던 알레인은 대주의 말에 고개를 끄떡였다.

"알겠습니다, 대주님."

＊　　　＊　　　＊

휘이이이이잉—!

시원한 바람이 불었다.

후덥지근한 날씨에 청량제 역할을 해주는, 이 땅에 살아가는 모든 생명체에게 소중한 그런 바람이다.

하지만 단 한 사람에게만은 그저 보통의 바람일 뿐이었다. 지금 이 순간만큼은 아무런 감흥도 주지 못하는 그런.

회색빛 하늘 아래 초록빛 색채를 그려내고 있는 녹수(綠樹)의 바다. 그중 가장 높은, 적어도 40여 미터는 충분히 넘어 보이는 나뭇가지 위에 한 사내가 서 있었다.

흔들흔들…….

바람에 흔들리는 나뭇가지.

사내는 금방이라도 떨어질 듯 위태위태해 보였다. 하지만 그는 나뭇가지와 마치 한 몸이라도 된 듯 바람에 맞춰 같이 흔들거릴 뿐이었다.

검은 장포를 걸치고 있는 사내.

귀영섬투였다.

그는 미간에 잔뜩 주름을 만든 채로 초록빛 대지 위를 바라보고 있었다.

쿵쿵쿵!

크워어어어어!

크리리릭! 크릭!

말로 어떻게 설명할 수가 없었다.

듣도 보도 못한 엄청난 크기의 괴물들.

무언가 잘못됐다.

이럴 수는 없었다.

"하하! 이거 내가 꿈을 꾸고 있는 건가?"

귀영섬투는 손을 들어 자신의 볼에 가져다 댔다. 그러고는 있는 힘껏 꼬집어보았다.

아팠다.

"에에! 이거 꿈이 아니네."

이젠 확실해졌다.

이곳은 자신이 생각하고 있던 남만 지역이 아니었다.

세상에 이런 괴물 놈들이 판치는 세상이 어디 있단 말인가! 갑자기 울화가 가슴 저 밑에서 솟아올랐다.

"빌어먹을 술법진! 이런 황당한 곳으로 나를 보내? 내 이 술법진을 그린 천축 밀교의 개자식들을 조만간 찾아간다. 가서 전부 털어먹는다. 완전 생거지로 만들어주마!"

귀영섬투는 이대로는 안 되겠는지 배에 힘을 주었다. 그리고는 가슴에 쌓여가는 울화를 확실히 풀어버렸다.

"으와아아아아아……!"

후드드드득—!

대지를 뒤흔드는 외침.

그 소리가 얼마나 컸는지 살아 있는 모든 생명체가 놀랐다.

생명 유지에 꼭 필요한 기의 순환이 순간적으로 멈출 정도로 말이다.

그것은 미약하기는 했지만 도가(道家)에서 전해진다는 창룡음과 상당히 유사했다.

잠시 후,

"휴우! 속이 다 시원하네! 역시 가슴이 답답할 땐 고함 소리 한 방이 즉효라니까. 이런 건 자주 해줘야겠어."

귀영섬투는 고함 한 번 내지른 걸로 주변의 불편한 상황을 그대로 받아들일 수 있었다.

특이한 녀석이다. 아마 그의 평소 성정이 상당히 낙천적인 게 아닌가 싶다. 보통 이런 일을 겪게 되면 누구나 한동안은 좌절에 빠질 텐데 말이다.

"에에! 그나저나 앞으로 어찌한다? 전혀 생각지도 못한 곳으로 와서 난감하네?"

귀영섬투가 어찌할까 고민하는 사이 괴물들은 자신들을 놀라게 한 고함 소리의 주인을 찾느라 분주했다.

자신들을 위축시킬 정도의 포효 소리.

포효 소리 자체에서는 살기가 느껴지지 않았다.

희한했다.

보통 육식동물이 내는 포효 소리에는 상대를 꼼짝 못하게

Teido's
Adventure

하는 살기가 배어 있다.

그건 자연스런 현상이었다.

살기를 뿜는 포효 소리는 상위의 포식자일수록 더욱 강했다. 낮게 으르렁거리는 소리에도 자연스레 배어난다. 그런데 방금 들려온 포효 소리는 이상했다.

포효 소리 자체에는 살기가 전혀 느껴지지 않았음에도 불구하고 내쉬는 숨이 순간적으로 멈추었다. 몸이 굳기라도 한 듯 꼼짝을 못한 것이다.

그건 분명 먹이사슬 관계에 있어서 최상위의 폭식자임에 틀림없었다. 놈들은 가던 길을 멈추고는 자신들을 위축시킨 괴물을 한참 동안이나 찾았다.

하지만 상대는 어디에도 보이지 않았다.

서서히 날은 저물어가고 있고, 귀영섬투는 제일 높은 나뭇가지에 앉아 있으니 찾을 수가 없는 것이다.

아무리 찾아도 모습이 보이지 않자 괴물들은 다시 제 갈 길을 가기 시작했다.

귀영섬투는 멍하니 하늘을 보고 앉아 있다가 고개를 돌려 괴물들을 쳐다보았다.

처음엔 그냥 보다가 나중엔 자세히 관찰하기 시작했다.

"저놈들은 어딜 가는 거지? 마치 패싸움을 하러 가는 것 같잖아! 그리고 보통 서로 다른 종끼리의 육식동물이면 죽기 살기로 싸우지 않나? 이상하네."

물론 괴물들이 그의 말대로 전혀 싸움을 안 하는 것은 아니었다. 자신의 곁으로 가까이 다가오면 가차없이 물어뜯고 공격하였다.

하지만 단지 그뿐, 죽기 살기의 공격은 아니었다.

조금 싸우다 서로 비켜선다. 그리고 이상하게도 놈들은 점점 흥분하고 있었다.

아무런 이유 없이 말이다.

강하게 콧김을 내뿜으며 상대방에게 위협의 포효를 가하는데, 그게 처음에 비해 강도가 점차 강해졌다

희한한 일이다. 아니, 있을 수 없는 이상한 일이었다.

"뭔가 있는 게 틀림없어. 으음! 한번 이놈들을 따라가 볼까? 가능성은 낮지만 따라가다 보면 혹시 이곳 사람들을 만날 수 있을지도 모르고 말이야."

잠시 괴물들을 따라갈까 어쩔까 고민하다 결심이 섰는지 그는 바로 일어섰다.

귀영섬투는 나뭇가지 위에 서서 바람과 함께 잠깐 춤을 추다가 곧 깊은 숨을 한 번 내쉬고는 바로 몸을 날렸다.

유운신법.
구름이 흘러가듯 자연스레 걷는다.
귀영섬투는 자신의 오 장 앞에서 걸어가고 있는 괴물의 뒤통수를 바라보고 있었다. 그것도 하나가 아닌 두 개의 머리를

가진 괴물을 말이다.

쿵쿵쿵!

괴물의 신장은 무려 7미터가 넘었다.

떡 벌어진 어깨 위에는 두 개의 짧은 목이 있고 그 위에 머리가 달려 있다. 그런데 자세히 보면 머리 두 개가 나란히 서 있는 게 아니고, 왼쪽 머리가 약간 뒤에 놓여져 있다.

그리고 녀석은 자신의 오른손에 길이가 3미터가 넘는 나무 몽둥이를 무기처럼 들고 있었다.

귀영섬투는 그 괴물을 보고는 감탄의 목소리를 냈다.

"햐아아! 어떻게 짐승이 두 다리로 걸을 수 있을까! 거기다 도구를 사용할 수도 있다니, 아무리 봐도 신기하네? 도구를 사용한다면 상당히 똑똑하다는 건데, 혹시 이놈, 말까지 할 수 있는 건 아니겠지?"

귀영섬투는 두 머리 괴물의 뒤로 바짝 다가갔다.

손을 뻗으면 닿을 거리다.

괴물은 자신의 뒤에 인간이 가까이 있다는 것을 전혀 모르는 듯했다. 보통 짐승은 인간보다는 감각이 뛰어나 이상하다 싶은 낌새는 금방 눈치 채는데, 그게 귀영섬투에게는 통하지 않는 듯했다.

두 머리 괴물의 등판을 바라보던 그는 생각했다.

'이 녀석, 상판때기는 어떨까?

귀영섬투는 앞모습이 어떻게 생겼는지 보기 위해 걸어가

고 있는 두 머리 괴물의 다리에 자신의 발을 걸었다.

스윽!

무척 위험한 시도였다.

두 머리 괴물의 다리 한 짝만 해도 귀영섬투의 몸보다 훨씬 크고 두꺼웠으니, 그런 커다란 통나무 다리에 그의 발이 걸리니 곧 뭉개질 것처럼 보이는 것은 당연지사.

쿵!

뭉개졌다.

아니, 넘어졌다.

이게 도대체 어떻게 된 일일까. 너무나 쉽게 두 머리 괴물은 넘어졌다. 그것도 볼썽사납게.

귀영섬투는 넘어진 두 머리 괴물의 앞으로 걸어갔고, 괴물은 자신의 머리를 매만지며 고개를 들어 올렸다.

오른쪽 머리의 이마가 벌겋게 부어올랐다. 오른쪽 머리가 흉측하게 생긴 얼굴을 찡그리고 있는 동안 왼쪽 머리는 작은 두 눈을 동그랗게 치켜떴다.

자신의 눈앞에 시꺼먼 놈이 서 있으니 놀랄 수밖에.

귀영섬투는 쭈그려 앉아 놈의 모습을 관찰했다.

"히야아! 그놈 참, 흉측하게도 생겼구나. 눈은 사팔뜨기에 코는 제대로 나 있지도 않네. 그냥 콧구멍만 두 개 뚫려 있구나. 거기다 입은 귀에까지 찢어져 올라가 있고."

감탄의 말도 잠시.

두 머리 괴물이 천천히 일어났다.

갑작스럽게 넘어져 어리둥절한 오른쪽 머리에게 왼쪽 머리가 뭐라고 괴성을 질렀다.

쿠오오오오오!

그러자 오른쪽 머리가 뭔가 알아들었다는 듯이 앞을 바라보았다. 그러자 자신의 바로 앞에 시커멓게 생긴 조그마한 놈이 뭐라고 중얼거리고 있는 게 보인다.

"못하는구나. 두 발로 걷고 도구도 사용하지만 말은 못해. 그냥 괴성만 지를 수 있을 뿐. 약간 아쉬운데? 말까지 할 수 있는 놈이면 상당히 재미있었을 텐데……."

두 머리 괴물은 어이가 없었다.

설마 자신이 이런 조그만 놈에게 발이 걸려 넘어진 것이란 말인가. 도저히 믿을 수가 없었다.

광기가 머리를 지배하기 시작했다.

앞에 인간이 있다.

고로 때려죽인다.

쿠워워워워워……!

두 머리 괴물은 자신의 몽둥이를 들어 올렸다.

귀영섬투는 멀뚱히 서서 괴물이 하는 양을 바라만 보았다.

휘이이이잉─!

거대한 몽둥이가 하늘에서 벼락처럼 내려 떨어진다.

쿠웅!

흙먼지와 수풀이 튀어 올랐다.

두 머리 괴물은 몽둥이를 내려친 자세 그대로 앞을 바라보았다. 손에 타격감이 전혀 없었다.

허탕이었다.

놈은 보이지 않았다.

귀영섬투는 어느새 두 머리 괴물의 뒤에 서 있었던 것이다. 그는 두 머리 괴물의 한쪽 다리를 매만지며 중얼거렸다.

"피부가 질기면서도 상당히 탄력적이군. 타격에 대한 충격을 흡수하기에는 최상의 조건이겠는걸. 칼날에 쉽게 베이지는 않겠어."

처음엔 쓰다듬다가 나중에는 꼬집어보기도 하면서 탄력을 시험하는 귀영섬투였다.

스윽—

두 머리 괴물의 고개가 돌려졌다.

자신의 다리에 이물감이 느껴지니 돌아보지 않을 수 없었다. 시꺼먼 놈이 자신의 한쪽 다리를 붙잡고 온갖 추태를 부리고 있는 게 보인다.

크르르르릉……!

귀영섬투는 여전히 한 손은 두 머리 괴물의 다리를 매만진 채 고개를 들었다.

눈과 눈이 마주쳤다.

씨익!

귀영섬투는 한 번 가볍게 웃어주고는 이번엔 다른 쪽 다리를 매만졌다. 완전히 놈을 개무시하고 있는 것이다.

쿠아아아앙!

두 머리 괴물은 분노를 넘어 미칠 지경이었다. 저놈을 때려 죽이지 않으면 자신이 미쳐 죽을 것만 같았다.

휘이이이이잉—

두 머리 괴물은 재빨리 몸을 돌려 자신의 거대한 몽둥이를 횡으로 휘둘렀다. 커다란 바람 소리가 뒤를 따랐고, 네 개의 눈은 몽둥이의 궤적을 따라 놈을 끝까지 추격했다. 그러나 눈보다 먼저 느껴져야 할 타격감은 여전히 없었다.

이상했다.

눈으로 끝까지 보고 휘둘렀는 데도 놈은 사라졌다. 언제 어떻게 사라졌는지를 알 수가 없었다. 그냥 자연스럽게 마치 바람처럼 사라진 것이다.

크와와와왕!

두 머리 괴물은 몽둥이를 미친 듯이 휘둘렀다. 보고서도 맞추지를 못하니 그냥 막 휘두르는 것이다.

후웅! 후웅! 후우— 웅!

마치 풍차가 돌아가듯 커다란 바람 소리가 났다.

콰지직— 쿵!

주변에 있던 작은 나무들은 부서지고 쓰러지며 거목들은 움푹움푹 파였다. 앞에서 먼저 가고 있던 다른 괴물들이 뒤를 돌아보았다.

하지만 잠깐 쳐다보고는 고개를 가로젓는 녀석들이다. 괴물들에게선 좀처럼 볼 수 없다는, 평생 한 번 볼 수 있을까 말까 하는 동정심이 깃든 눈을 한 채.

한동안 두 머리 괴물은 미친 듯이 몽둥이를 휘둘렀다.

잠시 후,

헉헉— 커커컥!

이제는 지친 것일까!

몽둥이를 지팡이 삼아 두 머리 괴물은 숨을 헐떡이고 있었다. 얼마나 힘들었는지 두 개의 입에서 하얀 거품이 일었다.

그렇게 힘들어하는 두 머리 괴물의 뒤에는 여전히 귀영섬투가 서 있었다. 1미터도 떨어지지 않는 근접 거리다.

다시 녀석의 피부를 매만지는 귀영섬투.

'이 괴물 녀석의 혈맥은 어떻게 구성되어 있을까. 말 못하는 짐승이긴 하지만 두 발로 걷고 도구도 사용하는 것으로 봐서는 사람과 비슷할 것 같은데.'

간질간질.

히끅!

갑작스럽게 딸꾹질이 나오는 두 머리 괴물이다. 두 개의 머리 중 왼쪽 머리가 뒤를 돌아보았다.

또다시 눈과 눈이 마주쳤다.

웃고 있는 귀영섬투와 일그러지는 왼쪽 머리.

놈은 힘들지만 다시 한 번 괴성을 내지르며 힘겹게 돌아서 서는 몽둥이를 다시 치켜들었다.

하지만 천근만근 무겁게 느껴지는 몽둥이.

귀영섬투는 그런 괴물을 바라보고는 재미난 것이 생각났 는지 다시 한 번 웃었다.

'히히히! 그래, 한번 실험해 보자. 아주 재미있겠어.'

흠칫!

웃고 있는 모습이 얼마나 사악해 보였는지 두 머리 괴물은 몸을 떨었다. 그리고 왠지 모르게 두려움이 몰려왔다. 들고 있는 몽둥이가 더욱더 무겁게 느껴졌다.

이건 육감이었다.

천재지변을 먼저 알아채고 부산을 떠는 짐승들의 그것과 마찬가지로 이 순간 귀영섬투에게서 위험한 냄새가 났다.

처음에 볼 때는 전혀 그런 느낌이 없었다. 그냥 자신의 몽 둥이로 놈을 잘 다져진 어육으로 만들어야겠다는 그런 생각 뿐이었다. 강하다는 그런 존재감이 전혀 느껴지지 않았기에 그런 것이다.

한데 놈의 한쪽 입꼬리가 말아 올라가는 순간부터 위험하 다는 생각이 갑자기 들기 시작했고, 점점 그러한 기분은 강하 게 느껴졌다.

안 되겠다 싶었는지 괴물은 다시 몽둥이를 휘둘렀다.

휘이이이이잉!

텅—!

이번엔 타격감이 느껴졌다. 또한 이번엔 놈이 사라지지도 않았다. 하지만 이건 자신이 생각하고 당연히 이루어졌어야 할 그런 장면이 아니었다.

귀영섬투는 오른손을 들어 놈의 몽둥이를 받쳐 들고 있었다. 워낙에 커다란 몽둥이라 잡을 수는 없고, 이렇게 받치고 있을 수밖에 없었다.

두 머리 괴물은 몽둥이에 힘을 주었다.

크이익!

꿈쩍도 안 한다.

안 되겠는지 나머지 한 손마저 이용해 두 손으로 몽둥이의 힘을 배가시켰다.

귀영섬투는 들어 올린 오른손을 아래로 조금씩 내렸다. 그 모습에 괴물은 되었다 싶었는지 더욱 힘을 주었다. 시커먼 놈이 힘이 달려 그런 것이라 판단한 것이다.

하지만 그런 생각은 찰나에 사라졌다.

아주 천천히 내려오던 오른손이 귀영섬투의 머리까지 이르렀다. 그 순간 귀영섬투의 오른손이 회전을 일으키며 무수한 변화를 만들었고, 몽둥이는 위로 튕겨졌다.

투웅!

퍽!

튕겨 올라가는 몽둥이에 두 머리 괴물의 왼쪽 머리가 맞왔다.

주루룩—!

코에서 피가 흘러나왔다. 붉은색이 아닌 검은 피.

"어라? 피가 시커멓네?"

휘익—!

순간 바람 소리가 한 번 일어났고, 귀영섬투는 자신의 오른손을 들어 올렸다.

어떻게 된 일일까.

그의 손가락 끝에는 어느 샌지 두 머리 괴물의 코피가 묻어 있었다. 워낙에 빠르게 움직여 뒤에 잔상만을 남겨놓고는 뛰어올라 피를 묻히고 다시 내려온 것이었다. 그리고 잔상과 실체가 다시 합쳐져 처음부터 움직이지 않은 것처럼 보인 것이다.

귀영섬투는 손가락에 묻은 피를 입으로 가져가 빨았다.

쪽쪽.

그 모습이 두 머리 괴물에겐 공포로 다가왔다.

"으음! 맛있다. 근데 핏속에 미약하긴 하지만 마(魔)의 기운이 담겨 있네? 이건 보통 사람이 먹으면 배탈이 나겠어."

두 머리 괴물은 마음속에 차오르는 공포심을 누르고 빈손이 되어버린 두 팔로 공격을 가했다.

휘잉— 휘이잉—!

놈은 손가락을 갈고리처럼 구부려 휘둘렀는데, 마치 무공

수법의 하나인 조법(爪法)을 연상케 했다.

귀영섬투는 가볍게 보법을 밟으며 피했다.

전처럼 사라지지는 않고 괴물이 휘두르는 팔의 궤적에서 한 치 정도씩 고개를 움직여 피했다.

그렇게 피하는 중에 손을 들어 검지를 폈다. 그리고는 인간의 곡지혈—팔꿈치 부분—에 해당하는 부위에 손가락을 찔러 넣었다.

지이이잉—!

진동음이 들리는 듯했다.

그리고 이어서 포효 소리가 들렸다.

끄아아아아아앙……!

두 머리 괴물은 왼쪽 팔꿈치를 감싸며 뒤로 물러섰다.

너무나 아팠다.

자신도 모르게 눈에서 물이 흘러내리고 있었다.

하늘의 벼락이라도 맞으면 이렇게 아플까! 전류에 감전이라도 된 듯 팔이 저리고 고통스러웠다.

"짜식! 엄살은……."

귀영섬투는 눈물을 흘리고 있는 두 머리 괴물에게 다가갔다. 녀석은 뒷걸음질을 치며 뒤로 물러섰다.

그 모습이 마치 대호(大虎)가 강아지가 무서워 뒷걸음질을 치는 것 같은 우스운 광경이었다.

"곡지혈은 일단 사람과 비슷한 부위에 있구나. 에헴! 다른 마혈도 비슷한 부위에 있을까? 이번엔 조금 강하게 찔러보자. 녀석이 저렇게 뒷걸음질칠 정도로 쌩쌩한 걸 보니 너무 약하게 찔러 넣은 것 같아.”

말이 끝나기가 무섭게 귀영섬투의 모습이 꺼지듯 사라졌다. 다시 나타난 곳은 놈의 등 뒤.

귀영섬투는 이번에 위중혈—무릎뼈 뒤쪽—을 찔러보았다.

크아아아아앙……!

무릎에서부터 시작된 충격파가 신경을 거쳐 뇌에 전달되었고, 뇌는 다시 오른쪽 다리는 못쓰게 되었다는 신호를 온몸으로 보냈다.

털썩.

녀석은 바로 무릎을 꿇고 옆으로 쓰러졌다.

귀영섬투는 그런 괴물의 모습을 살펴보다가 고개를 갸웃거렸다.

“이상하네! 머리가 두 개 달려서 그런가? 아파하는 걸로 봐서는 위중혈이 맞는 것 같은데 찔리고도 움직이네?”

쓰러져 있는 괴물의 오른쪽 다리가 조금씩 다시 움직이기 시작했다.

하지만 그건 움직인다기보다는 경련을 일으키는 것이라 할 수 있었다. 두 개의 머리 중 왼쪽 머리는 고통스러움에 잔뜩 찡그린 표정이었다. 그 얼굴에는 식은땀마저 흐르고 있었다.

한데 오른쪽 머리는 그 고통의 강도가 덜한 것 같았다. 미간을 조금 찌푸리는 정도였다.

당연히 식은땀을 흘릴 리도 없었다.

녀석은 어떻게든 일어서려고 했다. 덜덜거리는 오른쪽 다리를 붙잡고 안간힘을 쏟았다.

"안 되겠어! 아무래도 자세히 조사해 보려면 몸 자체를 마비시켜야겠어. 근데 머리가 두 개라 조금 시간이 걸리겠군. 이러한 점이 녀석에게는 장점이겠지."

귀영섬투는 이번엔 두 머리 괴물의 전신을 두드려 갔다.

퍽! 퍽! 퍽!

크아앙! 크엉!

괴물의 비명 소리가 끝없이 울려 퍼졌다. 그건 구슬픈 곡소리였다.

차 한 잔 마실 정도의 시간이 흘렀다.

더 이상 비명 소리는 들리지 않았고, 귀영섬투의 폭행에 가까운 조사도 마무리되었다.

두 머리 괴물은 지금 편안한 자세로 누워 있다. 양팔은 허리 아래로 붙인 채 잠을 자는 자세를 취했다.

얼굴엔 땀이 홍수를 이룬 상태로 네 개의 눈만이 멀뚱멀뚱거렸다.

귀영섬투는 두 손바닥을 툭툭 치고는 허리에 얹었다.

"아, 고놈 참 까다롭네. 머리가 두 개면 마혈을 짚기가 이리도 힘든 것이구나. 처음 알았네."

누워 있는 괴물의 머리맡으로 다가갔다.

"어쨌든 요 녀석의 마혈은 대충 알겠고, 이번엔 다른 것을 해보자. 분근착골 같은 고문 수법도 한번 해보는 거야. 일단은 전체적인 혈맥을 알아봐야겠지?"

귀영섬투는 우선 놈의 손목에 자신의 손을 갖다 대고는 맥을 짚어보았다. 마치 두 눈을 감은 상태에서 조용히 환자를 진찰하는 모습이었다.

사람 몸뚱이보다 훨씬 큰 손목을 잡고 맥을 짚는 모습이 한편으론 우습게도 느껴졌다.

맥을 통해 자신의 기를 흘려보내고는 괴물의 전체적인 몸의 구조를 알아보았는데, 그건 사람의 기경팔맥이나 임독양맥 같은 그러한 경맥을 찾아보기 위해서였다.

잠시 후,

"그래도 도구를 사용하는 것으로 봐서 사람과 상당히 비슷할 줄 알았는데 많이 다르구나……."

귀영섬투는 감겨 있는 두 눈을 뜨고는 괴물의 얼굴을 바라보았다.

씨익!

악마의 얼굴이었다.

두 머리 괴물은 사악하게 웃고 있는 저 악마에게서 벗어나고 싶었다. 하지만 어찌 된 일인지 몸은 꼼짝도 하지 않았고,

지금 움직일 수 있는 것은 그저 네 개의 눈알뿐이었다.

"대충 이놈의 몸을 파악했으니 우선 분근착골을 시전해 볼까? 반응이 어떤지 봐야겠어."

귀영섬투는 두 머리 괴물의 가슴팍에 있는 혈도를 몇 군데 짚어보았다.

점혈을 한 후 놈을 지켜보았지만 별다른 반응이 없었다. 전혀 고통을 못 느끼고 있었다.

"아아! 맞아, 맞아. 당문혈 부근을 잘못 짚었다. 이 부분은 한참 아래에 있었는데 내가 잘못 짚었어. 역시 사람과는 달라서 좀 더 세심한 주의가 필요해."

처음부터 다시 점혈을 시도했다. 기가 흐르는 길을 순서에 맞게 차례대로 막아갔다.

움찔!

반응이 왔다.

분근착골은 처음부터 바로 반응이 오는 것이 아니다. 처음엔 다리에서부터 개미가 기어가는 듯한 감각이 느껴지다가 나중엔 온몸으로 퍼진다.

그리고 분근착골의 위력은 그때부터 시작된다.

두 머리 괴물의 네 개의 눈이 시뻘겋게 충혈되기 시작했다.

금방이라도 눈알이 튀어 나올 듯한 모습이다. 근육이 파열되고 온몸의 뼈가 갈리는 듯한 고통.

하지만 몸을 푸들푸들 떨고 있는 녀석의 그 모습이 성에 차지 않은 것일까! 귀영섬투는 고개를 갸웃거렸다.

"으음, 별론가? 내가 생각한 만큼의 반응이 아닌데. 이상하네. 사람하고는 달라서 그런가? 그럼 다른 걸 해봐야 할 텐데, 뭘 하지? 으으음……."

자신이 알고 있는 몇 가지의 고문 수법을 생각해 보았다. 알고만 있고 그동안 쓸 일이 없어 사용하지 못했던.

생각해 보니 단 한 번, 정파무림의 협객 행세를 하며 뒤로는 온갖 더러운 짓을 하던 인면수심의 개자식에게 써봤다.

일하러 가던 도중에 놈을 알게 되었고, 밤에 놈을 몰래 납치해 산으로 끌고 갔다. 이 개자식에게 온갖 고문을 가한 후 땅속에 묻어버렸다.

그때 마지막으로 가한 고문의 수법이 있다.

지옥절혼(地獄絶魂).

이것은 이름만큼이나 무시무시한 점혈법이었다.

고문이란 일단 상대를 죽여서는 안 된다. 죽지 않은 상태에서 최대한의 고통을 가해 원하는 답을 얻어내는 것이다.

그러한 고문 수법 중에서 점혈로 하게 되는 고문은 상당한 고급 기술이다.

겉으로는 별다른 상처를 내지 않으면서도 그 효과는 대단히 뛰어난, 하지만 시전할 수 있는 사람이 적어 고문 기술로는 그 효용성이 많이 떨어지는 그런 기술이었다.

많지 않은 이런 고문용 점혈 수법 중에서 지옥절혼은 가히 최고의 자리에 올릴 수 있는 절학이었다.

"한번 지옥절혼을 시전해 볼까?"

어떻게 할까 하는 쓸데없는 고민을 하다가 결심이 섰는지 푸들거리는 두 머리 괴물의 몸을 다시 점혈했다.

이번엔 분근착골의 수법을 해제하는 중이다. 새로 점혈을 가하려면 전의 것은 풀어야 하는 것이다.

놈은 고통이 가셨는지 몸의 떨림이 멈추었다.

"히히히! 그래, 지옥절혼이 이놈에게 통하는지 잠깐 해보고 고기 맛을 보는 거야. 피에 흐르고 있는 미약한 마기가 고깃살에도 스며 있는지 봐야겠어. 만약에 그렇다면 돼지 족발보다 더 맛있는 별미일 거야. 크크크! 이거 기대되는데?"

두 머리 괴물은 자신에게 닥쳐올 미래는 생각지 못하고 지금 당장의 고통이 사라져 안도할 뿐이었다.

귀영섬투는 침착하게 하나하나의 혈도를 짚어갔다.

부르르르르—

전혀 마렵지 않은 오줌이 자신의 의지와는 상관없이 저절로 흘러내렸다.

줄줄줄줄.

아혈이 막혀 소리도 지르지 못하고 몸은 전보다 더욱 심하게 떨렸다.

끄아아아아아아!

그날 괴물은 자신이 태어난 것을 저주하고 또 저주했다.

　　　　*　　　　*　　　　*

　날은 점점 저물어가고 있었다.

　회색빛 하늘 저편으로 석양이 지며 붉은빛을 드리우기 시작한 것이다. 낭만을 느끼는 사람이라면 이러한 풍경을 맞아 시 한 수를 즉석에서 지어 읊을 만했다.

　하지만 지금 이곳 사람들에겐 저물고 있는 석양을 마냥 아름답게 바라볼 수만은 없었다. 오히려 그것은 불안만 더 키우는 풍경일 뿐.

　웅성웅성!

　많이 어수선하다.

　나무로 만들어진 방벽의 입구에서 사람들이 떠드는 소리가 들린다. 병장기를 휴대하고 있는 그들은 이곳에 얼마 전에 터를 잡은 마을 주민들이었다.

　십대 중반의 아이들부터 육십대의 노인까지 연령층이 다양했다. 또한 그들 중에는 여성들도 몇 명 같이 끼어 있었다. 그들이 들고 있는 무기는 대부분 활과 블로우 파이프라 부르는 독침을 날리는 통이었다.

　마을 주민들 앞에는 이곳 마을의 경비대 조원들로 보이는 건장한 사내들이 허리에 검을 차고 있다. 물론 그들도 활과 함께 등에는 화살통을 메고 있었다.

이들은 서로 잡담을 나누며 조금씩 쌓여가는 긴장을 푸는
중이었다.

누각 위.
네 명의 건장한 사내가 대화를 나누고 있다.
이곳 경비대의 책임자인 토이타 대주는 다른 세 명의 사내
에게 여러 가지 지시를 내리고 있었다.
"일단 이곳은 나와 알레인이 맡기로 하고, 두 번째 경계 구
역은 호드리조 자네가, 그리고 세 번째는 하르노프가 맡기로
한다."
"에엥! 아니, 대주님! 지금 하신 말씀, 농담으로 하신 말씀
이죠? 저처럼 유능한 부하가 이곳에 있어야지 어찌 그곳으로
보내시려 하십니까? 솔직히 거기는 제대로 된 길이 나 있는
것도 아니고, 아무리 괴물 놈들이라 하더라도 쉽게 올라올 수
없는 곳이잖습니까. 제가 그냥 여기에 있으면 안 되겠습니
까? 저 정말 잘할게요. 예에, 대주님?"
두 번째 경계 구역을 맡게 된 호드리조가 억울하다는 듯이
입에 침을 튀겨가며 말했다.
호드리조는 긴 갈색 머리에 두 눈은 단춧구멍보다 작은, 올
해 서른하나가 된 사내다.
"안 되네. 두 번째 경계 구역이 비록 침입하기 어려운 길이
라고는 하나 전혀 불가능한 곳은 아니야. 괴물 놈들이라면 충

 Teido's
Adventure

분히 넘어올 수 있어.”

호드리조는 수긍할 수 없다는 듯이 그 보이지 않는 작은 눈을 찡그렸다. 그리고는 옆에 같이 서 있는 알레인을 힐끔 쳐다보며 말했다.

“대주님, 그럼 저랑 알레인이랑 바꾸면 되지 않습니까. 왜 하필 알레인입니까. 저처럼 실력이 뛰어난 자가 대주님 곁에 있어야 빛을 발하는 겁니다. 한번 생각해 보십시오. 알레인처럼 쪼그만 녀석보다 대주님과 엇비슷한 제가 나란히 서서 괴물들을 쳐부순다면 얼마나 멋진 그림이 나오겠습니까? 대주님, 바꿔주세요. 예?”

토이타 대주는 호드리조의 떼쓰는 모습에 한숨을 내쉬고는 고개를 가로저었다.

알레인 옆에 서 있던 은색의 까치머리를 한 사내가 호드리조를 바라보았다.

이 사내는 엄청나게 컸다.

키는 2미터가 훨씬 넘어 보였고, 한쪽 눈에 안대를 하고 있는 무시무시하게 생긴 사내였다. 그 덩치에 맞게 무기도 배틀 액스를 등에 메고 있었다.

“시끄러! 좋게 말할 때 그냥 대주님 말씀 들어라.”

“야, 하르노프! 너, 어떻게 나한테 이럴 수가 있어? 내가 지금까지 너한테 얼마나 잘해주었는데…….”

토이타 대주는 더 이상 호드리조의 투정을 듣기가 귀찮은

지 그의 말을 끊고는 단호하게 말했다.

"그만! 더 이상의 의견 수렴은 없네. 호드리조, 자네는 밑의 조원 대여섯 명과 주민병 일부를 데리고 지금 그곳으로 가 보게. 가서 저번에 얘기한 장소에 은신해 있게. 하르노프, 자네도 마찬가지고."

"알겠습니다."

"예에……."

풀 죽은 호드리조의 음성이 마지막으로 들렸다.

그는 작은 눈을 애처롭게 뜬 채 마지막까지 토이타 대주를 바라보았다. 대주는 그런 호드리조를 외면하였고, 어쩔 수 없는지 그는 하르노프와 함께 누각 아래로 내려갔다.

토아타 대주는 고개를 절레절레 내저으며 혀를 찼다.

"하참, 언제나 철이 들려는지."

"그래도 저 친구가 있어서 다행입니다. 오늘같이 긴장감이 감도는 날에는 호드리조의 수다가 많은 도움이 되니까요."

알레인이 엷은 미소를 지으며 대답했다.

"뭐, 그것도 장점이라 생각하면 그럴 수도 있겠군. 자네는 이곳에 남아 경계를 서주게. 나는 조원들과 주민병들을 이끌고 곳곳에 은신시키고 올 테니까. 아, 그리고 촌장님한테도 한번 가봐야겠군."

"예. 알겠습니다, 대주님."

토이타 대주는 말을 마치자마자 밑으로 내려가 나무 방벽 입구에 모여 있는 사람들에게 다가갔다.

저벅저벅.

경비조원 중 한 명이 토이타 대주를 보자마자 앞으로 나섰다. 그는 떠들고 있는 마을 주민들에게 한마디 했다.

"모두 주목!"

웅성거리는 소음이 멈췄고, 토이타 대주는 그들 앞에 서서 갖가지 주의해야 할 점과 당부의 말을 전했다.

"대주님, 오늘 저희는 얼마나 살 수 있을까요?"

마을 주민병 중 십대 중반으로 보이는 아이가 두 눈에 잔뜩 불안감을 내비치며 물었다.

오늘 처음으로 생존 싸움에 나서는 아이다.

토이타 대주는 만면에 부드러운 웃음을 지으며 말했다.

"저번에 정찰을 나갔던 경비대 1조장의 말에 의하면, 대부분의 괴물들이 서북 방향으로 이동하고 있다고 한다. 이곳으로는 일부만 올 것으로 예상되니 우리가 합심하여 노력한다면 단 한 사람의 피해도 없이 모두 무사할 수 있을 것이다."

아이는 대주의 말에 어느 정도 용기를 얻었는지 불안의 기색을 싹 지웠다.

토이타 대주는 마을 주민병들에게 전할 말을 모두 마치고는 그들의 일부를 이끌고 산 중턱으로 내려갔다. 그러고는 전에 봐두고 몇 번 훈련시킨 장소 곳곳에 은신시켰다.

조원 한 명에 주민병 세네 명씩 조를 이루도록 했다.

해야 할 일을 모두 마친 대주는 파구스 촌장을 찾아 밑으로 내려갔다.

구불구불한 길.

토이타 대주는 얼마 내려가지 않아 산의 초입에서 올라오고 있는 몇 명의 사람들을 볼 수 있었다.

자세히 살펴보니 파구스 촌장과 경비대 3조원들 일부였다.

"촌장님, 지금 끝마치고 오시는 길입니까?"

파구스 촌장은 조원들과 대화를 나누다 위에서 들려오는 소리에 고개를 들어 토이타 대주임을 알아보고는 희미한 미소를 지었다.

"뭐, 끝마치고 말고 할 게 뭐가 있는가. 그냥 설치해 놓은 마법진이 잘 돌아가는지 살펴보고 온 것뿐인데……."

"예. 어쨌든 별다른 문제가 생기거나 하지는 않았지요, 촌장님?"

"크게 문제가 될 만한 것은 없네. 다만 좀 더 강력한 마법진을 설치하지 못해 안타까울 뿐이지."

촌장의 목소리에서 자조적인 느낌이 묻어 나왔다.

"나의 마법 실력이 좀 더 좋았으면……."

"지금도 대단하신 겁니다. 마나의 축복을 받은 자만이 익힐 수 있는 마법. 그런 마법을 5써클의 경지에까지 이른 자가 과연 이 땅에 얼마나 되겠습니까? 촌장님은 저희에게 과분할 정도로 훌륭한 분이십니다."

"허허! 말이라도 고맙군. 어쨌든 이제 그만 올라가세. 카나스가 잘하고 있는지도 봐야겠어."

토이타 대주가 미소를 지으며 말했다.

"잘하고 있을 겁니다. 하르노프가 같이 있으니까요."

"그렇겠지."

CHAPTER 3
마법을 보고 놀라다

날은 완전히 저물었다.

어둑어둑한 밤하늘엔 휘황찬란한 별들이 저마다 자신의
빛을 뽐내느라 여념이 없다. 그러한 아름다운 별빛을 위협하
며 불길한 것이 다가오고 있다.

적월(赤月).

"거참, 왜 이리 기분이 요상하지? 이런 기분을 뭐라 표현해
야 하나? 되게 야리꾸리하네."

귀영섬투는 2미터 길이의 번데기처럼 생긴 귀여운 괴물 옆

에 서 있었다.

단도를 들고 번데기 괴물의 몸통을 파내는 시식을 하고 있는 중이다. 주위는 난장판이 되어 있었는데, 거미줄처럼 보이는 하얀 실이 곳곳에 뿌려져 있었다.

거미줄 같은 하얀 그것에 닿아 있는 것은 나무든 바위든 조금씩 녹아 있었다.

"냠냠! 역시 이놈도 덩치만 컸지 번데기가 맞구나. 이런 건 어릴 때 사부랑 같이 많이 먹고는 했는데. 역시 맛있어. 번데기는 구워서 먹기보다는 이렇게 생으로 먹어야 맛있다니까."

그렇게 조금씩 파먹다가 문득 하늘을 올려다봤다.

"얼레? 달빛이 붉네?"

귀영섬투는 신기하다는 듯이 쳐다보았다. 잠시 그렇게 바라보다가 뭔가를 알겠다는 듯이 고개를 끄떡였다.

"기분이 야리꾸리한 이유가 저 붉은 달 때문이었구나. 달 고유의 음기를 내뿜지 않고……. 음! 그래, 저건 탁한 기운이라 표현할 수 있겠군."

귀영섬투는 심각해졌다.

"근데 저런 현상은 있을 수가 없는데……."

한참을 적월을 바라보며 미간을 찌푸리던 귀영섬투는 고개를 내저었다.

식욕이 떨어졌는지 맛있게 먹던 번데기에서 손을 떼고는 들고 있던 단도를 허리춤에 다시 넣었다. 그리고는 괴물들이 이동하고 있는 방향을 바라보았다.

"아무래도 이곳에 대해 빨리 알아봐야겠어."

귀영섬투는 귀신의 움직임처럼 그 자리에서 꺼지듯 사라졌다. 이번엔 전력을 다해 신법을 펼치는 그였다.

스팟―!

*   *   *

"왔다! 신호를 보내!"

땡! 땡! 땡!

요란한 비상종이 사방에 울려 퍼졌다.

적막하던 산지를 순식간에 긴장감으로 몰아넣는 비상종 소리. 그 뒤에 곧바로 폭발음이 들려왔다.

쾅! 콰지지지직!

산의 초입에서 터진 폭발음.

화르르르르르―

곧이어 무언가 불타오르는 소음이 뒤를 이었다.

쿠에에에엑……!

끼기긱!

공포심을 불러일으키는 괴물들의 포효가 산 전체에 메아리를 만들며 퍼져 나갔다.

쿠아앙!

난장판이었다.

몇 번의 폭발음이 더 터져 나왔다.

폭발음 뒤에 들리는 괴물들의 포효 소리.

산의 초입엔 여기저기 몸이 터져 죽은 괴물들이 즐비했다.

곳곳에 떨어져 나간 팔다리가 그래도 살아보겠다고 꿈틀거리며 움직이고 있고, 조각난 살점들은 검은 피를 흘리고 있었다.

또한 몸에 불길이 붙어 타오르고 있는 놈들도 보였다.

놈들은 그 불길을 끄기 위해 바닥에 몸을 뒤집고 발광을 하고 있었다.

쿵쿵쿵!

거센 불길을 뚫고 또 다른 괴물 몇이 좁은 길을 따라 산 위로 올랐다.

제일 먼저 오르고 있는 괴물은 양의 머리를 하고 있는 네 발 달린 공룡이었다. 기다란 얼굴에 작은 입, 그리고 그 작은 입에 나 있는 튼튼한 이빨. 놈은 이마에 나 있는 커다란 뿔로 좁은 길옆에 있는 장애물들을 들이받으며 올라섰다.

쾅쾅!

우지지지지직―!

거목들이 부서지며 길을 넓혔다.

퓨슝! 퓨슝!

그때 어딘가에서 은밀한 암기가 날아들었다.

틱! 틱!

독침이 양 머리 공룡의 미간에 부딪치며 튕겨 나갔다.

“침착하게 쏴라! 내가 공격할 테니 놈이 주둥이를 벌리면 그 안에다가 쏴!”

은신해 숨어 있던 사내가 튀어나와 검을 들었다.

칙칙한 검은 독액이 묻어 있는 검에 자신의 오러를 주입했다. 그리고는 잠시 지체하고 있는 양 머리 공룡의 배때기에 찔러 넣었다.

푸욱!

‘이런, 얇게 들어갔다. 위험하다.’

사내는 몸을 바닥에 기대고는 경사가 심하게 진 길옆으로 굴렀다.

휘리리리릭!

그 순간 양 머리 공룡이 고개를 숙이고는 날카로운 이빨을 들이밀었다.

콰직!

사내의 왼팔이 조금 뜯겨 나가며 피가 튀었다.

퓨슝! 퓨슝!

또다시 독침이 발사되었다.

팅!

아까웠다. 이번엔 입을 벌리고 있는 괴물의 이빨에 튕겨 나갔다. 양 머리 공룡은 독침이 발사된 곳으로 고개를 돌렸다.

수풀에 위장하고 있던 몇 사람이 보였다.

어두워야 할 밤이지만 붉은 달이 빛을 뿌려 어느 정도 윤곽은 그릴 수가 있었던 것이다.

크오오오오!

숨어 있던 사람들은 사색이 되었고, 다시 독침을 발사하기 위해 블로우 파이프를 들어 올렸다.

쿵쿵쿵!

양 머리 공룡이 매우 빠른 속도로 다가갔다. 놈을 향해 독침을 발사할 시간적인 여유가 없었다.

피해야 했다.

콰직!

"으아아악!"

"제프! 산비탈로 피해!"

커다란 나무를 들이받은 양 머리 공룡.

그 괴물의 왼쪽엔 사내 한 명이 쓰러져 있었다. 방금 전의 충격으로 팔 한 쪽이 짓이겨지며 날아간 사내가 고통에 겨운 신음을 지르고 있었다.

그의 뒤쪽엔 깎아내린 듯 심하게 굴곡진 산비탈이 나 있었다. 양 머리 공룡이 고개를 돌려 쓰러져 있는 사내를 바라보며 입맛을 다셨다.

녀석의 오른쪽으로 재빨리 피해 있던 두 사내가 그 모습을 보고는 쓰러져 있는 사내에게 피하라고 외쳐 댔다.

"빨리 피해!"

크아아아아앙……!

양 머리 공룡이 쓰러져 있는 사내의 오른쪽 다리를 물고는 들어 올렸다.

그때 독검을 찔러놓고는 잠시 피해 있던 사내가 다시 올라와 위기에 빠진 주민병을 향해 달려갔다. 그러고는 뒷모습을 보이고 있는 양 머리 공룡의 허벅다리에 다시 한 번 검을 있는 힘껏 찔러 넣었다.

툭!

가벼운 생채기가 났다.

'젠장! 역시 내 실력으로는 이 괴물 놈의 껍질을 뚫을 수가 없어. 가장 약한 배 부근을 노려야 해.'

양 머리 공룡이 물고 있던 사람을 한 번 씹어 삼키고는 내던졌다.

"으아악!"

한쪽 다리가 씹히는 충격에 주민병은 다시 한 번 비명을 내질러야 했다. 그러고는 바로 기절해 버렸다.

양 머리 공룡이 천천히 뒤돌아섰다.

그 순간을 노린 것일까? 사내는 돌아서는 타이밍에 맞춰 괴물의 배 안쪽으로 들어가 다시 한 번 독검을 찔러 넣었다.

투웅!

실패다.

사내의 손에 들려 있던 검이 날아갔다.

양 머리 공룡이 사내가 찔러 넣는 순간 한 걸음 물러서며 앞다리로 사내의 검을 튕겨낸 것이다.

크르르릉……!

먹이를 노리는 육식동물의 움직임이랄까! 양 머리 공룡은 몸을 낮추고는 자신에게 약간의 생채기를 입힌 사내를 향해 이빨을 드러냈다.

바로 1미터도 되지 않은 거리에 사내의 떨리는 눈과 마주했다. 놈은 조그만 입을 최대한 벌리며 사내를 잡아먹기 위해 그 짧은 거리마저 무시한 채 달려들었다.

'끝장이다!'

사내는 두 눈을 감고는 자신의 죽음을 받아들이려 했다.

쐐애애애액—!

그때 어디선가 화살 한 대가 날아들었다.

퍽!

크아아아아앙!

화살은 정확히 양 머리 공룡의 입속으로 들어가 박혔다. 양 머리 공룡은 고통이 심한지 앞다리를 들어 올리고는 바닥을 내리찍으며 난동을 부렸다.

쿵쿵쿵!

녀석의 발광은 주위를 폐허로 만들기 시작했다.

콰지직!

"빨리 피해!"

죽음의 문턱에서 다시 살아난 사내는 양 머리 공룡에게서 벗어나 달아났다.

경사가 심한 산비탈 아래로 내려가며 사내는 위를 바라보았다.

산길 위에 있는 커다란 바위. 그 위에 한 사내가 화살을 겨누며 이쪽을 바라보고 있었다.

'아! 알레인 조장이구나.'

사내는 안심하며 밑으로 내려가 아까 날아가 버린 자신의 검을 찾아 주변을 살폈다.

커억! 컥!

얼마 지나지 않아 양 머리 공룡의 난동은 수그러들었다. 지쳤는지 어쨌는지 행동이 굼뜨고 숨넘어가는 신음 소리를 내기 시작하더니 이내 바로 옆으로 쓰러졌다.

털썩!

"역시 황금 두꺼비의 독은 강력하군. 시간이 얼마 흐르지도 않았는데 놈을 죽였어."

알레인은 들고 있던 활을 다시 등에 메고는 바위에서 내려왔다.

콰앙!

화르르르르르—!

밑에 설치된 마법진에선 계속해서 폭발음이 들려왔다.

알레인은 양 머리 공룡의 난동에도 살아남은 두 명의 주민 병에게 다가가 근처의 숨기 좋은 곳에 다시 은신할 것을 명하고는 다시 바위 위로 올라갔다.

크오오오오오!

계속해서 몇 마리의 괴물이 올라오고 있었다.

활을 들고는 멀리서 오고 있는 놈들을 향해 화살을 신중히 겨누었다. 그 주변은 불에 타고 있는 괴물 시체들에서 반사되는 불빛 때문에 놈들을 맞추는 데 어려움이 없었다.

'저놈이 좋겠군.'

알레인은 괴물들 중에서도 눈이 커다란 외눈박이 괴물을 타깃으로 삼았다.

쇄애애애액—!

퍽!

'됐다! 눈에 정확히 들어갔어.'

그는 회심의 미소를 지으며 활을 내려놓고는 몸을 일으켰다. 그리고는 놈들의 움직임을 예의 주시하는 알레인.

'아니, 저놈들이!'

그의 눈빛이 변했다.

괴물 중 세 마리가 쓰러진 외눈박이 놈을 타넘고는 방금 산비탈 아래로 피해 달아났던 경비조원이 있는 방향으로 빠지고 있었다.

'왜 세 마리나 저쪽으로 간 거지? 이상한데?'

굴곡이 심한 산비탈이라 괴물들이 다니기엔 어렵다. 거기다 어두운 밤이라 더 움직이기 불편할 터인 데도 놈들은 정확히 다가가고 있었다.

아무래도 후각이 특별히 발달한 놈들 같았다.

콰지지지직!

'안 되겠어……!'

조금도 쉴 틈이 없었다.

알레인은 다시 바위에서 내려와 위험한 산비탈 아래로 내려갔다. 놈들이 그곳으로 간 이유를 알아야 했다.

시간은 느리게 흘렀다.

퓨슝! 퓨슝!

쿠에에에엑—!

밑의 상황은 알레인이 상상하던 것과는 조금 달랐다.

우선 괴물도 세 마리가 아닌 다섯 마리가 있었고, 조원도 아까 내려갔던 한 명뿐만이 아니라 다른 조원 다섯 명과 같이 있었다.

거기다 2구역에 있어야 할 호드리조 또한 보였다.

호드리조는 지금 무척이나 당황하고 있었다.

"아이씨! 이 괴물 놈들이 왜 갑자기 두 마리에서 다섯 마리로 불어난 거야? 야! 모두들 뒤로 물러서면서 공격해!"

크아아아아앙!

우지직!

"으아악! 조장님, 살려줘요!"

알레인은 재빨리 활에 화살을 걸어 날렸다.

티잉!

하지만 화살은 놈들의 두꺼운 갑주를 뚫지 못하고 튕겨 나갔다.

눈이나 입속을 맞춰야 하는데 놈들이 움직이는 데다 어두워서 쉽지 않았다.

"제길!"

어쩔 수 없이 알레인은 자신의 단검인 카타르를 꺼내 들고는 신중히 놈들에게 다가갔다.

우적우적!

그때 호드리조는 자신의 부하 한 명을 잡아먹고 있는 놈을 향해 뛰어들었다. 검에 자신의 오러를 최대한 주입하고는 재빨리 찔러 넣었다.

푸욱!

독을 묻힌 검이 깊이 들어갔다.

"이 개놈의 새끼야! 네놈은 이제 죽었다!"

호드리조는 재빨리 검을 빼내고는 뒤로 물러서며 다른 괴물 놈들의 위치를 확인했다. 앞에는 어느새 왔는지 알레인이 괴물 한 마리와 싸우고 있는 게 보였다.

"야, 알레인! 위는 어쩌고 여기까지 왔냐?"

호드리조는 알레인이 같이 있다는 생각에 힘이 나는지 반가운 목소리로 말했다.

그러나 상황은 절망적이었다.

그새 조원 두 명이 더 괴물 놈들에게 잡아먹힌 것이다. 그리고 가장 좋지 않은 건 괴물 놈들 중에 황금 두꺼비의 독이 통하지 않는 놈이 있다는 것이었다. 처음에 봤을 때는 너무 어두워 미처 알아보지 못했던.

센티스콜.

길이 12미터에 수십 개의 발을 가진 괴물이었다. 놈은 눈이 세 개 달렸는데 가운데 눈에서 독분을 뿜어내었다.

사사사사삭!

놈이 움직였다.

"알레인! 옆에 센티스콜이 있어! 일단은 도망쳐야 해!"

호드리조의 말에 알레인은 오우거와의 싸움을 멈추고 뒤로 물러서며 친구 곁으로 다가갔다.

곧이어 호드리조와 등을 맞대고 선 알레인이 주위를 빠르게 흘어보았다.

크아아앙! 크르륵—!

남은 경비조원 세 명이 괴물 두 마리에게 둘러싸여 있었다.

'제길!'

도망치기도 쉽지 않았다.

자신과 호드리조 두 사람만이라면 충분히 도망칠 수 있겠지만 저들은 아니었다.

알레인의 얼굴이 굳어졌다.

*   *   *

콰아앙!

화르르르르르―

귀영섬투는 폭발음이 들리고 곧이어 화광(火光)이 충천하는 곳을 바라보았다.

산기슭을 오르던 놈들이 갑자기 터지는 폭발음에 몸뚱이가 찢겨 나가고 불이 붙자 날뛰고 있었던 것이다.

귀영섬투는 입가에 미소를 지으며 생각했다.

'다 온 건가? 갑작스런 폭발음, 그리고 괴물 놈들이 오르기가 쉽지 않은 저곳을 악착같이 가려는 이유, 바로 여기야. 여기에 뭔가가 있어.'

그는 저 산 위에 이곳에 대해 알 수 있는 단서가 있을 거라 확신했다. 지금까지 오면서 전혀 보지 못했던 사람이 있을 수도 있었다.

만일 그렇다면 이곳의 희한한 괴물 놈들에 대해서도 알 수 있을 테고, 무엇보다 자신의 고향으로 돌아갈 길을 알 수 있을 것이다.

마음이 바빠진 그는 다시 신법을 펼치며 달려갔다.

휘이익—!

한두 번 숨 쉴 동안의 짧은 시간이 지나자 귀영섬투는 폭발음이 들린 곳에 도착했다.

쿵쿵쿵!

크와와와와왕!

귀영섬투는 몸을 띄워 시끄럽게 떠드는 큰 머리 공룡의 머리를 박차고는 어기충소의 신법으로 하늘로 솟구쳤다.

퍼억!

갑자기 큰 머리 공룡의 머리에서 수박 터지는 소리가 들렸다. 놈은 비틀비틀거리며 앞으로 나아갔다.

털썩!

결국 녀석은 쓰러졌다.

눈과 입, 그리고 귀 등 칠공에서 붉은 피가 흘러나왔다.

발로 놈의 머리를 박찰 때 경력을 쏘아 보내 뇌를 망가뜨린 것이다. 정확히 표현하자면 발로 내가중수법을 사용한 것이라 할 수 있었다.

귀영섬투는 하늘에 떠서 주변을 살폈다.

산 위로 올라가던 괴물 중 세 마리가 길이 아닌 산비탈로 빠지는 게 보인다.

'왜 저리로……?

그곳은 괴물 놈들이 다니기에는 적당하지 않았다. 놈들이 가파르게 경사진 산비탈로 빠지자 귀영섬투는 잠시 의문이

들었다.

하지만 의문도 잠시, 곧이어 사람의 비명 소리가 들렸다.

"으아악! 조장님, 살려줘요!"

크오오오오오!

귀영섬투는 비명이 들린 곳으로 재빨리 고개를 돌렸다.

무슨 말인지는 모르겠지만 사람의 말소리였다.

"사람이다! 위치는 저곳!"

비명 소리가 들린 위치를 확인했다.

하지만 사내의 모습은 볼 수 없었다. 날이 어두운 데다 커다란 나무로 둘러싸인 숲이라 그랬다.

물론 괴물들이야 워낙에 덩치가 커다랗기 때문에 쉽게 확인이 가능했다. 또한 놈들이 장애가 되는 것들은 몸으로 부수며 나아가고 있어 더욱 쉬웠다.

귀영섬투는 비명 소리가 들린 곳으로 몸을 날렸다.

크아아아아앙!

귀영섬투는 나뭇가지 위에 서서 눈앞에서 벌어지고 있는 광경을 바라보았다.

괴물과 사람들이 대치하고 있었다.

그의 얼굴에 기쁨의 웃음이 잔뜩 매달렸다.

"히히히! 사람들이다. 생긴 것으로 봐선 서역인들이군. 이제 안심이야, 안심! 하하하하!"

이곳으로 오는 도중 가슴속에 왠지 모를 불안감이 자리해 있었는데 저들을 보자 싹 가셨다.

그렇게 기쁨의 웃음을 흘리고 있는 귀영섬투와는 다르게 밑에서 사투를 벌리고 있는 사람들에게는 절망의 탄식만이 가득했다.

크와와와왕!

우드드득! 우적! 우적!

"으아악!"

귀영섬투는 다시 한 번 울리는 비명 소리에 퍼뜩 정신을 차리고는 가장 위험에 처한 사내에게로 몸을 날렸다.

키가 6미터 정도의 괴물이 경비조원 한 명의 다리를 붙잡아 들어 올렸다. 그리고는 사내의 머리를 자신의 앞으로 가져와 입을 크게 벌렸다.

크르르룽!

남은 사람들이 그 모습에 다급해하며 구해주려 했지만 자신들의 앞에도 괴물들이 버티고 서 있어 몸을 빼내기가 쉽지 않았다. 오히려 자신들의 목숨을 걱정해야 할 판이었다.

"으아악!"

사내가 온갖 비명을 내지르며 몸부림을 쳐댔다.

그러나 소용없는 짓이었다.

오히려 괴물은 자신의 음식이 팔딱거리자 식욕이 동하는지 흉측한 미소를 띠었다

스으윽—!

드디어 커다랗게 벌어진 괴물의 입속으로 사내의 머리가 들어갔다.

끝났다.

모두들 그렇게 생각했다.

그러나 그때 이상한 일이 일어났다. 괴물이 입을 벌린 채 그대로 서 있었던 것이다.

석고상이라도 된 것일까.

잠시의 시간은 좀 더 빠르게 흘러갔다.

그러나 여전히 놈은 입을 벌린 채 서 있었다.

놈의 입속으로 들어간 사내는 두 손을 휘저으며 벗어나려고 안간힘을 쓰고 있었다.

'뭐지? 오우거 저놈이 왜 저러고 있는 거지?

알레인은 이상한 생각에 등을 맞대고 있는 호드리조에게 말을 걸었다.

"호드리조, 저기……!"

알레인의 말은 끝까지 이어지지 못했다.

어느새 오우거의 어깨 위에 무언가 시꺼먼 게 서 있었기 때문이다.

귀영섬투는 괴물의 마혈을 짚어 움직임이지 못하게 했다.

오우거는 자신의 어깨에 올라가 있는 물체를 보기 위해 애썼지만 두 개의 눈알만 굴릴 수 있을 뿐 몸이 꼼짝도 하지 않아 당황해하고 있었다.

'이 녀석은 머리가 두 개 달린 괴물 놈이랑 똑같이 생겼네. 단지 이놈이 덩치가 좀 더 작고 머리가 하나인 것이 다를 뿐이야. 아마 이놈이 정상이고 그놈이 돌연변이겠군.'

귀영섬투는 아가리에 들어가 있는 사내를 꺼내며 중얼거렸다.

"으아아악!"

털썩!

바닥으로 떨어진 사내는 자신이 살아남았음에 어리둥절하여 주위를 둘러보았다.

휘이이이잉—

환상인가? 순간, 시꺼먼 무언가가 유령처럼 자신의 앞에 잠깐 모습을 일렁이더니 이내 사라졌다.

귀영섬투는 20미터 앞에서 또 다른 사내가 위기에 빠지자 잠시도 지체할 수 없어 전력을 다해 신법을 펼쳤다.

이번엔 큰 머리 공룡이었다.

놈은 다리를 다쳐 쓰러져 있는 사내를 향해 아가리를 크게 벌리며 빠르게 고개를 숙이고 있었다.

쉬이익—!

사라졌던 귀영섬투가 다시 나타난 곳은 큰 머리 공룡의 머리 부근. 그는 빠르게 팔을 뻗어 손을 녀석의 이마에 가져다 댔다.

퍼억!

캑—!

짧은 비명을 내지르며 큰 머리 공룡은 비틀거렸다. 놈은 몇 발자국을 걷더니 힘없이 바로 무너졌다.

쿠웅!

알레인과 호드리조는 자신들 앞에서 서서히 다가오고 있는 센티스콜과 맞서며 그 광경을 보게 되었다. 그들은 시꺼먼 유령이 사라졌다가 다시 나타날 때마다 괴물들이 피를 흘리며 쓰러지자 놀라워했다.

잠시 후, 귀영섬투는 하나의 괴물만을 남겨둔 채 나머지 모두를 내가중수법으로 쓰러뜨렸다.

휘이이이잉—!

바람을 불러일으키며 그가 다시 나타난 곳.

그곳은 알레인과 호드리조가 맞서고 있는 센티스콜 앞이었다. 그들 두 조장은 갑자기 자신들 앞으로 시꺼먼 물체가 나타나자 몸을 움찔거렸다.

"야, 야! 알레인! 이… 이거 뭐… 뭐냐?"

좀체 더듬거리는 법이 없는 호드리조가 당황한 목소리로 물어왔다. 물론 알레인이라고 해서 지금의 이 상황을 이해할 수 있는 것은 아니었다.

"으음! 나도 잘 모르겠다. 저 시꺼멓게 생긴 자가 사람인지 아닌지도 잘 모르겠지만, 어쨌든 우리의 적이 아니란 것만은 확실한 것 같아.”

귀영섬투는 자신의 앞에 있는 다리가 수십 개가 달려 있는 괴물을 보며 생각했다.

‘이 괴물은 꼭 오공(蜈蚣)처럼 생겼네. 이런 놈은 크기가 클수록 영물로 취급해 중원에선 영단을 만들 때 사용하기도 하는데… 이놈이 정말 오공이었으면 좋겠는데 말이야. 에엠! 아니다, 아니야. 보아하니 이놈도 다른 녀석들과 마찬가지로 내단 같은 것은 없을 것 같다.’

사실 귀영섬투는 이곳까지 오는 도중에 몇 마리의 괴물을 죽이며 몸속을 해부해 보았다.

혹시나 내단 같은 것이 있지 않을까 하는 생각에서였다. 생긴 것들이 전부 영물처럼 보였기 때문에 당연했다.

하지만 가지고 있는 단도로 괴물의 몸을 완전히 해체해 보았지만 내단 비스무리한 것조차 발견하지 못했다.

스르르르륵! 스스스스슥!

센티스콜이 상체를 일으키며 자신의 눈앞에 있는 시커먼 녀석을 향해 위협적인 소리를 가했다.

그때 세 개의 눈 중 가운데에 자리한 눈알이 세로로 갈라지며 독분이 뿜어져 나왔다.

후화아아아아아악—!

‘얼레! 이놈 봐라? 이빨에 독이 있는 게 아니라 이마에서 독분을 뿌리네!’

스팟—!

귀영섬투는 다시 그 자리에서 꺼지듯 사라졌다.

독분은 귀영섬투가 있던 자리를 맴돌더니 곧 수풀 바닥으로 가라앉았다.

스르르르르르—

풍성한 수풀이 녹아내려 갔다.

독분은 수풀을 녹이고도 만족하지 않는지 마지막 몸부림으로 흙바닥을 검게 변색시키고는 사라졌다.

스윽!

귀영섬투의 모습이 다시 나타났다.

다시 나타난 곳은 센티스콜의 머리 위. 괴물은 자신의 머리 위에 누군가가 있다는 것을 인지하지 못했다. 전혀 무게감이 느껴지지 않았기 때문이다.

귀영섬투는 센티스콜의 머리 위에서 이놈을 어떻게 요리할까 고민스런 표정을 짓고는 발바닥을 툭툭거렸다.

그때 그의 몸이 갑자기 흠칫거렸다.

손을 귀에 가져가 집중했다.

미약하게나마 산 위에서 비명 소리가 들려오고 있었다.

'이들만 있는 게 아니었구나. 다른 사람들도 있었어. 이러고 있을 때가 아니야.'

콰직!

귀영섬투는 발에 힘을 주고는 다시 사라졌다.

껍질이 아무리 단단해도 소용없었다. 내가중수법으로 내부를 파괴해 버리니 아무 소용이 없는 것이다.

센티스콜은 다른 괴물들처럼 비틀거리더니 이내 쓰러졌다.

쿠웅!

알레인과 호드리조를 비롯한 살아남은 조원들이 모였다.

"이게 뭐 어떻게 돌아가는 거야?"

"그 시꺼먼 게 사람 맞지? 자세히 보지는 못했지만 사람의 형상이었어."

"나도 보았는데 잘 모르겠어. 흐릿하게 보여서 말이야."

알레인은 쓰러져 있는 괴물들의 곁으로 다가갔다. 어떻게 놈들이 죽었는지를 알아보기 위해 살폈는데 사인을 정확히 알 수가 없었다.

외상이 전혀 없는 데도 불구하고 머리의 구멍에서 피를 흘리고 있는 것이다.

*　　　*　　　*

휘이이이잉.

나뭇가지를 밟으며 귀영섬투는 빠르게 산 정상에 올랐다.

제일 먼저 눈에 들어온 것은 10미터 높이의 누각이었다. 그곳에서는 두 사람이 연신 화살을 쏘아대고 있었다.

휘리릭—

허공에서 몸을 한 번 뒤집고는 누각의 지붕 위에 내려섰다.
그리고는 싸움의 전체적인 양상을 살펴보았다.

쇄에에에에액—!

퍽!

누각에서 쏜 화살이 큰 눈알 괴물의 눈으로 정확히 파고들었다.

크에에에엑!

"거기, 조금 뒤로 물러나!"

"으아악! 살려줘!"

전체적으로는 마을 사람들에게 불리해 보였다.

크아아아아앙!

상처를 입은 괴물들이 더욱 날뛰었다.

귀영섬투는 어디서부터 손을 대야 할지 빠르게 머리를 굴렸다.

그 순간,

주변에 퍼져 있는 대기가 갑자기 흔들렸다.

기이이이잉—

'엉! 뭐지? 주변의 기가 빠르게 모이고 있다. 이게 어떻게 된 일이지?

귀영섬투는 기가 흐르는 방향으로 빠르게 고개를 돌렸다.

주위가 갑자기 밝아졌다.

기가 모여든 장소에서 갑자기 커다란 불덩이가 생겨난 것이다. 불덩이는 곧장 괴물들이 밀집해 있는 지형으로 빠르게 날아갔다.

퍼엉!

크아아아아아앙!

불덩이에 맞은 괴물들이 괴성을 지르며 날뛰었다.

쿵쿵쿵!

화르르르르르—

뜨거운 불길에 타오르는 괴물들을 향해 화살비가 쏘아졌다. 누각 위에서 뿐만 아니라 곳곳에 은신해 있던 사람들도 화살을 쏘아대고 있었다.

쇄애애애애액—!

틱틱!

대부분의 화살이 두꺼운 가죽에 튕겨 나갔다.

크아아아아아앙! 쿠오오오오!

크르르르르르—!

그때 두 마리의 괴물이 고열의 화염을 뚫고 나와서는 곧장 불덩이가 날아온 방향으로 뛰어갔다.

갈색 로브의 대머리노인.

놈들은 이 마을 촌장인 파구스를 노렸다. 몸통에는 아직 꺼지지 않은 불길을 매단 채 놈들은 악착같이 달려나갔다.

"촌장님! 조심하십시오!"

멀리서 괴물 네 마리와 사투를 벌이고 있던 토이타 대주가 촌장의 위기를 보고는 고함을 터뜨렸다.

크와와와왕!

사자 머리에 이마에 뿔이 달린 괴물이 커다란 입을 벌리고 파구스 촌장을 덮쳤다.

거리가 멀어 도움을 줄 수 없었던 귀영섬투.

그 순간 그에게 있어 놀라움을 넘어 경악할 만한 일이 벌어졌다.

스스스스스─

사자 머리 괴물에게 잡아먹혔다 생각한 파구스 촌장이 그대로 증발하듯 사라졌다.

크아아아아앙!

"저, 저건……?"

귀영섬투는 너무 놀라 말을 제대로 잇지 못했다. 자신도 모르게 손에 힘이 들어갔다.

스스스스스─

사라졌던 파구스 촌장이 작은 바위 위에 다시 모습을 드러냈다. 그곳은 촌장이 사라졌던 곳에서 50미터 정도 떨어진 곳이었다.

귀영섬투는 바위 위에 모습을 다시 드러낸 대머리노인을 보며 놀라운 눈빛을 매단 채 생각했다.

'빠, 빠르게 움직인 게 아니야. 그렇다고 축지법이라고 말할 수도 없어. 저, 저건 그냥 공간 속으로 들어갔다가 다른 곳으로 튀어나온 거야. 어떻게 저럴 수 있는 거지?

파구스 촌장은 바위 위에 내려서자마자 다시 마법의 스펠을 외우기 시작했다.

그의 이마에는 땀이 비 오듯 흘러내리고 있었다.

크와아앙!

사자 머리 괴물이 방금 놓친 자신의 먹잇감을 찾다가 바위 위에 촌장이 서 있는 것을 발견하고는 다시 달려들었다.

화르르르르르—

이번엔 조그만 화염 덩어리가 날아갔다.

콰앙!

사자 머리 괴물은 화염 덩어리를 맞고 그대로 뒤로 날아갔다. 놈은 불에 타오르며 괴성을 질러대더니 잠시 후 숨이 끊어졌다.

파구스 촌장은 안도의 한숨을 내쉬며 이마의 땀을 훔쳐 냈다. 잠시 쉬며 괴물들의 움직임을 지켜보고 있던 촌장.

갑자기 그의 몸이 흔들린다.

부르르르—

피곤해서일까. 그래서 지쳐 몸이 흔들리고 있는 것일까.

아니었다.

그가 흔들린 이유는 바로 그가 서 있는 바위가 흔들리고 있었기 때문이다.

쿠쿠쿠쿠쿠— 쩌저적!

땅속에서 무언가가 나오려 했다.

파구스 촌장은 플라이 마법으로 날아오르기 위해 마법 스펠을 다급히 외우기 시작했다.

그러나 시간이 너무나 촉박했다. 거기다 몸을 지탱하고 있는 바위가 흔들리니 정신을 집중하기가 쉽지 않아 스펠을 제대로 외울 수가 없었다.

'아! 늦었다. 내가 이렇게 끝날 수는 없는데……!'

그의 안타까운 독백을 끝으로 바위가 터져 나갔다.

콰앙—!

파구스 촌장은 두 눈을 꼭 감았다. 그는 자신의 몸이 튕겨 나가고 있음을 느꼈다.

휘이이이이잉!

시원한 바람이 촌장의 얼굴을 건드렸다.

하지만 이상했다.

몸에 그 어떠한 고통도 느껴지지 않았다.

파구스 촌장은 자신이 아직까지 생각이란 것을 하고 있다는 사실이 믿겨지지 않았다. 그러고 보니 자신의 몸을 누군가가 들고 있다는 느낌이 들었다.

감은 두 눈을 천천히 떠보았다.

눈과 눈이 마주쳤다.

씨익!

귀영섬투는 안심하라며 미소를 지어 보였다. 그는 파구스 촌장의 공간 이동술에 놀라 하마터면 그를 구하지 못할 뻔하였다.

바위가 흔들리는 순간, 땅속에 괴물이 숨어 있음을 바로 간파하고 전력을 다해 신법을 펼쳐 파구스 촌장을 구한 것이다.

'무슨 일이 있어도, 아니, 하늘이 두 쪽 나는 일이 있더라도 반드시 알아낸다. 공간 이동술. 그건 내게 반드시 필요한 기술이야. 나를 위한……'

귀영섬투는 가슴이 뛰었다.

그의 뇌리엔 공간 이동술을 이용한 다양한 상상이 이어졌다.

공간을 자유로이 이동하며 세상을 횡단하는 그런 상상.

휘이이이잉!

파구스 촌장은 밑을 내려다보았다.

자신은 지금 허공에 떠 있었다. 다시 자신을 들고 있는 사내를 바라보았다. 처음 보는 복식의 검은 옷을 입은 사내가 연신 자신을 바라보며 웃고 있다.

특이한 얼굴이다. 검은 머리에 쌍꺼풀이 없는 밋밋한 작은 눈, 거기에 유난히 낮은 콧대, 그리고 세 줄기의 고랑을 만든 상처가 볼에 나 있었다.

이곳에선 전혀 볼 수 없는 형태의 얼굴을 한 사내다.

자신을 안고 있던 사내는 허공을 잠시 비행하더니 비교적 안전해 보이는 장소로 자신을 내려줬다.

또다시 자신을 바라보며 살갑게 웃는다.

씨익!

그리곤 사라졌다.

귀영섬투는 우선 바위를 부수고 튀어나온 괴물을 먼저 손
봐줘야겠다고 생각했다.

놈은 거대한 벌레였다.

몸에 수많은 주름이 나 있는데, 그곳에서 끈적끈적한 액체
가 흘러나왔다. 그 액체에 닿으면 자철석처럼 달라붙어 떨어
지지가 않았다.

경비조원 한 명이 그 액체가 발에 묻어 꼼짝을 못하고 있는
게 보였다.

피슝! 피슝!

은신해 있던 주민병들이 연신 독침을 쏘아보지만 소용 없
었다. 그저 안타까운 마음에 지푸라기라도 잡고 싶은 마음에
그리하는 것뿐이었다.

크르르르르—!

우적우적.

경비조원이 놈의 아가리에 들어가 먹혔다.

휘이익!

귀영섬투는 한 걸음 늦게 놈의 머리라 생각되는 부위에 내
려섰다.

"에잇, 늦었네!"

그는 자신이 내려선 벌레의 모습을 관찰했다.

"근데 이 벌레 놈은 눈 같은 것이 안 달려 있네? 대체 어떻게 먹이를 찾아 나서는 거야?"

벌레의 주름에서 더욱 많은 액체가 흘러나왔다.

스멀스멀.

그 액체가 신발에 닿았는 데도 불구하고 귀영섬투는 전혀 움직임에 지장이 없었다. 자세히 보니 그의 발끝에 푸른빛의 기운이 어려 있었다.

"에이, 더러운 놈!"

귀영섬투는 발에 내력을 집중해 내가중수법의 암경을 쏘아 보냈다. 그러나 놈은 죽지 않았다.

다만 심한 고통을 느끼는지 더욱 몸부림을 치며 날뛰었다.

"귀찮은 놈이네. 워낙에 커다란 놈이라 뇌신경의 정확한 위치를 모르겠잖아."

어쩔 수 없이 귀영섬투는 벌레의 머리를 이리저리 걸어다니며 암경을 쏘아 보냈다. 다섯 걸음 정도 걷자 벌레는 힘없이 무너져 내렸다.

쿠웅!

놈은 쓰러지면서 자신의 액체를 사방으로 부렸다.

"끝까지 지저분을 떠는군. 에잇!"

귀영섬투는 다시 날아올라 허공에 멈추어 서서는 전체적인 상황을 살폈다. 위급해 보이는 쪽을 먼저 구하기 위해서였다.

‘저기다!’

그가 바라보고 있는 곳엔 토이타 대주가 다섯 마리의 괴물을 상대로 힘겹게 싸우고 있었다. 처음에 싸울 때는 네 마리였는데 어느새 한 마리가 더 달라붙은 것이었다.

쉬이잇―!

그의 검에서 날카로운 검기가 일었다.

검기에 갈라진 괴물들의 거대한 몸뚱이에서 피가 흘러내리고 있었다. 확실히 이곳 마을의 무력 책임자라 할 만한 실력이었다.

서걱!

놈들 중 하나가 다리가 잘려 나가며 쓰러진다.

털퍼덕!

크오오오오!

토이타 대주는 힘이 드는지 숨을 거칠게 내쉬었다.

“헉헉! 헉……!”

괴물 다섯 놈을 동시에 상대하는 것은 그로서도 벅찼다. 하나씩 상대한다면 손쉽게 제압할 수 있겠지만, 놈들은 교묘하게 협공을 가하고 있었던 것이다.

평소엔 이렇지 않다가 붉은 달이 뜨는 날에는 무슨 이유에서인지 좀 더 똑똑해지는 녀석들이었다.

다시 한 놈이 달려들었다.

크아앙!

힘들지만 피할 수도 없었다.

그는 무거운 어깨를 다독이며 다시 검을 들었다.

'응?'

순간 토이타 대주를 향해 공격해 오는 괴물 놈의 뒤에서 검은 바람이 불어왔다.

휘이이이잉—!

검은 광풍은 빠르게 지나갔다.

'뭐지?'

토이타 대주는 바람을 맞은 괴물이 비틀거리는 것을 보았다. 놈은 뒷걸음질을 치더니 이내 쓰러졌다.

쿠웅!

놀란 두 눈을 치켜뜨고 있는 토이타 대주의 옆으로 귀영섬투가 소리없이 내려섰다.

대주는 몸을 흠칫 떨었고, 놀라 커져 있던 두 눈은 더욱 커져 버렸다. 전혀 기척을 내지 않고 자신의 옆에 검은 인영이 서 있으니 어찌 놀라지 않을 수 있겠는가.

귀영섬투는 토이타 대주에게도 미소를 지어 보였다. 최대한 밝은 표정으로 자신은 좋은 사람이라는 것을 알리기 위해 애썼다.

씨익!

그는 대주에게 다시 한 번 호감의 미소를 보여주고는 바로 몸을 움직였다.

토이타 대주의 눈앞에 다시 검은 광풍이 불었다.
바람이 불 때마다 주변의 괴물들도 쓰러져 갔다.
크아아아아앙……!
쿠오오오!
검은 바람의 세력은 점점 더 커져 나갔다.
점점 더…….

CHAPTER 4
질문을 던지다

쏴아아아아아아—

우르르릉! 콰쾅!

아침부터 폭우가 미친 듯이 쏟아져 내린다.

하늘은 온통 먹장구름에 가려져 어두웠다.

간밤의 격전을 모두 씻어내려는지 어두운 하늘은 천둥번개를 일으키며 더더욱 세찬 빗줄기를 퍼부었다.

쏴아아아아아아—

허름한 초옥.

귀영섬투는 실내에 마련되어 있는 나무 침상에 누워 잠을 자고 있었다.

그는 한동안 잠을 제대로 자지 못해 많이 피곤한 상태였다.

"으으… 웅."

온몸을 꿈틀거리며 달콤한 잠에서 깨어나는 귀영섬투. 그는 어울리지 않게도 투정을 부렸다.

"아이 씨! 왜 이렇게 시끄러워! 잠을 못 자겠잖아!"

우르르르릉! 콰쾅!

귀영섬투는 잠을 더 자보려고 애쓰다가 천둥소리에 포기하고는 자리에서 일어나 앉았다.

닫혀진 창문을 열고 묵빛의 하늘을 바라보았다.

쏴아아아아아—

"지독히도 퍼붓는구나."

벅벅벅!

머리가 근지러운지 시원스레 긁어댔다. 그러다 나무 침상을 바라보았다.

스르르르—

조그만 벌레가 기어가고 있는 게 보인다.

틱!

손가락으로 한 번 눌러주고는 멍하니 천장을 바라보았다.

귀영섬투는 한참을 멍하니 있다가 정신을 차렸는지 자세를 고쳐 잡았다. 그리고는 가부좌의 자세를 취하며 조용히 눈을 내리감았다.

Teido's
Adventure

그는 주위가 폭우로 인해 시끄러운 데도 불구하고 개의치 않고 계속 가부좌의 자세로 눈을 감고 있었다.

일각의 시간이 흘렀다.

귀영섬투의 몸에 서서히 변화가 일어났다. 그의 몸에서 빛이 나기 시작한 것이다.

어둡던 실내가 그로 인해 밝아졌다.

빛은 푸른색을 띠었다. 처음엔 희미하게 빛을 발하더니 나중엔 눈이 부실 정도의 빛으로 바뀌었다.

화아아아아악—!

귀영섬투의 몸에 푸른 구체가 만들어졌다. 그 구체는 잠시 모양을 이루더니 곧 빠르게 사그라들었다.

"후— 읍."

감겼던 눈이 천천히 떠졌다.

그의 눈에서 푸른빛이 잠깐 어리더니 이내 사라졌다.

"으음! 역시 안 되는구나. 하아, 이것참, 힘 빠지네. 어떻게 5년간 전혀 변화가 없냐. 누가 가르쳐 줄 수 있는 것도 아니고 뭐가 문제인 건지 알 수가 없으니……."

그는 다시 창밖으로 시선을 돌렸다.

빗줄기가 가늘어졌다.

어둡던 하늘도 조금씩 밝아지며 회색빛 하늘을 조금씩 내비치고 있다.

부스럭부스럭.

귀영섬투는 침상 밑에 놓아둔 커다란 봇짐을 꺼내 들고는 자신의 눈앞에다 풀어헤쳤다.

귀하디귀한 천고의 영약들.

"헤헤헤헤……."

저도 모르게 웃음이 피어났다. 방금 전의 운기행공에서 느꼈던 실망감이 싹 사라지는 기분이다.

이것들은 전부 불회곡에서 그가 가장 먼저 챙겨온 것들이다. 황실 별고 내의 여러 석실 중에서도 약고(藥庫)에 처박혀 있던 것들이다.

그는 우선 구대문파가 자랑하는 영단들을 하나씩 살펴보았다.

대환단, 자소단, 태청단, 취구환…….

"헤헤, 이것들은 특히 내공의 수위를 빠르게 끌어올리는 데 있어서는 최고라고 할 수 있지. 그것도 아무런 부작용도 없이 말이야."

음의 성질을 지닌 인형설삼이나 양의 기운을 띤 태양신과 같은 자연 상태 그대로의 영약들.

이런 것들은 무림인이 아니라 일반 사람이라도 잘못 먹으면 내력의 폭주로 인해 주화입마에 빠질 수도 있다. 약력이 너무 강해 조절하기가 힘들기 때문이다.

하지만 영단들은 그런 위험이 대폭 감소가 돼 어느 정도 안심하고 복용할 수 있는 귀한 것들이었다. 무림의 유수한 대문파들이 괜히 힘들게 영단을 만드는 게 아니었다.

귀영섬투는 소림의 대환단을 들어보고는 히죽 웃었다.

"히히, 대환단은 사부에게나 줘야겠다. 요새 기력이 많이 달려 취월루의 애향이가 보고 싶어도 갈 수 없다고 하니 몸보신 좀 시켜야겠다. 이걸 보면 좋아 죽으려고 하겠지. 헤헤헤."

그때 또 다른 누군가가 생각나는 그다.

"으드득! 그래, 문주! 그 양반한테는 단 하나도 주지 않을 테다. 그래도 내가 명색이 하오문의 수호법비인데 말이야. 요새는 툭하면 우는소리를 해대. 재정 상태가 엉망이니 돈 좀 어디서 구할 수 없겠냐고. 내가 돈 버는 기계도 아니고, 도대체 뭐야!"

수호법비(守護法秘).

귀영섬투는 방금 자신을 하오문의 수호법비라고 말했다.

하오문이야 원래 개방과 함께 무림의 이대정보조직으로 유명한 문파다. 문도는 주로 밑바닥 생활을 하는 자들이 가입하는 게 하오문이었다.

그리 잘난 게 없는 그런 문파이긴 하지만 누구나 아는 유명 문파이기도 한 것이다. 한데 수호법비란 말은 무림의 어느 누구도 들어보지 못한 말일 것이다.

사실 그럴 수밖에 없었다. 지금까지 하오문의 역사상 수호법비가 무림상에 등장한 일은 단 한 번도 없었기 때문이다. 그럼 왜 등장하지 못한 것일까.

이유는 단 하나였다.

수호법비는 오직 문파가 멸문에 위기에 처할 때만 나타나게 돼 있었기 때문이다.

하오문을 지킬 수 있는 강력한 무력을 지닌 최후의 힘.

그게 바로 수호법비인 것이다.

그는 이렇듯 무림상의 별호인 귀영섬투 외에 수호법비라는 숨겨진 신분을 가진 사내였다.

"헤헤헤……."

그는 한동안 자신의 눈앞에 펼쳐져 있는 영약들의 세계에 행복감을 가득 느끼고는 다시 봇짐 속에 꼭꼭 싸서 침상 밑에 놓았다.

"이거 누가 가져가는 놈은 없겠지? 으음! 만약 허락 없이 어떤 놈이라도 이걸 건들기만 하면 아주 죽지도 살지도 못하게 만들어 버리겠어."

귀영섬투는 자리에 일어나서는 침상 밖으로 나갔다. 그러다가 다시 한 번 자신의 봇짐을 바라보았다.

"……."

아무 말 없이 봇짐만을 바라보는 귀영섬투.

아무래도 안 되겠나 보다.

그는 다시 봇짐을 들고는 실내의 구석진 자리로 가져갔다. 그리고는 그 텅 비어 있는 구석에다 내려놓고는 뒷모습만을 내보인 채 무언가 다른 일을 하기 시작했다.

잠시 후,

"헤헤, 됐다. 이렇게 해놓으면 그 누구도 가져갈 수가 없지. 아암!"

귀영섬투는 이제는 안심해도 되겠다는 듯 해맑은 웃음을 짓고는 자리에서 물러섰다.

그가 떠나간 자리.

이상했다.

방금 전 그가 놓아둔 봇짐이 보이지 않는다. 분명 그 구석진 자리에 놓아두는 걸 봤는 데도 말이다.

귀영섬투는 홀가분하다는 듯 손뼉을 탁탁 털어내고는 밖으로 나갈 준비를 했다.

오늘 그에게는 해야 할 일이 무척이나 많았다.

삐이걱—

그는 초옥의 문을 열고 밖으로 나왔다.

어느새 가늘게 내리던 빗줄기는 사라지고 저 멀리서 햇살이 일어나 마을 전체를 비추기 시작한다.

"아자자자!"

귀영섬투는 기지개를 켜며 기합을 내질렀다.

그의 기합 소리가 컸던 것일까!

하나둘 마을 주민들이 문밖으로 고개를 내밀며 나온다.

귀영섬투는 멋쩍은 듯 웃음을 흘리며 그들을 향해 큰 소리로 아침 인사를 했다.

“하하하! 안녕하십니까?”

“…….”

마을 사람들은 두 눈에 두려움을 가득 안고서 그를 피해 조심스럽게 돌아서 나갔다.

살금살금.

“…….”

귀영섬투는 그들이 모두 아는 척도 안 하고 멀리 피해서 돌아가자 황당한 표정을 지어 보였다.

“뭐야, 이거?”

자신이 그들에게 무언가 실수한 게 있나 생각해 보았다.

하지만 기억에 없었다. 없는 것이 당연했다. 자신은 그들을 도와준 일밖에는 없었으니 말이다.

그는 고개를 갸웃거리며 마을 주변을 거닐었다.

이곳은 정말 널따란 분지였다.

산 정상에 이런 커다란 평지가 있으니 사람 살기에 나쁘지 않은 것이다.

도시 하나가 들어서도 이상하지 않을 그런 곳이었다.

하지만 이곳이 어제처럼 괴물 놈들의 습격이 수시로 일어나는 곳이라면 정말 피곤한 일이라 할 수 있다. 아니, 목숨을 걸어야 하니 차라리 다른 곳으로 터전을 옮기는 게 나을 것이다.

마을을 둘러보니 이 마을은 생긴 지 얼마 되지 않은 것 같았다. 이제야 한창 초가집이 지어지고 있었던 것이다.

귀영섬투는 어젯밤 보았던 작달막한 대머리노인을 찾아보았다. 하지만 이리저리 둘러보아도 보이지 않았다.

움메에!

그때 들려온 소 울음소리에 뒤를 돌아보았다.

"이랴! 이랴!"

중원에 있는 황소보다 두 배는 커다란 놈이다. 붉은빛의 피부를 가진 황소는 힘이 좋아 보였다. 녀석은 몸에 굵은 동아줄을 묶고는 죽어 쓰러져 있는 큰 머리 공룡을 끌고 있었다.

"이랴!"

꿈쩍도 하지 않았다.

황소 한 마리의 힘으로 큰 머리 공룡을 끌기에는 역부족이었다.

"이랴! 이랴!"

황소의 앞에 서서 연신 재촉하고 있던 노랑머리사내는 안 되겠는지 다른 곳에서 일하고 있는 사내를 부르더니 뭐라고 떠들어댔다. 아마 황소 한 마리를 더 투입해야 될 것 같다고 말하는 듯했다.

가만히 그 광경을 구경하고 있던 귀영섬투는 노랑머리사내에게 다가갔다.

툭툭!

화들짝!

갑자기 자신의 등 뒤에서 누군가가 건드리자 노랑머리사

내는 심장이 멈추는 듯했다. 방금 전까지도 분명 자신의 주위에는 아무도 없었기 때문에 놀라움이 클 수밖에 없었다.

노랑머리사내는 재빨리 몸을 돌리고는 상대방을 쳐다보았다.

어젯밤 보았던 그 시꺼먼 놈이다.

노랑머리사내는 손으로 자신의 심장을 쓸어내리면서 잔뜩 경계의 표정을 지으며 귀영섬투에게 말을 걸었다.

당연히 알아들을 수 없었다.

"쳇! 역시 전혀 알아들을 수가 없군."

귀영섬투는 손짓으로 큰 머리 공룡을 가리키며 자신이 이놈을 끌고 가겠다는 의미를 전달했다. 그러나 사내는 전혀 모르겠다는 듯이 자신과 큰 머리 공룡을 바라보기만 하였다.

"야, 노랑머리! 너, 바보냐? 내가 이놈을 끌고 가겠다고! 대충 손짓발짓을 보면 모르겠냐!"

귀영섬투는 상대방이 전혀 알아듣지 못하는 듯하자 안 되겠는지 직접 쓰러져 있는 큰 머리 공룡에게 다가갔다.

스으윽!

귀영섬투는 놈의 발가락 중 잡기에 편한 것 하나를 골라 집어 들더니 이내 힘을 주었다.

질질질질—!

그 커다란 큰 머리 공룡이 쉽게 끌려갔다.

노랑머리사내는 두 눈을 동그랗게 뜨고는 놀란 표정으로

그 광경을 바라보았다.

무게가 적어도 10톤 이상 나가는 공룡이다. 그 커다란 공룡을 자신보다도 조금 작은 시꺼먼 사내가 끌고 있는 것이다.

"이봐, 이거 어디로 가져갈까?"

귀영섬투는 다시 손짓을 하며 의사를 전달했다.

노랑머리사내도 바보는 아닌지라 곧 그 의미를 깨닫고는 손을 들어 커다랗게 지어진 창고를 가리켰다. 그리고는 뭔가를 다시 깨달았는지 황소에게 묶여 있는 줄을 풀어내더니 자신이 직접 창고로 안내했다.

질질질질—

마을 주민들이 일손을 놓고 모두 구경하고 있었다. 그러다가 서로 몇 명씩 모여 수군거린다.

"쳇! 이게 무슨 구경거리라고……."

귀영섬투는 미간을 찌푸리며 투덜거렸다.

창고 앞까지 큰 머리 공룡을 끌고 오자 노랑머리사내가 문을 열었다.

창고 입구의 문은 공룡 한 마리는 충분히 들어갈 정도의 크기라 아무 문제 없이 끌고 들어갈 수 있었다.

안에는 바깥쪽과는 다르게 서늘했다.

고기를 비롯한 식료품을 보관하기에는 안성맞춤이었다.

"햐아아! 이거 신기하구나! 이곳만 이렇게 서늘하다니. 아마 이것도 대머리노인이 어떻게 한 것이겠지."

그는 창고 안을 자세히 살펴보았다.

창고의 크기는 자신이 끌고 온 공룡 다섯 마리 정도는 충분히 보관할 수 있는 규모였다. 구석에는 도축된 멧돼지가 쌓여 있었다.

이리저리 둘러보다가 창고의 바닥을 주목하였다.

"바닥에 대기의 찬 기운을 끌어당기는 무언가가 있네. 이건… 그래, 진법과 비슷한 거야."

바닥에서 느껴지는 기운을 좀 더 잘 느껴보기 위해 눈을 감았다.

노랑머리사내는 그런 귀영섬투의 모습을 보며 고개를 갸웃거렸다.

'아아! 아니구나, 아니야! 이건 진법보다는 바위산에서 보았던 결계와 더 비슷해.'

귀영섬투는 눈을 뜨고는 곰곰이 생각해 보았다.

'그래, 이건 진법으로도 할 수 있는 일이야. 상하기 쉬운 음식을 보관하는 그런 일. 하아아! 왜 이런 생각을 진작에 못했지? 좀 더 생각해 보자. 으음! 진법을 그냥 지키고 가두고 죽이는 일 등에만 쓰일 게 아니라 다른 획기적인 일에 응용할 수 있겠어. 뭐가 있을……'

"흐흐흠!"

귀영섬투가 한참 생각에 빠져 있을 때 기침 소리가 들렸다.

뒤를 돌아보니 노랑머리사내가 입에 손을 가져다 대고 자신의 눈치를 살피고 있었다.

그러고 보니 창고 문을 너무 오래 열어두고 있었다. 창고 안을 서늘하게 유지하기 위해서는 창고 문을 저렇게 오래 열어두고 있는 건 좋지 않았다.

다시 밖으로 나갈 수밖에 없었다.

노랑머리사내가 조심스럽게 자신을 어딘가로 데려갔다. 자신을 데려간 곳은 커다란 구덩이가 파여 있었는데 안을 들여다보니 무언가를 태우는 장소였다.

"야, 이 자식아! 여기 뭐 먹을 게 있다고 나를 이리로 데려온 거야? 엉? 너, 죽고 싶어, 이 노랑머리야?"

나오는 말이 거칠기 짝이 없었다.

하지만 웃기게도 귀영섬투는 얼굴 표정엔 한없이 부드러운 미소를 매달고 있었다.

어차피 알아듣지도 못하니 상관없다는 투였다. 노랑머리사내도 그의 착해 보이는 미소를 보고는 안심하는 눈치였다.

귀영섬투는 노랑머리가 안심한 표정으로 자신을 바라보자 그게 그렇게 재미있을 수가 없었다.

"헤헤헤! 이거 재밌네. 서로 말이 안 통하는 자들끼리는 나처럼 하는 거 아냐?"

사내는 손짓발짓을 동원하여 말하고 있었다.

‘혹시 저놈도 나처럼…….’

귀영섬투는 노랑머리사내도 자신처럼 욕설을 퍼부으며 말하는 게 아닌가 말소리를 유심히 들어보았다.

알아듣지는 못하지만 대충 욕설은 아니라는 판단이 든 그는 노랑머리사내를 다시 따라갔다.

“야, 이 썩을 놈아! 그러니까 이놈은 저기 구덩이, 그러니까 소각장에다가 내다 버리고 저놈은 창고에 가져다 놓으라는 거지? 이거, 이거, 아주 웃기는 자식일세! 내가 네놈 종살이라도 하는 하인이야?! 왜 이런 걸 시키는 거야? 확!이걸 그냥!”

귀영섬투는 다시 거칠게 말하며 미소를 지었다. 그리곤 사내가 말하는 괴물의 사체를 보았다.

‘이놈은 왜 소각장에다가 버리라는 거지?

귀영섬투는 창고로 들어가는 괴물 놈과 소각장으로 빠지는 녀석의 차이점을 알아보았다.

잠깐 살펴보았지만 알 수가 없었다.

‘뭐가 다른 거지? 다 똑같은 괴물인데. 이놈은 먹을거리고 또 요놈은 그냥 폐기 처분이란 말이지?

그렇게 잠시 고민의 시간을 갖고 있는 찰나, 뒤에서 다시 기침 소리가 들려왔다.

“흐흠!”

“노랑머리, 조용히 해라. 그렇지 않아도 지금 옮기려고 하니까.”

귀영섬투는 우선 소각장으로 끌고 갈 괴물의 앞에 섰다.

놈은 녹색 피부를 가진 거대한 두꺼비였다.

이마엔 피부가 각질화되어 뿔처럼 생긴 혹이 나 있는 그런 녀석이다. 이놈은 어제 자신이 내가중수법으로 쓰러뜨린 괴물이기도 했다. 머리의 칠공에서 피가 흐르고 있었기 때문에 당연히 알 수 있었다.

'응?

귀영섬투는 잠깐 두꺼비 괴물이 흘린 피를 보았다.

검은 피.

이놈의 검은 피에는 아주 극소량이기는 하지만 마의 기운이 담겨 있었다. 물론 자신은 먹어도 상관없었다.

그는 다른 괴물들이 흘린 피의 색깔을 확인했다.

확실히 구분되었다.

"아, 그렇구나! 붉은 피의 괴물은 창고행, 검은 피의 괴물은 소각장, 이런 식으로 구분되는구나."

이제 알겠다는 듯이 귀영섬투는 웃음을 지었다.

"헤헤! 이렇게 쉬운 것을."

귀영섬투는 노랑머리사내를 보았다. 그리고는 손가락을 들어 연신 입가 주위를 오르락내리락해 보였다.

이건 먹지 않느냐는 의미의 손짓이었다.

노랑머리사내는 절대 안 된다며 고개를 가로젓고는 아파 드러눕는 시늉을 했다.

'강한 불에 익혀 먹으면 괜찮을 텐데……. 아픈 시늉을 하는 걸로 봐서는 이곳 사람들은 대체적으로 소화기 계통이 약한 것이 틀림없어. 이것도 제법 맛있는 건데, 안됐군. 이 맛좋은 별미를 버려야 하다니…….'

귀영섬투는 두꺼비 괴물의 발가락 하나를 집었다.

끈적끈적하며 미끄러웠다.

그는 손에 내력을 주입했다. 그러자 끈적거리던 것이 사라지며 발가락을 잡기가 수월해졌다.

"요놈들만 대충 처리하고 대머리노인이 어디 있는지 물어봐야겠다."

귀영섬투는 괴물 두꺼비를 잡고는 빠르게 움직였다.

옆에 늘어서서 놀라워하는 마을 주민들을 향해 웃음 짓는 것도 잊지 않았다.

휘이익!

쿠웅!

요란스런 굉음을 내며 못 먹는 괴물들이 하나하나 소각장으로 사라졌다. 마을 사람들이 이삼 일 정도 해야 할 일을 귀영섬투 혼자서 빠르게 해내고 있었다.

*　　　*　　　*

넓은 집무실.

사람의 심신을 위로해 주는 듯한 은은한 차향이 집무실 안에 가득 찼다.

안에는 그 규모에 비해 별다른 장식품은 보이지 않았다.

촌장이 사용하는 책상 하나와 여덟 명이 마주 보고 이야기할 수 있는 기다란 탁자와 의자 여러 개, 서류를 정리해 보관해 넣는 큰 서랍장 하나, 그리고 벽에 인물화 두 점이 걸려 있는 게 전부였다.

촌장은 손에 펜을 쥐고는 서류에 무언가를 적고 있었다. 그의 옆에는 다섯 사내가 탁자를 사이에 두고 앉아서 아무 말 없이 촌장의 모습만을 바라보고 있었다.

무거운 분위기가 집무실 안을 감돌았다.

"으으음! 그러니까 이번에 총 아홉 명이 죽고, 스물한 명이 다쳤다는 이야기인가, 대주?"

파구스 촌장의 질문에 토이타 대주가 대답했다.

"예, 촌장님. 그리고 죽은 사람 중에는 경비조원 세 명이 포함되어 있어 손실이 더 크다고 할 수 있습니다."

"좀 더 완벽히 방비를 했어야 하는데… 내 잘못이 크구먼."

촌장이 땅이 꺼져라 한숨을 내쉬었다.

"아닙니다, 촌장님. 어제는 저희가 할 수 있는 최선을 다한 것입니다. 촌장님께서 자책하실 일은 아니라고 생각합니다."

"대주님의 말씀이 맞습니다, 촌장님. 어제 몰려든 괴물들의 숫자가 저희가 예상했던 것보다 훨씬 많았습니다. 오히려 정찰을 나갔던 제가 잘못된 정보를 가져왔으니 저의 잘못이 더 크다고 할 수 있습니다.”

알레인이 토이타 대주를 향해 무거운 음성으로 말했다.

“제게 징계를 내리십시오, 대주님!”

“야, 알레인! 네가 뭘 잘못한 게 있다고 그래? 예측보다 괴물의 숫자가 좀 많기는 했지만 그건 어쩔 수 없는 일이라고. 제놈들이 더 오겠다는데 그걸 어떻게 막을 수가 있겠어? 안 그래? 그렇지요, 대주님?”

호드리조가 이해를 구한다는 듯이 토이타 대주를 바라보며 물었다. 대주도 고개를 끄떡이며 말했다.

“그건 호드리조의 말이 맞네. 사람이 하는 일이 완벽할 수는 없는 거야. 자네의 예측은 그저 참고 사항이었을 뿐 그 이상도 이하도 아니네. 어제 그놈들의 숫자가 좀 더 적었다 하더라도 우리의 피해는 컸을 것이네.”

“맞아요, 맞아. 그 시꺼먼 유령이 도와주지 않았으면 정말 큰 피해를 입을 뻔했다구요. 어쩜 그렇게 빠르게 움직이는지 저는 제대로 볼 수조차 없겠더라구요. 그냥 여기에 잠깐 형체가 나타났다가 또 사라지고. 와아! 그럴 때마다 몬스터와 공룡들이 픽픽 쓰러지는 게 정말…….”

“…….”

호드리조의 말을 끝으로 침묵이 다시 실내를 감쌌다. 모두가 갑자기 벙어리라도 된 것일까.

"에에……."

체질적으로 이런 어색한 침묵이 몸에 맞지 않은 호드리조가 말을 하려다가 멈추었다. 그리고는 토이타 대주를 바라보며 짤막히 물었다.

"정체가 뭘까요?"

"모르겠네. 나도 그런 기이한 자는 생전처음이야."

"그자가 인간일까요? 아무래도 제가 보기엔 아닌 것 같은데. 혹시 새로운 몬스터나 그런 게 아닐까요? 아니면 마계에 산다는 무시무시한 마족일 수도 있구요. 야, 하르노프. 네가 보기엔 어떠냐?"

"몰라."

호드리조의 물음에 하르노프는 귀찮다는 듯이 건성으로 대답했다.

그가 고개도 돌리지 않고 무성의하게 대답하자 호드리조는 작은 눈을 더욱 작게 만들며 비웃 듯이 말했다.

"그럼 그렇지. 무식한 네가 뭘 알겠냐, 물은 내가 빙신이지. 내가 잘못했다, 하르노프. 용서해 다오."

호드리조의 비꼬는 말에도 하르노프는 침묵을 지키며 팔짱을 낀 채 눈을 감고 있을 뿐이었다.

"쳇!"

하르노프가 아무 말도 없이 두 눈을 감아버리자 심술이 더 나는 호드리조였다.

말싸움이란 게 상대방이 받아쳐 줘야 재미가 있는 것인데 그런 면에 있어서 하르노프는 꽝이었다. 자신과는 여러모로 다른 친구인 것이다.

고개를 돌려 이번엔 알레인에게 물었다.

"야, 알레인, 네 생각은 어때? 너도 하르노프처럼 아무 생각이 없는 것은 아니겠지?"

"휴우……."

"왜 갑자기 한숨이야, 기분 나쁘게?"

알레인이 불쌍하다는 듯이 호드리조를 쳐다보며 말했다.

"몬스터나 마족일 수도 있다는 너의 그 어처구니없는 생각, 그게 나를 슬프게 해서 그런다."

"뭐야? 이게 정말!"

토이타 대주는 호드리조를 보며 고소를 짓고는 파구스 촌장에게 물었다.

"촌장님, 그자가 촌장님을 위기에서 구해주었을 때 혹시 마법을 쓴 것입니까? 얼핏 허공에 떠 있는 것을 제가 보았습니다만. 움직임도 그렇고."

"전혀 아니네. 그 어떠한 마법도 쓰지 않았어."

"예에? 정말입니까, 스승님?"

파구스 촌장과 같은 갈색 로브를 걸친 이십대 초반의 청년이 놀라움에 찬 목소리로 물었다.

"그렇다, 카나스."

카나스란 청년은 파구스 촌장의 유일한 제자였다.

현재 2써클 마법을 마스터하고 3써클을 향해 도전하고 있는 뛰어난 재능을 지닌 젊은 마법사였다.

"하지만 그의 놀라울 정도의 빠른 움직임이나 사라졌다 다시 나타나는 것, 그리고 허공에 떠 있는 것 등은 모두 마법이 아닙니까?"

"아니다. 헤이스트 마법이 아무리 신체의 움직임을 빠르게 움직이게 해준다고 해도 그 사내처럼 빠를 수는 없단다. 그리고 블링크와 플라이 마법처럼 보인 것도 사실과는 다르게 마법이 아니란다. 그 사내에게선 어떠한 마나의 유동도 느끼지 못했어. 거기다 이건 가장 확실한 건데, 그 사내는 마법이 가진 딜레이가 전혀 없더구나. 마법 주문을 영창하거나 하는 그런 것이 전혀 없었어."

"……."

모두가 놀랐다.

사실 그들은 모두 귀영섬투가 마법사가 아닌가 생각했다. 그 정도로 엄청난 위용을 보였으니 최소 6써클, 아니면 이곳 잊혀진 섬에는 지금껏 한 명도 탄생하지 못한 7써클의 대마도사일 거라 생각한 것이다.

"스, 스승님, 그렇다면 그 움직임은 어떻게 설명할 수가 있는 것입니까?"

"그건 나도 모르겠구나."

가만히 앉아 귀영섬투에 대해 생각하고 있던 호드리조가 작은 눈을 동그랗게 치켜떴다. 그리고는 갑자기 생각났다는 듯이 토이타 대주에게 물었다.

"대주님, 혹시 죽은 괴물들을 살펴보셨습니까? 그놈들 죽은 모습이 되게 특이하던데……."

토이타 대주가 고개를 끄덕이며 대답했다.

"물론 살펴보았네. 모두가 깨끗이 쓰러져 있더군. 어디 치명적인 상처가 있나 살펴보아도 별다른 것이 보이지 않았어. 다만 괴물들 중 일부의 머리에서 피가 조금 흘러내렸더군. 눈이나 콧구멍 같은 곳에서 말이야."

"대주님, 저도 살펴보았는데 그 구멍에서 피를 흘린 놈들의 머리를 갈라보니 뇌의 신경이 심하게 꼬여 있거나 가닥가닥 끊어져 있었습니다."

"맞아, 맞아, 알레인. 나도 그걸 봤어. 도통 어떻게 그렇게 했는지 알 수가 없단 말이야?"

알레인의 대답에 호드리조가 맞장구를 쳤다.

그들은 모두 귀영섬투의 정체를 생각하느라 고개를 숙이고는 깊은 생각에 잠겨들었다.

말없이 조용히 앉아만 있던 하르노프가 말을 꺼내 들었다.

"그자의 정체가 사람이든 아니든, 그 무엇이든 간에 우리의 적이 아니란 것은 틀림없는 사실입니다. 그거면 된 거라 생각합니다."

Teido's
Adventure

"어쭈! 하르노프, 입에 자물쇠라도 잠겨 있는 줄 알았는데 그것도 아닌가 보네? 이제야 말문이 트인 거야?"

"홍!"

"이게 또 말을……."

촌장이 모든 걸 정리하려는 듯이 호드리조의 말을 끊고는 토이타 대주에게 말했다.

"어쨌든 우리 마을의 위기를 구해준 은인이니 한 번 만나서 인사는 해야겠지. 이보게, 대주!"

"예, 촌장님."

"나가서 그분을 모셔오게나. 만나서 감사의 인사와 함께 이야기를 나누어봐야겠어."

토이타 대주가 고개를 끄떡이며 대답했다.

"알겠습니다."

모두들 자리에서 일어나서 집무실 밖으로 한 명씩 나갔다.

호드리조를 마지막으로 모두가 나가자 이젠 집무실 안에 파구스 촌장만이 남게 되었다. 그가 다시 서류를 정리하며 일을 보려는 그 순간,

스윽!

문밖에 다시 호드리조의 얼굴이 비쳤다.

"……."

가는 두 눈을 최대한 치켜뜨며 듬직한 모습을 내보이려 애

쓰는 호드리조.
  "촌장님, 혹시 모르니 제가 이곳에 같이 있는 것은 어떨까
요? 위기의 상황엔 저 호드리조가 최고 아닙니까?"
  파구스 촌장이 파리를 내쫓을 때처럼 손을 휘저었다.
  "일없네. 나가서 자네 일이나 보게나."
  "…예."

                  *   *   *

  질질질질―
  털그덕, 툭!
  토이타 대주는 귀영섬투가 하고 있는 일을 멍하니 바라보
고 있었다.
  귀영섬투는 양손에 하나씩 모두 두 마리의 거대 괴물을 끌
고 있었다. 괴물들의 손가락을 잡고 소각장으로 끌고 가고 있
는 것이다.
  그것들은 식용으로 쓸 수 없는 검은 피의 몬스터였다.
  대주는 감탄의 표정을 숨기지 않았다. 귀영섬투의 이해 못
할 괴력에 흥분된 기색도 보였다.
  '허어! 정말 어떻게 말로 표현할 수가 없군. 보아하니 두
마리의 몬스터 무게가 적어도 20여 톤 이상은 나갈 것 같은데
저리 쉽게 끌고 움직이다니…….'

휘익—!

털썩! 쿵!

귀영섬투는 하나씩 괴물들을 소각장으로 던져 넣고는 손을 탁탁 털어냈다.

"이제 다 끝났군."

일을 다 끝내서 홀가분한지 그는 기지개를 켰다.

"아자자자자—!"

웅성웅성!

자신의 괴력에 놀라워하는 마을 주민들.

귀영섬투는 그들을 향해 가볍게 웃어주었다. 자신이 이렇게 훌륭하고 착한 사람이라는 것을 끊임없이 보여주는 것이다.

스윽!

놀라움에 촌장의 지시를 지켜만 보고 있었던 토이타 대주가 드디어 나섰다.

귀영섬투는 자신에게 다가오고 있는 사내를 보았다.

'검기를 쓰던 아저씨네? 으음! 저 정도 실력이면 이곳에선 어느 정도의 위치일까? 중원에선 일류고수라 할 수 있는데 말이야.'

자신에게 다가온 사내는 알아들을 수 없는 말을 하였다. 서로 말이 안 통하자 토이타 대주도 노랑머리사내처럼 손짓으로 자신의 뜻을 피력했다.

귀영섬투는 이내 그 뜻을 깨닫고는 손짓을 하며 말했다.

"이봐요. 아저씨! 이제 알아듣겠으니 그만 가보자구요. 아!
이 아저씨, 정말 말귀를 못 알아듣네?"
그가 앞장서며 손짓을 하자 그제야 토이타 대주도 알아듣
고는 그를 촌장의 집무실로 안내했다.

탁자 위에 두 개의 찻잔이 새로 올려져 있다.
귀영섬투는 모락모락 피어나는 그윽한 차 향이 그렇게 좋
을 수가 없었다.
'으음! 괜찮은데?
집무실 안에는 지금 두 사람이 마주 앉아 있었다.
파구스 촌장은 토이타 대주를 내보내고 홀로 귀영섬투를
맞이하고 있는 것이다.
촌장은 상대가 무례하다고 느껴지지 않을 정도의 선에서
귀영섬투를 바라보고 있었다. 가끔 차를 마시면서 말이다.
'그러니까 눈앞에 있는 이자가 전혀 생소한 언어를 구사한
다는 말이지?
토이타 대주가 나가기 전에 해준 말이었다.
'으음! 정말 특이한 형태의 얼굴이야. 황색 피부에 검은 머
리라……. 드물기는 하지만 검은 머리의 사람도 분명히 있기
는 하고, 일례로 알레인만 해도 검정색 머리를 하고 있으니
말이야. 분명 사람이 맞기는 한 것 같은데…….'
귀영섬투도 찻잔을 들어 한 모금씩 마시며 생각했다.

'이상하네. 이 영감이 맞긴 한 건가? 내가 잘못 보았을 리는 없는데.'

파구스 촌장에게서 아무런 기세가 느껴지지 않자 의아해하는 귀영섬투였다.

괴물 여러 마리를 태워 죽일 정도의 엄청난 불덩이를 만들어내고, 거기다 자신이 꿈꾸고 배우기를 원하는 공간 이동술을 펼친 자라면 뭔가 다를 줄 알았다.

그 정도라면 무림의 초절정고수들이 내뿜는 기세 같은 그런 존재감이 느껴져야만 했던 것이다.

서로가 서로를 탐색해 가는 그 시간.

먼저 귀영섬투를 살피던 파구스 촌장의 눈빛이 변했다.

'한번 해보자!'

촌장은 일단 귀영섬투가 어떠한 존재인지를 파악해 보기 위해 마법을 펼칠 결심을 하였다.

손을 앞으로 뻗은 상태로 수인을 맺고는 캐스팅을 했다. 잠시 후, 그의 입에서 시동어가 흘러나왔다.

"디텍트 마나!"

휘이익―!

파구스 촌장은 귀영섬투를 바라보았다.

"……."

집무실 안은 조용했다.

조용한 방 안에서 촌장 홀로 수인을 맺은 자세로 멀뚱히 앉아 있었다. 그의 앞에 있어야 할 귀영섬투는 어느새 사라지고 없었다.

촌장은 자신이 바보가 된 기분이었다.

고개를 돌려 문밖을 보니 귀영섬투가 고개만 내민 채 자신을 바라보고 있었다.

귀영섬투는 갑자기 주위의 기가 모이더니 자신에게로 다가오자 재빨리 몸을 피한 것이다.

물론 기의 흐름이 자신을 해하려는 그런 것이 아님은 알고 있었다. 파구스 촌장에게서 그 어떠한 살기도 느끼지 못했기 때문이다.

"이봐요, 영감님! 방금 무슨 짓을 하려고 했던 거요? 사전에 그 어떤 약속도 없이 말이야! 당신, 그러면 안 돼!"

촌장은 귀영섬투가 뭐라고 떠들어대자 미안한 표정을 지으며 다시 들어오라고 손짓하였다.

귀영섬투는 다시 안으로 들어가 앉았다.

파구스 촌장은 시큰둥한 표정을 짓고 있는 그에게 다시 손짓으로 무언가를 이야기했다.

'아무래도 말이 통하지 않으니 안 되겠군. 의사소통을 할 수 있는 마법이 필요해.'

귀영섬투는 촌장이 손짓으로 무언가를 말하려 하자 고개를 끄떡이며 알아서 해보란 듯이 눈을 감았다.

그가 눈을 감자 파구스 촌장은 최대한 조심스럽게 언어 소통 마법을 캐스팅하기 시작했다.

주위에 자연 기가 다시 모이기 시작했다.

귀영섬투는 실눈을 뜨고 그 광경을 바라보았다.

"트랜스레이……."

파구스 촌장은 시동어를 외치는 도중 갑자기 멈추어 버렸다.

어쩔 수 없었다.

마법이 무효화된 것이다.

촌장은 경악한 눈으로 귀영섬투를 바라보았다.

"에잇! 귀찮아!"

귀영섬투는 손가락으로 자신의 주위 이곳저곳을 빠르게 찔러댔다. 그것은 마법을 이루기 위해 모여든 마나의 진로를 막아서는 행동이었다.

"디스펠 마법!"

촌장은 귀영섬투의 정체가 더더욱 궁금해졌다.

마법을 무효화시키는 디스펠은 4써클에 이른 마법사만이 할 수 있는 일이었다. 그것도 자신보다 하위 써클의 마법사에게나 쓸 수 있었고, 또한 반드시 성공시킨다는 보장도 없었다.

그만큼 마법을 무효화시킨다는 것은 어려운 일이었다.

'저자가 방금 한 것은 마법이 아니야. 도대체 어떻게 한 일인지 모르겠군.'

귀영섬투는 파리 쫓듯 마법을 무효화시키고는, 아니, 자신의 행동이 언어 소통의 마법을 깨버린 것이라고는 조금도 생각지 못한 채 속으로 중얼거렸다.

'안 되겠어. 제길! 아무래도 심어(心語)를 써야겠군.'

귀영섬투는 짧게 심호흡을 한 번 하고는 마음을 고요한 정(淨)의 상태로 만들었다. 그리고는 정신을 집중했다.

"영감님, 제 말이 들립니까?"

촌장은 다시 한 번 놀랐다.

자신의 안에서 말소리가 들린 것이다.

귓가에 들려오는 소리가 아닌, 마음속에서 들려오는 소리.

당연히 놀랄 수밖에 없었다.

귀영섬투가 지금 시전하고 있는 것은 전음술이었다. 그것도 전음술의 극의라 할 수 있는 혜광심어(慧光心語)였다.

이 혜광심어는 뜻을 진기의 힘보다는 마음으로 전한다는 불문에 전해지는 신비의 전음술이었다.

그렇다고 이 혜광심어가 불문의 전유물만은 아닌 게, 도가에서도 높은 깨달음을 얻은 진인들도 혜광심어와 비슷한 전음술을 사용한다. 말하자면 혜광심어와 같은 마음으로 전하는 수법은 정신 수련을 고도의 경지로 쌓은 사람이라면 누구나 할 수 있는 것이다.

다만 혜광심어를 사용할 정도의 정신 수련을 행하는 자가 극히 드물기 때문에 현 무림에서도 사용할 수 있는 자는 두세 명밖에 없었다.

귀영섬투는 파구스 촌장이 움찔거리는 모습을 보고는 다

 Teido's Adventure

시 한 번 뜻을 전달했다.

"제 말이 들리면 고개를 끄떡여 보세요, 영감님. 나 이거 오랫동안 할 수 있는 거 아닙니다."

파구스 촌장은 당황한 가운데서도 빠르게 침착함을 되찾고는 고개를 끄떡였다.

귀영섬투는 자신의 심어가 통하자 기쁨의 미소를 지으며 그동안 궁금했던 것을 빠르게 물어보았다.

"이곳은 어디입니까? 아니, 어느 나라입니까?"

촌장은 마음으로 전해지는 소리에 육성으로 대답했다.

"이곳은 드레듀스란 섬이네. 다른 말로는 잊혀진 섬이라고도 하지."

"이봐요, 영감님. 한 단어로 말하세요. 길게 문장으로 말하지 말고요."

"드레듀스."

귀영섬투는 드레듀스란 말을 곱씹어보았다. 전혀 입에 붙지 않는 처음 들어보는 단어다.

아무래도 질문을 계속 던져 봐야 할 것 같았다.

"제가 사는 동네가 명나라라고 하는데, 혹시 들어본 적이 있으세요?"

파구스 촌장은 처음 들어보는 나라의 이름에 대답 대신 고개를 가로저을 수밖에 없었다.

도리도리.

"그럼 천축은요?"

도리도리.

질문은 계속 이어졌다.

"……."

전부 모른다고 한다.

귀영섬투의 미간이 서서히 좁혀지고 있었다.

혜광심어를 오래 사용하는 게 힘이 드는지 이마엔 땀방울이 흥건히 맺혔다.

"그럼 이건 마지막인데, 저와 같은 특징을 지닌 사람들을 본 적이 있거나 들어본 적은 있나요?"

도리도리.

벌떡!

"으아악! 말도 안 돼!"

파구스 촌장은 귀영섬투가 갑자기 일어서더니 고함을 지르자 깜짝 놀랐다.

그 고함 소리에 문밖에 있던 토이타 대주도 급히 안으로 들어왔다. 대주는 자신의 검에 손을 얹고는 무슨 일인가 하고 두리번거렸다.

"무슨 일입니까, 촌장님?"

파구스 촌장도 영문을 모르기는 마찬가지.

그는 토이타 대주에게 두 손을 들어 보이고는 자신도 모르겠다는 의사를 전했다. 그러고는 일어서서 집무실을 왔다 갔다 하는 귀영섬투만을 바라보았다.

"어떻게 하나도 모를 수가 있어? 제길! 그럼 나보고 어떻게 하라는 거야? 안 돼, 안 돼!"

뚜벅뚜벅.

귀영섬투는 심각한 표정의 얼굴로 뒷짐을 진 채 고민에 고민을 거듭했다.

'나는 저 영감 같은 서역인을 몇 번 본 적이 있어. 중원을 돌아다니다 보면 흔하지는 않지만 찾아보려 하면 금방 찾을 수 있는 게 서역인이야. 한데 저 영감은 내가 말한 나라는 물론 나와 같은 사람도 전혀 들어본 적이 없다고 해. 그렇다는 건 이곳이 내가 살던 곳과는 아주 멀리 떨어져 있다는 말인데……'

정보가 너무나 부족했다.

이렇게 일방적인 의사소통으로는 한계가 있었다.

물론 이곳의 언어를 배운다면 이야기가 달라지겠지만, 아니, 어차피 파구스 촌장의 공간 이동술을 배우려면 이곳의 언어를 익히긴 해야 했다. 그러나 그보다 자신이 돌아가야 할 길을 알 수 없다면 그건 큰일이다. 지금 당장이라도 어떻게든 알아야 했다.

그때, 계속 왔다 갔다 하던 귀영섬투가 멈추어 섰다.

'가만, 저 영감은 공간 이동술을 쓸 정도의 대단한 술법가잖아. 그렇다면 무언가 방법이 있지 않을까? 아까 나에게로 모여들던 자연기가 혹시 이 문제에 대한 해결책일 수도 있어.

한번 물어봐야겠군.'

귀영섬투는 다시 흥분된 마음을 가라앉히고는 혜광심어로 뜻을 전했다.

"영감님, 조금 전 저에게 뭔가를 하려고 했지요?"

파구스 촌장은 귀영섬투가 안정을 되찾고는 다시 뜻을 보내오자 차분히 고개를 끄떡이며 대답했다.

"그렇네."

"그게 저에게 해가 되는 그런 것이 아니란 것은 알고 있습니다. 그게 대충 어떤 것입니까? 어차피 영감님이 말해봤자 제가 알아듣지 못하니까 몸으로 표현해 보세요."

파구스 촌장은 귀영섬투의 말에 고개를 끄떡이더니 잠시 두 눈을 감고 고민에 잠겼다.

'어떻게 표현하나? 언어 소통 마법인 트랜스레이션! 이걸 말이 아닌 몸짓으로 표현한다라…….'

파구스 촌장은 잠시 생각하더니 일어서서는 토이타 대주에게 다가갔다.

촌장은 손을 들어 자신의 머리를 한 번 매만졌다. 그러고는 다시 그 손을 토이타 대주의 머리에 갖다 댔다.

귀영섬투가 그 모습을 바라보았다.

촌장은 그런 귀영섬투를 바라보더니 입에 손을 가져다 대곤 그 손을 열었다 닫았다 하는 행동을 보여주었다.

의아해하던 귀영섬투는 파구스 촌장이 몇 번 같은 동작을 취하자 곧 그 의미를 알게 되었다.

"아아, 알겠다!"

귀영섬투는 다시 혜광심어를 펼쳤다.

"영감님, 그러니까 그게 서로 말이 통하게 된다는 얘기죠?"

촌장이 밝은 미소를 지으며 고개를 끄떡였다.

이후로 일은 일사천리로 진행됐고, 마법은 이루어졌다.

"트랜스레이션!"

신기했다.

자연기 한줄기가 자신의 머릿속으로 들어가더니 파구스 촌장과 서로 연결되었다.

"이제 되었네. 어서 하고 싶은 말이 있으면 해보게. 이 마법을 오래 지속시킬 수는 없으니."

파구스 촌장의 음성이 곧장 자신의 뇌리에 이어진 자연기를 따라 들어와서는 이해할 수 있는 언어로 바뀌었다.

귀영섬투는 말이 서로 통하자 기쁨의 미소를 짓고는 재빨리 자신이 궁금했던 모든 것을 물어보았다.

"그러니까 이곳이……."

실내에 열띤 음성의 문답이 오고 갔다.

침을 튀겨가며 물어보는 귀영섬투.

차분히 그 모든 것에 대해 대답을 해주는 파구스 촌장.

시간은 그 뜨거운 열기만큼 빠르게 흘러갔다.

한참 후,

귀영섬투는 두 눈의 초점이 흐트러진 채 천장만을 바라보고 있었다.

그저 멍했다.

집무실 안이 공허함으로 가득 찬 기분이다.

마법은 이미 풀린 상태였다.

귀영섬투는 잠시 그렇게 멍하니 있다가 의자에서 일어났다. 그리고는 힘없이 문밖으로 걸어나갔다.

뚜벅뚜벅…….

허무하게 들려오는 발걸음 소리를 접하며 파구스 촌장은 이해할 수 없다는 표정을 지었다.

"도대체 저자의 정체가 뭐란 말인가? 자신의 이름을 북궁대도라 밝힌 청년. 이곳 드레듀스는 말할 것도 없고, 클로무스 대륙에도 저 청년이 말한 곳은 그 어디에도 없었어."

"촌장님!"

토이타 대주가 자신을 바라보며 의문의 표정을 지었다.

촌장은 고개를 살래살래 내저었다.

'이 세계에 클로무스 대륙 말고도 또 다른 거대 대륙이 있는 것일까?

정말 알 수 없는 일이었다.

CHAPTER 5

위기를 맞다

드레듀스.

이곳 섬의 이름이다.

뚜렷한 열대우림 기후를 나타내는 섬.

하지만 이곳이 섬이라고 해서 작을 것이라는 생각은 버리는 게 낫다. 이 섬은 왕국 두 개 정도는 충분히 들어설 수 있는 커다란 땅덩어리니까 말이다.

드레듀스 섬은 다른 이름도 가지고 있다.

잊혀진 섬, 갇힌 섬, 마의 섬 등 여러 가지로 불리고 있다.

드레듀스 섬이 이렇게 좋지 않은 뜻의 여러 이름으로 불리는 이유는 간단했다.

이곳 섬에 단 한 번이라도 발을 디딘 자는 그것이 사람이든 괴물이든, 그 어떠한 존재라도 빠져나갈 수가 없기 때문이었다.

그건 하늘을 나는 조류라 해도 마찬가지였다.

어선을 띄워 바다로 나가면 그 배는 반드시 다시 돌아오든가 난파를 당했다.

드레듀스 섬에서 바다로 일정 지역을 벗어나면 짙은 안개가 끼어 도저히 나갈 수가 없는 것이다.

또한 그 안개 속에 갇히면 이상한 환상을 겪게 돼 서로 상잔을 일으키기도 한다. 당연히 마법사들이 같이 배를 타고 나가 안개의 원인을 밝혀내 보려고도 하였다.

하지만 그들도 오히려 안개에 갇혀 서로 마법을 쏘아대다가 자멸하기도 하였다.

그때, 일부 마법사들이 살아 돌아와 말하길, 이 섬 전체가 어떤 미지의 거대한 결계로 뒤덮여 있어 그 누구도 섬 밖으로 나갈 수 없다고 공표하였다.

클로무스.

거대 대륙이다.

이곳은 커다란 땅덩어리에 맞게 여러 제국과 많은 왕국이 존재한다. 당연히 수많은 사람들이 그 속에서 살아간다.

언제부터일까?

 Teido's
Adventure

정확히 알 수는 없다.

수천 년 전일 수도 있고 그보다 더 오랜 옛날부터일 수도 있었다. 이곳 클로무스 대륙에선 예전부터 원인을 알 수 없는 실종자가 가끔 발생했다.

사람이 사라지는 단순 실종 사건이야 사실 대단한 일이 아니다. 인신매매로 사라질 수도 있고 몬스터에게 아무도 모르게 잡아먹혀 실종된 것으로 여겨질 수도 있다.

문제는 사라진 자들 중에 각 나라에 속해 있는 마법사나 기사들처럼 쉽게 어떻게 해볼 수가 없는 뛰어난 자들도 포함되어 있다는 것이었다.

심지어 삼십여 명 규모의 기사단까지도 통째로 사라지는 사건까지 발생했다.

당연히 제국이나 왕국에서는 비상이 걸렸고, 이 사건에 대해 대대적인 수색 작업이 벌어지게 되었다.

하루 이틀… 시간은 계속 흘렀다.

그러나 몇 달의 수색 작업에도 불구하고 사건은 결국 묻히고 말았다. 전혀 어떠한 단서도 발견하지 못했기 때문이다.

하지만 그로부터 얼마 뒤, 그 이상한 실종 사건에 대한 내막이 밝혀지게 되었다.

논두렁을 건너가던 한 남자가 갑자기 대지에서 솟구쳐 오르는 회색 빛기둥에 갇혔다. 그리고는 곧바로 사라져 버렸는데, 그 광경을 근처에서 밭을 갈던 농부가 목격한 것이다.

이 같은 사실은 곧 널리 알려지게 되었고, 나중엔 이 농부와 같이 사람이 사라지는 것을 직접 본 목격자들이 나타나기 시작했다.

이 같은 현상에 대해 마법사들이 나서서 밝혀보려 했지만 쉽지 않았다. 회색 빛기둥이 언제 어느 때 생길지는 아무도 몰랐기 때문이다.

실종자들에 대해 통계를 내보았다. 회색 빛기둥이 매년 몇 번씩 발생하는지를 알아보기 위해서였다.

결과는 알 수 없음으로 나왔다.

어떤 해에는 한두 명, 또 다른 해에는 수십 명, 많게는 수백 명까지도 실종자가 발생한 것이다.

―회색빛 악몽.

그 이상하고 재앙 같은 현상에 대해 대륙의 모든 나라가 부르게 된 이름이다.

그렇게 대륙에서 실종된 자들.

다시 말해 회색빛 악몽에 의해 사라진 자들이 다시 몸을 드러내는 곳이 있다. 그곳이 바로 현재 귀영섬투가 머물고 있는 이 섬, 바로 드레듀스 섬이었다.

며칠이 지났다.

귀영섬투는 칠 일 밤낮을 이곳 마을에서 지냈다.

처음 마을 주민들은 귀영섬투의 특이한 외모와 그 무시무시한 능력에 많은 두려움을 나타냈다.

하지만 칠 주야가 지난 지금은 그 두려움이 많이 희석된 상태였다.

물론 두려움이 많이 해소되었다고 해서 귀영섬투에게 다가가 살갑게 굴거나 하는 정도는 아니다. 다만 이제는 귀영섬투가 그들 곁으로 다가가도 피할 정도는 아니라는 게 지난 일주일간의 변화라면 큰 변화였다.

뜨거운 햇살이 기승을 부리는 오후.

귀영섬투는 지금 높은 나뭇가지에 기대앉아 회색빛 하늘을 바라보고 있었다.

휘이이이잉—

시원한 한줄기의 바람이 분다.

한낮의 무더운 열기를 식혀주며 나타난 바람이 그의 검은 머리를 희롱하듯 매만지며 사라져 갔다.

처음 이곳에 대한 모든 얘기를 듣고는 충격에 빠졌던 귀영섬투.

이삼 일 정도 미친놈처럼 멍하니 하늘만 바라보던 그가 지금은 아무렇지도 않다는 듯이 안정된 모습을 보여주고 있었다.

귀영섬투는 이틀 전에 다시 파구스 촌장를 찾아가 몇 가지 질문을 더 하였다. 그리고 또다시 어제 찾아가 대화를 나누었는데, 그사이 둘은 많이 친해진 상태였다.

확실히 말이 통한다는 것은 이틀간의 짧은 시간에도 불구하고 서로에 대해 많은 것을 알 수 있게 하였다.

그들은 대화를 나누는 중에 간간이 고개를 끄떡이기도 하고 곤란한 표정을 짓기도 하는 등, 많은 표정 변화를 동반하였다.

어제를 끝으로 귀영섬투는 지금 이렇게 나뭇가지에 몸을 맡긴 채 자신의 앞날에 대해 어떻게 해야 할지를 고민하고 있었다.

부스럭!

드디어 마음을 다잡은 것일까.

살랑, 살라앙…….

손에 쥐어져 있는 나뭇잎이 부서지며 바람에 흩날린다.

'지금은 어쩔 수 없어. 공간 이동술을 빠른 시간 내에 익힌 다음에나 한 번 시도해 볼 수밖에. 그 후에 고향으로 돌아갈 방법을 강구해도 늦지는 않아.'

귀영섬투는 마음의 결정이 내려지자 나뭇가지에서 일어섰다.

출렁출렁.

그가 일어서자 나뭇가지가 부드러운 움직임을 보이며 바람과 함께 춤을 추었다.

밑을 내려다보니 마을의 풍경이 한눈에 들어온다. 부지런히 각자의 일들을 찾아 해내고 있는 마을 주민들.

뭔가 홀가분한 기분이 들었다.

그의 얼굴에 미소가 맺혔다.

씨익!

오랜만에 내보이는 그만의 미소.

"자아! 그럼 이제 파구스 영감에게나 가볼까?"

우우우우웅!

파구스 촌장은 자신의 앞에 서 있는 귀영섬투를 향해 조용히 마법을 캐스팅하였다.

마나가 마법을 이루기 위해 수식에 맞춰 자신의 길을 찾아갔고, 곧이어 시동어가 터져 나왔다.

"트랜스레이션!"

귀영섬투는 다시 한 번 자신의 뇌리에 자리를 잡은 자연기가 여간 신기한 게 아니었다. 파구스 촌장에게 있어서는 귀영섬투의 혜광심어가 더욱더 신기하게 여겨지고 있다는 것도 모른 채 말이다.

"이젠 결심이 섰는가?"

"하하하! 결심을 하고 말고가 어디 있겠습니까, 영감님! 나, 북궁대도 잠시 여기서 쉴 뿐입니다. 지금은 드레듀스 섬에 어쩔 수 없이 갇힌 신세이긴 하지만 언젠가는, 아니, 빠른 시간

안에 이곳을 벗어날 겁니다.”

파구스 촌장이 웃으며 물었다.

“그럼 어제 얘기한 대로 하겠단 말인가?”

“뭐, 삼 년 정도야 금방 지나가지 않겠습니까? 그 기간 동안 이곳의 언어도 배우고 무엇보다 영감님한테 공간 이동술을 배울 수도 있으니 저야 나쁠 것이 없지요.”

“하하하하! 다행일세! 정말 다행이야!”

파구스 촌장은 정말 오랜만에 웃었다. 마음속에 있던 응어리가 터져 나가듯 시원스런 웃음이었다.

“하하! 이보게, 테이도 군. 사실 나는 며칠 전의 일로 새로 마을을 세운다는 것이 힘들겠구나 생각했네. 다시 삼 개월 뒤 괴물 놈들이 습격해 올 때 어쩌나 걱정했는데, 자네가 있어주겠다니 정말 이건… 다행이야, 다행.”

“헤헤헤! 영감님도 참, 내 이름은 대도라니까 어제부터 자꾸 테이도라 부르시네. 헤헤, 어쨌든 그 몬스터와 공룡들은 제게 있어 아무런 문제도 되지 않으니까 걱정 마십쇼. 그놈들은 그냥 맛있는 밥입니다, 밥!”

“내 자네의 능력을 이미 보았으니 그것에 대한 일만큼은 나도 안심이네. 그리고……”

촌장은 잠시 말을 끊었다. 그리곤 북궁대도를 뚫어지게 바라보며 다시 말을 이었다. 마치 다짐을 받아두기로 하려는 것처럼 말이다.

"자네가 배우고 싶다는 그 블링크 마법, 어제도 말한 바가 있지만 마법은 차근차근 단계를 밟으며 위로 올라가야 하네. 처음부터 바로 블링크 마법을 배울 수는 없는 거네."

"알아요, 알아! 어제 말한 걸 뭐 하러 또 얘기합니까?"

"그래, 그렇지. 그리고 또 하나는 마법은 재능이, 그러니까… 마나에 대한 친화력이 없으면 절대 익힐 수가 없다고 말했네. 마법사가 적은 이유도 그런 재능을 가지고 태어나는 자가 드물기 때문이고, 따라서 마법은 배우고 싶다고 해서 누구나 익힐 수 있는 게 아니라 말했네. 기억하지?"

북궁대도는 고개를 삐딱하게 숙였다.

"근데요……?"

"그래서 혹시나 해서 말인데, 자네는 마나에 대한 친화력이 부족해 마법을 익힐 수가 없을 수도 있네. 만약 그렇다 하더라도 나는 자네가 삼 년간은 무조건 이곳에 머물러 주었으면 하네. 어디, 그래줄 수 있겠나?"

북궁대도는 조금은 미안한 듯한 표정을 짓고 있는 파구스 촌장에게 당당하게 말했다.

"저, 무조건 공간 이동술, 아니, 블링크 마법 익힙니다! 영감님이 말하는 마나가 확실하지는 않지만 제가 생각하고 있는 자연기가 맞다면 무조건 익힐 수 있습니다. 설혹, 만약 제가 마법을 익힐 재능이 없는 바보천치라 해도 이 마을에 삼 년간 있겠다는 약속은 반드시 지키겠습니다. 이건 나, 귀영섬

투의 명호를 걸고 하는 약속입니다. 자, 이제 됐지요, 영감
님?”

파구스 촌장은 북궁대도의 무조건적인 약속을 들으며 조
금은 미안해하던 표정이 더욱 진해졌다.

“자네가 그리 말해주니 한편으로는 미안한 감정도 들지만
솔직히 기쁜 마음이 더 크네. 이제는 안심이야. 아! 그리고 방
금 기여서툰이란 단어에 약속을 담던데, 기여서툰 그게 무슨
뜻인가?”

북궁대도는 촌장이 자신의 무림명인 귀영섬투의 뜻을 물
어보자 조금은 난감해졌다.

귀영섬투란 별호는 귀신의 그림자처럼 너무나 은밀하고
빠르게 훔쳐 간다 해서 무림인들이 붙여준 것이다.

촌장에게는 그냥 간단히 도둑놈이라고 설명하면 끝이다.

자신은 그 별호가 무척이나 마음에 들지만 그렇다고 파구
스 촌장에게 곧이곧대로 ‘나는 도둑놈이요’ 하고 말할 수는
없었다.

“에에… 그건 그러니까… 제가 살던 곳에서 훌륭하고 멋진
사람들에게만 붙여지는 칭호나 별호 같은 겁니다.”

북궁대도는 자신의 별호를 얼렁뚱땅 둘러댔다.

“아, 그런가? 내 한눈에 척 보기에도 테이도, 자네는 훌륭
하고 멋진 사람인 줄 알았네.”

파구스 촌장은 몇 번 북궁대도의 별호를 되뇌어 보았다.

"기여서툰, 기여서툰……. 흐음, 부를수록 뭔가 대단한 힘이 느껴지는 별호군. 기여서툰! 정말 좋은 별호야!"

"헤헤헤! 뭐, 조금 괜찮은 별호이긴 하지요."

북궁대도는 파구스 촌장이 자신의 별호에 대해 칭찬을 하자 기분이 좋아졌다. 뭐, 본래의 뜻과는 조금은, 아니, 많이 다르긴 하지만 그건 상관없었다.

"그럼 영감님, 이곳에서 지낸다는 약속은 이것으로 마치기로 하고, 으음, 제가 시간이 필요해서 그런데 며칠 어디 좀 다녀와야겠습니다. 괜찮겠지요?"

"어제 말한 자네의 짐 때문이로군. 그런데 그 짐이 아주 멀리 있는가 봐? 자네처럼 빠른 자가 며칠씩이나 걸린다고 하니 말일세. 그런 건가?"

북궁대도는 고개를 가로저으며 대답했다. 왠지 모르지만 대답하는 그 음성엔 조금은 들뜬 기분이 담겨 있었다.

"헤헤, 아니요. 짐은 그렇게 멀리 있지 않지만 뭘 좀 알아봐야 할 게 있어서요. 짧으면 이삼 일, 길면 오륙 일 정도 걸릴 겁니다."

"뭐, 그건 자네가 알아서 하게, 테이도 군."

"에이, 영감님도, 대도라니깐 자꾸 테이도라고 하네. 벌써부터 그렇게 귀가 망가져서 어떻게 합니까?"

파구스 촌장은 껄껄 웃으며 대답했다.

"자네 이름이 내 귀엔 그렇게 들리는 걸 어떡하나. 아마 나뿐만이 아니라 이곳에 사는 누구라도 자네 이름을 들으면 나처럼 발음할 걸세. 지금 밖으로 나가 확인해 보게, 테이도 군. 아마 내 말이 틀림없음을 알게 될 걸세.”

“그걸 뭣 하러 일일이 확인합니까, 영감님이 그렇다면 그런 것이겠지요, 뭐.”

북궁대도는 별거 아니란 듯이 말하곤 몇 번 그 이름을 되뇌어 보았다.

“테이도, 테이도. 으음! 괜찮네.”

그는 환한 표정으로 파구스 촌장을 바라보았다. 파구스 촌장도 그런 테이도를 바라보며 미소를 지어 보였다.

훈훈한 공기가 집무실 안을 가득 메웠다.

이날은 서로에게 기분 좋은 하루로 기억될 것 같다.

*   *   *

휘리릭—!

척!

테이도는 가볍게 바위산의 결계 입구에 내려섰다.

그동안 입고 있던 검은 야행복을 벗어 던지고 지금은 소매가 짧은 튜닉을 걸치고 있었다.

파구스 촌장이 자신이 입고 있는 흑색 장포가 보기 좀 그렇다며 체형에 맞는 옷을 골라준 것이다. 밤에 그 시커먼 옷을 입고 있는 자신을 보면 꼭 귀신같다고 한다.

어차피 자신도 검은 야행복은 일하러 갈 때만 입는 옷이었기 때문에 기꺼이 벗어 던졌다.

테이도는 일단 입구 옆에 놓아둔 철궤를 향해 다가갔다.

턱!

그는 철궤의 덮개를 매만지며 생각했다.

'어떻게 하지? 일단 결계를 뚫고 저 안의 비밀을 먼저 파헤쳐? 그리고 나중에 이걸 뜯어봐야 할까, 아니면 지금 당장 뜯어볼까?'

잠깐 어찌할까 생각한 그는 그대로 일어섰다.

"됐다, 됐어. 어차피 이건 이제 내 거야. 누가 훔쳐 가지는 않아. 우선 결계부터 통과한다."

테이도는 허리춤을 한 번 매만지고는 말린 육포를 확인했다. 혹시 결계를 통과하는 데 오랜 시간이 걸릴 수도 있기에 충분히 준비해 뒀다.

우선 저번에 왔을 때처럼 결계의 입구에 다가가서 두 눈을 감았다. 그리곤 한 손을 뻗어 결계의 기운을 느껴보았다.

후우우우웅!

파직! 파지— 직!

이십여 미터 높이의 입구 전체에 펼쳐진 기운. 그것이 테이도의 손짓에 따라 반응을 보인다.

어떨 때에는 사랑하는 애인의 손길이 닿는다고 느끼는지

부드러운 기운이 흘러나왔고, 또 어떨 때에는 하룻밤 외박한 남편에게 심술이 나서는 바가지를 긁듯이 거친 반응을 보여 주기도 하였다.

다양한 형태의 반응을 보이는 귀여운 기운.

스르르르르—

테이도는 저번처럼 너무 가까이 손을 가져가 결계의 반탄 지력이 일어나는 것을 막기 위해 최대한 조심스럽게 움직였다.

'역시 가능성은 정중앙뿐이야. 이 부분도 만만치는 않지만 현재는 이곳을 입구로 봐야 해. 우선은……'

테이도는 결계의 이곳저곳을 느껴보더니 결국 입구 가운데에 서서 가만히 있었다.

시간은 조금씩 흘러갔다.

하지만 그는 석상이라도 된 듯 꼼짝도 하지 않았고, 어느새 시간은 한 시간을 훌쩍 넘겼다. 그때 영원히 감겨 있을 것 같았던 테이도의 눈이 번쩍 뜨였다.

"헤헤, 됐다. 결계 중앙의 기운을 비슷하게 흉내 낼 수 있겠어. 한번 해보자."

테이도는 가부좌의 자세를 취하고는 중단전의 기운을 온몸으로 휘돌렸다.

위이이이잉!

잠시 후, 몇 번의 시행착오를 겪고는 드디어 몸의 기운을 결계에서 흘러나오는 기운과 비슷하게 만들 수 있었다.

이건 이해할 수 없는 일이었다.

무림인이 익히는 내공은 각자가 배운 심법에 따라 고유의 기운을 가진다.

양의 내공심법은 양의 기운을, 음의 내공심법은 음의 기운, 그리고 아무리 이질적인 마공이라도 그것은 나름대로 마의 기운으로 각자 특정한 기운을 지닌다. 설혹 그것이 음양을 조화시킨 절세의 심법이라도 그 고유의 기운이 있는 것이다.

절대로 지금 테이도가 하고 있는 것처럼 기운을 변화시킬 수는 없는 것이었다.

특히 결계에 흐르는 기운은 너무나 많은 기운이 서로 복잡하게 얽혀 있어 더더욱 말이 안 되는 것이었다.

그가 익히고 있는 심법.

점점 궁금해진다.

어쨌든 테이도는 자신의 기운을 결계와 비슷하게 만들어 놓고는 심호흡을 하였다.

그의 이마에 송골송골 땀이 맺히기 시작했다.

'으음! 이거 힘이 드는걸. 기운의 파장이 너무 복잡해. 빨리 입구 안으로 들어가야겠어.'

테이도는 눈을 빛내며 결계 입구의 정중앙을 뚫어져라 쳐다보았다.

그는 기다렸다.

끊임없이 유동하고 있는 결계의 기운이 가장 약해지는 시기를 말이다.

'지금이다!'

스파앗―!

처음부터 그 자리에 없었다는 듯 그는 찰나의 시간을 쪼개 결계 속으로 사라졌다.

우우우우웅!

백색의 공간이다.

테이도는 결계 속으로 들어서자마자 빠르게 주변을 훑어보았다

주르르륵―!

그의 입가로 가느다란 핏줄기가 흘러나왔다.

"쳇! 조금 무리였나? 결계의 기운과 비슷하게 내부의 기운을 변화시키면 안전할 줄 알았는데. 제길!"

테이도는 바닥에 가부좌를 튼 자세로 눈을 감았다.

"후우― 읍!"

가벼운 심호흡을 시작으로 곧바로 본격적인 치료를 위해 내가요상법을 시전하였다.

위잉!

위이이이이잉……!

그의 몸 주위로 기운이 빠르게 모여들었다.

움찔!

테이도는 가볍게 몸을 떨었다.

어쩔 수 없었다. 본인조차 놀랄 정도의 어마어마한 양의 기운이 한꺼번에 몰려든 것이다.

그러나 당황스러움도 잠깐.

테이도는 빠르게 안정을 찾았다.

잠시 후,

"휴우! 결계 안이라서 그런가? 하마터면 큰일 날 뻔했네. 제길, 갑자기 그렇게 기운이 모여들다니……. 가만있을 때는 괜찮은데 운기행공을 하려 하면 무섭게 변하는구나."

테이도는 내가요상법을 끝내고는 자신의 몸 상태를 살펴보았다.

처음 결계 안으로 들어섰을 때에도 그렇게 심한 내상을 입은 것은 아니었기 때문에 별다른 문제는 없었다.

그는 천천히 자리에서 일어났다.

"야아! 이거 완전한 백색의 공간이로구나. 그 어떠한 사물도 보이지 않는 텅 빈 공간."

테이도는 자신이 딛고 있는 바닥을 조심스럽게 내기를 사용해 두드려 보았다.

퉁! 투우우웅―!

바닥을 두드리기가 무섭게 대기의 기운이 변했다.

기이이이이잉—!

펄럭!

바람이 부는 것도 아닌데 테이도가 걸친 의복이 춤을 추었
다.

“햐아아……! 이거 웃기네? 약한 내기로 바닥을 두드려
본 것뿐인데 어떻게 기의 파동이 일어나냐? 제길, 그럼 이
거, 신법을 써서 결계 안을 돌아다니기는 불가능하다는 거
잖아?”

테이도는 팔짱을 낀 채 정면을 주시했다. 어차피 시야에 들
오는 것은 온통 백색의 공간뿐이라 정면이라 할 만한 곳은 없
었지만 말이다.

‘작은 기가 큰 기를 불러들인다, 이거지? 이건 어떻게 생각
하면 넉 냥의 힘으로 천 근의 힘을 튕겨내는 사량발천근이라
고도 할 수 있겠네. 만약 무림인이 이런 곳에서 내공심법을
수련하면 큰 효과를 볼 수 있겠군. 내게는 그다지 소용없는
일이지만 말이야. 어쨌든 이 결계 안을 통과하려면 내력을 쓰
지 않은 채 통과해야 해. 으음! 예상보다 시간이 많이 걸릴 수
도 있겠는데?

테이도는 두 눈을 감았다.

결계 내의 기운이 어떻게 흐르고 있는지를 파악하기 위해
서였다.

생각보다 결계를 파악하기는 쉬웠다.

기의 유동이 손에 잡힐 것처럼 강하게 느껴진 것이다.

스윽!

가만히 서 있기만 하던 테이도의 몸이 드디어 움직였다.

'우선 이 결계의 핵심으로 다가가야 해. 그곳을 찾아가 결계를 이루는 기운을 풀든가, 아니면 파괴해야만 해. 현재의 내 능력으로는 풀기보단 핵심을 무너뜨려야 하겠지만 말이야.'

테이도는 눈을 감은 그대로 결계의 기운이 흐르는 방향을 따라 걸었다.

그는 믿고 있었다.

이 방법이면 오늘 안으로 결계의 중심부로 다가설 수 있을 것이라고.

*   *   *

목이 탔다.

이미 가지고 왔던 열흘치의 건량과 물은 진작에 다 떨어졌다. 테이도는 소가죽으로 만든 물통을 향해 입을 가져갔다.

할짝할짝.

이미 물기조차 말라 버린 물통의 입구에 혀를 내밀고 있는 모습이 안쓰럽다.

"씨브럴……!"

입에서 진득한 욕이 흘러나왔다.

며칠이 흐른 것일까.

이곳 백색의 공간에서는 시간의 흐름을 알 수 없었다.

테이도가 느끼기에는 최소한 한 달은 지나지 않았을까 생각할 뿐이었다.

"제길! 어떻게 이럴 수가 있지? 쉬지 않고 결계의 기운을 따라왔건만……."

풀썩!

테이도는 지쳤는지 그대로 자리에 드러누워 버렸다. 그리곤 미간을 잔뜩 찌푸린 채 백색 하늘을 바라보았다.

불현듯 불회곡에 펼쳐져 있던 윤회자연혼진이 생각난다.

그때는 한 열흘 정도 고생했다.

하지만 이곳에서는 벌써 한 달이 넘게 고생하고 있다. 그것도 어떠한 해결책도 전혀 내비치지 않은 채.

여기서 이렇게 죽는 걸까?

그럴 수는 없었다.

중원에서 귀영섬투라 불리우는 자신이 여기서 나가지도 못하고 굶어 죽는다는 것은 말도 안 되는 일이었다.

자리에 누워 이런저런 생각에 고민을 하던 테이도.

어느 순간 그의 눈빛이 서서히 변해갔다.

이제는 이것밖에는 방법이 없다는, 그런 강한 결심이 서린 눈빛이었다.

"크크크! 그래, 결계의 중심으로 다가갈 수 없다면 이곳 자체를 무너뜨려 주마. 염라파쇄진(閻羅破碎陣). 이걸로 이곳을 무너뜨리는 거야. 결계의 중심부로 다가갔다면 좀 더 쉬웠겠지만 어쩔 수 없지. 흐흐! 어디, 네가 무너지는지 내가 쓰러지는지 한번 해보자."

테이도는 재빨리 일어서서 품속을 뒤적거렸다.

부스럭부스럭!

그의 품속에서 여러 가지 물건이 나왔다.

나뭇조각, 돌조각, 쇠붙이 등등의 여러 가지 잡스런 물건들이었다.

전부 손가락 길이 정도의 크기로 백여 개나 되었다.

"우선은 금궁보신진으로 내가 살길을 마련해 놓고 염라파쇄진으로 이곳을 날려 버리자."

테이도는 우선 돌조각 하나를 들고는 바닥을 살폈다. 진법을 펼치기 위해서는 오운육기(五運六氣)를 알아야 했다. 오운육기는 음양오행이라고도 한다.

오운은 천기를 말하고 육기는 지기를 말하는데, 진법을 펼치기 위해서는 천기와 지기에 대한 깨달음이 있어야 했다. 진법에 관한 지식이 있다고 해서 아무나 펼칠 수 있는 게 아니란 뜻이다.

그는 잠깐 지기를 살펴보고는 돌조각을 바닥의 한 부분에 놓았다. 아니, 그냥 놓는 게 아니라 돌조각을 바닥이 조금 파이게 눌러 넣었다.

테이도는 그런 식으로 나뭇조각과 쇠붙이 등을 바닥에 차례로 세워놓았다.

우우우우웅……!

금궁보신진이 완성되어 갈수록 바닥의 지기가 울음소리를 토해냈다.

"후후후! 됐다. 이제 금궁보신진은 내가 들어서기만 하면 발동될 거야. 히히! 염라파쇄진과 이 결계가 부딪쳐 어느 정도의 충격파가 일어날지는 알 수 없지만 이 금궁보신진이라면 최소한 죽지는 않겠지."

테이도는 다시 금궁보신진으로부터 백여 미터 정도 떨어진 곳에 염라파쇄진을 설치하기 시작했다.

진법의 축을 하나하나 박아 넣을 때마다 신중을 기하느라 정신의 피로도가 심했다. 거기다 한 달가량을 이곳 백색의 공간에서 제대로 쉬지도 못하고 보낸 터라 더욱 힘이 드는 그였다.

"자! 이제 이것만 박아 넣으면 완성이다."

테이도는 손에 들고 있는 나뭇조각 하나를 바라보며 중얼거렸다. 그리고는 금궁보신진이 펼쳐져 있는 방향을 바라보았다.

'이게 완성되는 것과 동시에 금궁보신진 안으로 들어가야 해. 결계 안은 내력을 사용하기가 부담스런 곳이지만 어쩔 수

없어. 내가 익힌 신법 중 가장 빠르다 할 수 있는 공령섬(空靈閃)의 신법을 사용해야 해.'

"후우— 읍—! 휴우—!"

차분히 심호흡을 하며 눈을 빛냈다.

스윽.

천천히 진법을 완성시키는 마지막 축에 나뭇조각을 가져다 대는 테이도.

푸욱!

쉬이이익—!

염라파쇄진의 마지막 축을 완성한 테이도는 그 자리에서 꺼지듯 사라졌다. 그리고 그가 사라지는 것과 동시에 결계 안의 기운이 요동치기 시작했다.

우우우우우웅……!

결계 내의 힘이 테이도의 공령섬으로 인한 내기의 사용으로 증폭되었고, 그 힘은 다시 염라파쇄진이 일으키는 힘에 더더욱 커져만 갔다.

심령을 위축시키는 대기의 공명음이 떨려 나온다.

기이이이잉!

파직! 파지직—!

염라파쇄진이 힘을 발휘하기 시작했다.

주변의 모든 것을 빨아들이려는 듯 회전을 일으키는 염라파쇄진.

테이도는 공령섬의 신법으로 단번에 도착한 금궁보신진 안에서 가부좌를 틀고는 내기를 다스렸다. 결계의 기운이 그가 신법을 펼칠 때 과도하게 반응해 내기를 조금 흔들었기 때문이다.

그의 안색이 간단한 운기행공으로 빠르게 안정을 되찾았다. 하지만 그의 고난은 이제부터 시작이었다.

움찔!

안정을 찾기가 무섭게 테이도의 표정이 다시 일그러지기 시작했다. 감았던 눈을 뜨고는 진 안을 바라보았다.

지직! 지지— 직!

문제가 발생했다.

외부의 어떠한 물리적인 충격에도 진 안에 들어온 자는 안전을 지켜준다는 금궁보신진이 불꽃을 튀기며 일그러지기 시작한 것이다.

지이이이잉!

밖을 내다보니 백색으로 공간을 채웠던 결계 안은 어느새 어둠에 잡아먹혀 한 치 앞도 볼 수 없는 암흑 공간으로 바뀌어 있었다.

버— 번쩍! 콰앙!

가끔 어둠 사이로 섬뜩한 뇌전이 지나가며 금궁보신진을 두들겨 댔다.

우우우우우웅!

 Teido's Adventure

금궁보신진이 외부의 압력에 서서히 일그러지더니 곧이어 어둠의 기운이 새어들어 오기 시작했다.

스르르르르—

"으읔! 제기랄! 이거 어떻게 해야 되지?"

기이이잉! 파직! 파지— 직!

테이도의 몸 주위로 어둠의 기운이 흘러들며 회전을 시작하였다. 그러고는 그의 몸속으로 조금씩 스며들었다.

"후우— 읍! 휴우—!"

몸속으로 들어온 어둠의 기운이 호흡과 함께 다시 배출되었다.

"제기랄! 안 돼! 이건 단순한 어둠의 기운이 아니야! 모든 걸 흔적도 없이 만드는 그런 기운. 씨부럴! 이건 파멸기라 해야 해, 파멸기!"

결계의 기운과 염라파쇄진이 부딪치며 전혀 새로운 형태의 기가 형성된 것이다.

스멀스멀.

어둠의 파멸기가 사악한 요물처럼 그의 주위를 맴돌았다. 어떻게 하면 이 맛있는 먹잇감을 해치울까 하며 놈은 그렇게 천천히 공략해 오고 있었다.

테이도는 다급했다.

만물의 모든 기운에 민감하고 더불어 포용할 수 있는 그이지만 파멸기만큼은 짧게 노출된다 하더라도 매우 치명적일 수 있었다.

테이도의 눈동자가 빠르게 돌아갔다.

지금 이 순간, 그의 지력은 최고조로 발휘되었다.

'방법은 삼라귀원선법(森羅歸元仙法)밖에 없어! 젠장, 5년간 전혀 진도가 없었는데……. 일단 무조건 지조(地調)의 단계에 들어서야 해. 그래야 조금이라도 살 가망성이 있다.'

테이도는 발빠르게 생각을 정리하고는 지그시 눈을 감았다.

스스스스숫─!

상대가 포기한 것으로 받아들인 것일까.

눈을 감자마자 주위에 있던 파멸기가 요동치며 더욱 쉽게 테이도의 몸속으로 스며들었다.

주르르륵.

그의 입가로 핏줄기가 새어 나왔다.

─심허즉수도(心虛卽受道).

테이도는 천지의 대도는 오직 마음을 비워두었을 때만 열린다는 삼라귀원선법의 기본 구결에 매달렸다.

우우우우웅……!

"크윽!"

쩌저저저적!

마침내 금궁보신진이 붕괴되기 시작했다. 얼마 안 있으면 완전히 무너질 듯했다.

고오오오오오—!

결계 안의 파멸기는 어느새 주위를 진공 상태로 만들어갔다.

주르르륵!

테이도의 전신에 금이 가며 피가 흘러내린다. 온몸이 금방이라도 폭발할 것처럼 느껴졌다.

그는 더더욱 삼라귀원선법에 매달렸다.

조급한 마음을 버려야 한다.

불안한 마음을 지워야 한다.

나의 마음이 텅 빔의 극치에 이르도록 정신을 허의 세계로 보내야 한다. 그러기 위해선 지극한 정성에 믿음을 안아야 한다. 그러면 저절로 선천기가 다가오고 나의 마음을 그 선천의 기운에 실으면 허의 세계가 보일 것이다.

쿠콰콰콰콰쾅!

마침내 금궁보신진이 붕괴되며 결계 내의 암흑의 파멸기가 테이도를 덮쳐 왔다.

후아아아아앙—!

그 순간, 테이도의 몸에서 작은 변화가 일었다.

                    *   *   *

쾅! 쾅쾅쾅!

뚝딱! 끼이익—!

"이봐! 거기는 좀 더 아래로 각도를 맞춰야지 그렇게 하면 어떻게 해!"

"예, 죄송합니다."

한창 마을의 공사가 이루어지고 있었다.

경비조원으로 보이는 사내가 마을 주민들을 독려하며 이것저것 참견하며 다녔다.

터벅터벅.

그때 뒤에서 누군가가 걸어오는 소리가 들렸다. 경비조원은 고개를 돌려 상대를 바라보았다.

"아, 촌장님! 오늘도 나오셨습니까?"

경비조원의 뒤로 다가온 자는 바로 이 마을의 촌장인 파구스였다. 인사를 받는 그의 얼굴엔 수심이 가득했다.

"그래, 정말 수고가 많군. 나는 신경 쓰지 말고 자네 일이나 보게."

"예, 촌장님."

파구스 촌장은 경비조원을 지나쳐 누각 앞의 나무 방벽이 세워진 산채 입구로 걸어갔다.

경비조원은 파구스 촌장의 뒷모습을 바라보며 생각했다.

‘요즘 촌장님이 조금 이상해진 것 같은데, 왜 그러지? 무슨 고민이 있으신 것 같은데……’

정말 그의 생각처럼 파구스 촌장의 걸음걸이는 유독 힘이 없어 보였다. 축 늘어진 느낌이 든다.

산채 입구에 있는 누각 위에는 호드리조와 조원 한 명이 경계를 서고 있었다. 그곳은 보통 경비조원 한 명만이 경계를 서는데, 오늘은 호드리조도의 모습도 같이 보였다.

그는 할 일이 없어 심심한지 이곳저곳을 돌아다니며 수다를 떨고 있었다. 들어주는 사람의 고역은 전혀 생각지 못하는 호드리조였다.

“그러니까 내가 루비안 시에서 여자들에게 얼마나 인기가 있었냐 하면, 아주 그건 말도 못해. 그 늘씬하게 쫙 빠진 몸매의 아가씨 수십 명이 나 하나 때문에 서로 죽기 살기로 싸워 댔다니까. 어휴! 그때를 생각하면…….”

“예, 그러셨겠지요. 조장님이야 워낙에 한인물 하시잖습니까. 당연히 인기가 많을 수밖에 없지요.”

푸른 눈에 코끝에 커다란 점이 나 있는 사내는 연신 호드리조의 말에 맞장구를 쳐주었다.

“하하하! 너도 그렇게 생각하는구나. 내가 좀 인물값을 하긴 하지.”

“예, 그럼요. 당연하지요.”

상관에 대한 긍정적인 대답에 비해 그의 표정엔 어색한 미소가 끊임없이 매달렸다.

'제기랄! 왜 하필 오늘 내가 경계병이 돼가지고 이 고생을 하는 거야!'

"잘생긴 인간은 정말 여러모로 불편한 점이 많아. 너는 나의 이런 고통을 모를 거다, 아마."

"하하, 저야 그렇지요, 뭐."

'네 상판때기나 제대로 알고 지껄여라, 이 수다쟁이야! 생기다 만 듯한 너의 그 두 눈이 창피해하겠다. 그것도 눈이라고 달려 있으니, 나 같으면 그냥 자살한다.'

속으로 열심히 씹어대는 조원이다.

그때 호드리조의 수다에 어쩔 수 없이 당하고만 있던 그의 표정이 달라졌다. 어색한 미소가 진정으로 밝은 표정으로 바뀐 것이다.

"조장님, 촌장님이 이곳으로 오십니다!"

호드리조는 한참을 혼자 떠들어대다 푸른 눈의 조원이 하는 말에 고개를 돌렸다.

"어디? 아, 저기 오시는구나!"

호드리조는 촌장이 다가오는 것을 보고는 급히 누각 아래로 내려가며 말했다.

"경계 잘 서라! 난 이만 내려가 볼 테니까!"

"예, 조장님!"

'다신 올라오지 마라. 네 얼굴만 봐도 속이 넘어올 것 같으니까. 알았냐, 이 수다쟁이야?"

사내는 부지런히 씹으며 신나게 경계를 섰다.

"촌장님, 여기까지 무슨 일이세요?"

파구스 촌장은 누각 위에서 내려온 호드리조를 보며 쓰게 웃었다.

"그런 자네는 여긴 뭐 하러 와 있는가? 자네 근무 지역에 있지 않고 말일세."

"하하! 그곳은 제 밑의 조원 놈들이 있으니 괜찮아요. 심심해서 알레인이나 보려고 왔더니 안 보이네요."

그는 실실 웃으며 파구스 촌장에게 다가갔다. 자세히 보니 촌장님의 얼굴이 조금은 수척해진 것 같은 느낌이 든다.

호드리조는 그 이유를 알 것 같았다.

"촌장님, 얼굴이 많이 상하신 것 같아요. 그 시꺼먼 괴물 때문에 그러시죠? 에이! 이제 그만 잊으세요. 한 달이 훨씬 지났는데 이미 끝난 거지요. 그 시꺼먼 놈, 안 옵니다. 잊으시고 맘 편히 하시는 게 장땡이라구요, 촌장님."

파구스 촌장이 고개를 가로저으며 말했다.

"아니, 아닐세. 무슨 일이 있어 늦는지는 몰라도 그 친구는 반드시 돌아올 걸세. 며칠밖에 대화를 해보진 않았지만 약속을 어길 사람은 절대 아니었어. 나는 테이도, 그 사람을 믿네."

　　호드리조는 파구스 촌장의 확신에 가득 찬 그 말에 속으로 중얼거렸다.
　　'에휴! 순진한 우리 촌장님. 이미 끝난 것을…….'

CHAPTER 6
아이들, 태어나다

어두웠다.

아무것도 보이지 않는 어둠의 공간.

휘이이이이이잉!

어둠 사이로 바람이 스쳐 지나간다. 그리고 서서히 무언가가 어둠을 몰아내고 있었다.

그건 빛이었다. 어둠을 몰아내고 있는 위대한 햇살. 그 빛을 통해 사물의 윤곽이 조금씩 옷을 벗기 시작했다.

그때 처음으로 내보인 사물의 모습은……

후비적—!

손가락 하나가 기운차게 동굴 속을 파내고 있다. 몇 번 들 락날락하던 손가락이 갑자기 멈추어 선다.

"엉!"

감겨 있던 두 눈이 떠졌다.

벌떡!

슈우우우웅—!

테이도는 놀란 마음에 누워 있던 몸을 일으켰다.

한데 이게 웬일인가. 몸이 자신의 뜻과는 상관없이 저 혼자 허공으로 붕 떠오르고 있었다.

"어어! 이거 뭐야?"

얼른 정신을 집중해 자신의 몸을 진정시켰다. 몇 번 허공에서 버둥거리던 그는 다시 지상으로 내려왔다.

테이도는 잠시 멍하니 서 있다가 고개를 들어 하늘을 바라보았다.

이곳은 호리병처럼 생긴 지하 공동이었다.

바닥에서 천장까지의 높이는 백여 미터는 충분히 될 듯싶었고, 그 꼭대기에는 칠팔 미터 넓이의 구멍이 뚫려 있었다. 그곳으로부터 햇살이 들어와 이 어두운 공간을 비춰주고 있었다.

테이도는 천장에서 쏟아지는 햇살을 받으며 이번엔 자신의 몸을 살펴보았다.

아무것도 걸친 게 없는 벌거숭이의 모습.

“내, 내가 살아 있네? 사, 살아 있어!”

부르르르르—!

테이도의 몸에서 잔 떨림이 일었다.

“흐흐흐흐! 히히히히! 헤헤헤… 으하하하하하!”

미친놈처럼 웃어젖히던 그의 몸이 갑자기 사라졌다.

스으— 팟!

사라진 그가 다시 모습을 보인 곳은 회색빛 하늘.

테이도는 공동의 천장 구멍을 통해 밖으로 나왔고, 지금 회색빛 하늘과 함께 두 팔을 벌리고 춤을 추고 있었다.

슈아아아아아아앙!

“으하하하하하! 나는 귀영섬투다!”

끝없이 하늘을 오르며 기쁨의 탄성을 외치는 테이도.

그는 허공의 한 지점에 멈추어 선 채 두 눈을 감았다.

영원히 이대로 있고 싶었다. 이 가슴 벅찬 가쁨을 계속 유지하고 싶었다.

“아아아아아……!”

말로 어떻게 표현할 수가 없었다. 그저 이렇게 하늘과 한마음이 되고 싶을 뿐.

하지만 하늘은 이런 테이도의 행동을 용납하지 않았다.

천공의 태양이 그의 벌거벗은 알몸뚱이에 거부감을 느끼는지 갑자기 자취를 감춘 것이다.

곧이어 시꺼먼 먹구름이 몰려들었다.

우르르르릉!

후득! 후드득—!

"……"

한 방울씩 비가 내리기 시작한다.

"에잇! 빌어먹을! 한참 분위기를 잡으려고 하는데……."

그는 다시 지상으로 내려왔다.

자신이 올라왔던 바위산 공동의 입구에 내려선 테이도. 그의 고개가 갸웃거린다.

"아, 이거참, 조절이 잘 안 되네. 어디 가서 내기를 조절해 봐야겠는데?"

테이도는 평소대로 신법을 펼치기 위해 내기를 움직였지만 잘 되지 않았다. 아니, 잘 안 되는 게 아니라 힘이 넘쳐흘렀다. 그것도 과하게. 정신을 집중하지 않으면 자신의 내기가 폭주할지도 모를 정도로 말이다.

이것은 자신의 삼라귀원선법에 변화가 생겼다는 것을 의미한다. 물론 어느 정도 예상되는 일이다.

자신이 이렇게 살아날 수 있었던 이유.

거기에 해답이 있는 것이다. 물론 이건 조용한 곳에서 운기행공을 해봐야 자세히 알 수 있는 일이었다.

꼬르륵!

테이도는 자신의 배를 매만졌다.

이상했다.

배에서 나는 소리와 다르게 배가 고프거나 하는 게 아니었
다.

"그러고 보니 오랫동안 밥을 굶었네? 날짜가 얼마나 흐른
걸까? 그러고 보니 그 영감님, 무척이나 기다리고 있겠는걸.
으음! 우선 뭐 좀 먹고 내기를 조절한 다음 이 안을 살펴봐야
겠다. 나 귀영섬투를 죽음의 위기로까지 몰고 갔으니 당연히
엄청난 보물이 숨겨져 있을 거야. 헤헤."

쏴아아아아아!

비가 폭우로 바뀌기 시작했다.

테이도는 바위산 건너에 있는 숲을 바라보았다. 지천으로
널려 있는 먹거리들.

바로 신법을 펼쳐 날았다.

쉬이익—!

테이도는 자신의 내기를 조절할 겸, 또한 전반적인 자신의
삼라귀원선법의 변화를 알아보기 위해 공동 안으로 다시 들
어왔다.

"웬 허물이지?"

그는 자기가 누워 있던 자리를 바라보곤 의문의 표정을 지
었다.

"어랄라? 머리카락 같은 것도 보이네?"

테이도는 호기심에 허물을 들어 살펴보면서 자신의 턱 부

분을 매만졌다.

그리곤 또다시 놀란다.

"얼레? 없네? 어릴 때 수련하다 다친 호랑이 발톱 자국도 없어졌어. 이거 어떻게 된 거지?"

테이도는 자신의 얼굴을 매만지며 연신 상처를 찾아 헤맸다. 없어진 상처 자국이 찾는다고 다시 생길 리도 없건만 그는 계속해서 자신의 얼굴을 매만졌다.

테이도는 금방이라도 부서져 날아갈 듯한 허물을 다시 한 번 바라보며 중얼거렸다.

"설마 환골탈태(換骨奪胎)?"

고개를 갸웃거린다.

"이상하네? 그럴 리가 없는데? 내가 익힌 삼라귀원선법은 후천이 아닌 선천의 기운을 수련하는 것이라 환골탈태 같은 극단적인 현상은 일어나지 않는데 어떻게 된 일이지?"

환골탈태.

무림인이라면 누구나 꿈꾸는 신체상의 변화다.

이것은 무학상의 어떠한 경지를 이르는 말은 아니었다.

그냥 단순히 운기행공을 하는 과정에 일어난다고 한다. 그리고 이것이 이루어지게 되면 그 사람은 본인의 무공에 대한 재능과 상관없이 최고의 경지에 다다를 수 있다고 했다.

환골탈태 자체가 무공을 익히기에 가장 적합한 완벽한 신체를 만들어주기 때문이다. 하지만 현 무림에서 이와 같은 환골탈태를 겪어보았다는 자는 아무도 없었다.

테이도는 현 무림의 누구보다도 이것에 대해서 자세히 알고 있었다.

"아무리 생각해 봐도 잘 모르겠네. 에잇! 그냥 빨리 삼라귀원선법이나 운행해 봐야겠다!"

테이도는 그대로 가부좌의 자세로 앉아 눈을 감았다.

천천히 심호흡을 시작으로 삼라귀원선법의 법문을 생각해 보았다. 그리고 바로 법문이 나타내는 구결을 몸으로 실천에 옮겼다.

잠시 후, 그의 몸에서 푸른빛이 일었다.

그 빛은 곧이어 구체로 변해 푸른 막을 형성한 채 테이도의 몸을 감쌌다.

우우우우웅!

푸른 막이 울었다.

테이도는 자신의 의념을 중단전에 집중했다.

그러자 중단전에 자리한 선천의 기운이 무섭게 회전하기 시작했다.

이런 현상은 처음이었다.

몸을 감싸고 있는 푸른 막도 마찬가지로 서서히 회전을 일으켰다. 그리고 종래엔 제대로 알아볼 수 없을 정도로 빠르게 회전하더니 푸른빛은 사라지고 갑자기 금빛의 기운이 터져 나왔다.

화아아아아악—!

눈이 부실 정도의 금빛 구체.

그것은 보기만 해도 만물의 마음을 다독여 주는 상서로운 기운이었다.

금빛의 기운은 다시 테이도의 몸속으로 사라졌다. 그리곤 곧바로 그의 입이 벌어지더니 흰 기류가 흘러나왔다.

휘류류류류류류류……!

그 흰 기류 속에는 방금 전에 보았던 상서로운 금빛 구체가 있었다.

금빛의 구체. 그건 바로 테이도의 내단이었다.

그것도 도가에서 말하는 금단(金丹)인 것이다.

이건 경악할 만한 기사(奇事)였다.

용과 같은 전설의 영물도 아닌 일개 사람이 내단을 형성해 낸 것이니 말이다.

테이도는 입을 벌린 채 자신의 금단을 삼켰다 토해내기를 반복했다. 금단은 처음엔 완두콩만 한 크기더니 입 안에서 나올 때마다 조금씩 커져 갔다.

그리고 마지막엔 호두알 정도의 크기로 바뀌었다.

우우우우웅!

테이도는 지금 지극의 경지를 맛보고 있는 중이었다.

그의 정신은 선천의 기운에 몸을 실은 채 천지를 누비며 춤을 추고 있었다.

Teido's
Adventure

“후우— 읍!”

금단이 더 이상 커지지 않자 테이도의 정신은 다시 원래의 자리로 돌아오게 되었다.

테이도는 아쉬운 감이 들었지만 어쩔 수 없이 호흡을 고르며 천천히 삼라귀원선법의 운공을 마쳤다.

곧 그의 두 눈이 떠졌다.

두 눈을 자세히 살펴보니 검은 눈동자 속에 금빛의 기운이 어려 있다.

테이도는 마치 불법에 달통한 고승처럼 차분히 사물을 바라보고 있었다. 하지만 그런 분위기는 금방 사라지고 어쩔 수 없는 자신의 본성이 나오기 시작했다.

입꼬리가 살짝 말려 올라간다.

“호호호호호! 예상은 했지만 이건… 히히히히히! 헤헤헤헤헤!”

테이도는 두 팔을 벌리며 미친놈처럼 웃어댔다.

“아하하하하! 삼라귀원선법이 드디어 지조의 단계에 들어섰다. 거기다… 거기다가… 우하하하하하! 이히히히히!”

테이도는 자리에서 일어나 덩실덩실 춤을 추었다. 얼마나 기쁜지 그의 입에선 알아듣지 못할 노랫가락도 흘러나왔다.

　
—삼라귀원선법(森羅歸元仙法).

현재 테이도가 익히고 있는 내공심법이다.

이것은 그의 사조가 되는 도굴계(盜掘界)의 전설 북궁도굴
이 어느 이름 모를 왕릉의 지하 석관에서 일(?)을 하다 발견한
책자였다.

그 석관에는 삼라귀원선법 상권과 진법에 관한 내용이 기
술된 두꺼운 책자 두 권이 있었다.

북궁도굴은 우선 삼라귀원선법을 익히기 위해 그 내용을
자세히 읽어보았다. 모르는 글자가 많이 있어 글공부도 다시
시작해야 했기에 삼 년 만에 해독을 마쳤다.

읽고 보니 삼라귀원선법은 신선이 되는 방법을 기술한 것
이었다. 처음엔 웬 미친놈이 쓴 건가 하고 내다 버리려다 그
내용이 너무나 심오한지라 한번 익혀보기로 결심하였다.

하지만 곧 포기해야 했다.

왜냐하면 삼라귀원선법을 익히기 위해선 원래 가지고 있
던 자신의 내공을 모두 버려야 했기 때문이다.

북궁도굴은 이것을 근골이 뛰어난 아이에게 익히게 하려
고 제자를 물색했다.

이 제자가 바로 현재 북궁대도의 사부가 되는 소매치기의
전설 북궁투도다. 하지만 다섯 살의 고아였던 북궁투도도 이
삼라귀원선법은 익히질 못했다.

북궁도굴은 낙담했다.

무공에 대한 재능이 자신보다도 훨씬 뛰어난 제자마저 실

 Teido's
Adventure

패했기 때문이다.

분명 심오한 뭔가가 있는데 익힐 수가 없으니 답답할 뿐이었다. 그러다 삼라귀원선법의 서문에 적혀 있는 글을 다시 생각하게 되었다.

선근(仙根)이 있어야 한다는 구결.

북궁도굴은 처음 이것이 무슨 말을 의미하는 것인지를 몰라 대충 넘겼다. 그러나 아무리 생각해 봐도 선근이라는 단어에 해답이 있을 거라 느껴져 도가의 여러 경전 등을 비롯해 선문에 전해지는 다양한 책들을 찾았다.

다행히 북궁도굴은 하오문의 장로에다 수호법비란 숨겨진 신분을 지녔기 때문에 경전에 대한 정보를 쉽게 얻을 수 있었고, 또한 문도들을 통해 그것들을 입수해 읽을 수 있었다.

그리고 알게 되었다.

선근이란 것이 바로 마음의 밭이라고도 하는 중단전을 일컫는다는 것을 말이다.

깨끗이 포기했다.

그로서는 중단전이란 말을 처음 들어봤을뿐더러 또한 누군가 중단전을 키워 익혔다는 소리 또한 전혀 들어보지 못했기 때문이다.

북궁도굴은 북궁투도에게 삼라귀원선법의 책자를 건네주며 읽어보기만 하고 익히지는 말라는 말과 함께 자신이 알고 있는 다른 내공심법을 익히게 했다.

세월이 흘러 북궁도굴은 세상을 떠났고, 그 삼라귀원선법은 지금의 북궁대도에게까지 전해졌다.

거지 패에 속해 있던 네 살배기의 아이를 북궁투도가 거둬들여 제자로 삼았는데 그 아이가 바로 북궁대도였다.

자신의 어릴 때의 모습을 많이 닮아 무공에 대한 재능을 미처 확인하지 못하고 무심코 받아들인 것이다.

북궁투도는 혹시나 하는 마음에 북궁대도에게 가지고 있던 삼라귀원선법을 익혀보게 했다. 안 되면 다른 무공을 익히게 하면 된다는 단순한 계산이었다.

그런데 결과는 놀라웠다.

자신의 제자인 북궁대도가 너무나 쉽게 삼라귀원선법을 받아들인 것이다.

그때부터 북궁투도에게 때 아닌 고민이 생겼다.

자신이 익히고 있는 다른 내공심법이나 무공 초식이라면 자세한 설명과 함께 확실히 가르쳐 줄 수 있겠지만 삼라귀원선법은 아니었다. 자신이 모르는 것을 어떻게 가르쳐 줄 수가 있겠는가 말이다.

결국 북궁대도 혼자서 삼라귀원선법이라는 미지의 세계를 개척해야만 했다.

삼라귀원선법.

그것은 모두 삼법으로 나누어져 있었다.

그 삼법은 또다시 일단공부터 삼단공까지 세 개의 단계로 나누어져 있었는데, 그 이름은 다음과 같았다.

─제일법 인극(人剋).
일단공 연신(鍊身), 이단공 정심(靜心), 삼단공 극기(克己).

─제이법 지조(地調).
일단공 축지(縮地), 이단공 등봉(登峰), 삼단공 지령(地靈).

─제삼법 천의(天意).
일단공 무형(無形), 이단공 신통(한자 확인) 삼단공 무극(無極).

덩실덩실!

커다란 야자수 잎으로 하체만 달랑 가린 채 볼썽사납게 춤
추는 테이도. 그가 드디어 일각 동안의 광란을 멈추고 가만히
멈추어 섰다.

"헤헤헤헤! 지조의 축지에 다다른 것으로도 모자라 잠재
역량이 급상승하다니! 이거, 이거, 별다른 어려움 없이 지령
의 단계까지 단숨에 오를 수 있겠어."

잠재 역량.

이것은 말 그대로 잠재되어 있는 힘의 양이었다. 잠재되어
있기 때문에 지금 당장 발휘할 수 없는 그런 힘. 하지만 잠재
역량이라고 하는 것은 수련을 어떻게 하느냐에 따라 얼마든

지 본신의 힘으로 만들 수 있는 것이었다.

테이도는 삼라귀원선법을 운기하는 와중에 자신의 일천 세맥에 상상할 수조차 없는 엄청난 양의 선천진기가 잠들어 있음을 확인했다.

이것은 금궁보신진이 무너지면서 쏟아져 들어온 파멸기의 일부가 자신의 선천진기로 변화되어 잠재된 것이 아닌가 생각됐다.

이것을 조금씩 자신의 본신진기에 흡수한다면 오래지 않아 반선의 경지라는 지령의 단계에 이를 수 있을 터이다.

테이도는 주변을 두리번거리며 중얼거렸다.

"지조의 경지에 이르렀으니 축지법이 가능하다는 소리인데 여기서 한번 펼쳐 볼까?"

지하 공동의 크기는 상당히 넓은 편이었다.

지름이 구십여 미터가 넘어 보이는 데다 한쪽 끝에는 또다시 육 미터 높이의 동혈이 나 있었다.

테이도는 그 동혈 안에 자신을 난생처음으로 죽음의 위기까지 몰아넣은 결계의 원인이 있을 거라 생각하였다.

그건 아마 상상조차 할 수 없을 정도로 엄청난 양의 보물일 것이다.

"좁은 감이 들기는 하지만 한번 해보자. 처음 해보는 것이니까 최대한 힘을 빼고 말이야."

테이도는 삼라귀원선법의 운신편에 나와 있는 축지의 법

문을 떠올렸다.

대지의 기운이 테이도의 발바닥 용천혈을 뚫고 들어오더니 중단전에 자리한 금단과 공명을 일으켰다.

그러자 테이도의 눈에 이상한 광경이 그려졌다. 바로 눈앞의 공간이 이지러져 보이는 것이다.

지이이이잉—!

이것이 바로 축지법이 이루어지려는 현상이었다.

대지의 기운을 다스려 서로 겹치게 만들면 공간이 갈 지 자의 형태로 좁혀지게 된다. 이 공간을 건너면 축지법이 시전되어 한 걸음에 멀리까지 갈 수 있는 것이다.

이것은 무림에서 말하는 신법과는 전혀 다른 것이었다. 신선들이나 쓴다는 술법이라 해야 마땅할 것이다.

"자아! 우선은 한 십 장 정도만 가볼까?"

테이도는 축약되어진 공간에 한 걸음을 내디뎠다.

스스스스스—

정확히 한 걸음이었다.

"……."

그의 눈에 울퉁불퉁한 뭔가가 보인다.

이게 뭔가 하고 고개를 뒤로 조금 빼서 다시 바라보았다.

"으헉!"

테이도는 깜짝 놀랐다.

자신의 코앞에 바짝 붙은 채 공동의 절벽이 나타난 것이다.

　분명 십 장 정도의 거리를 생각해서 한 걸음을 떼었건만 무려 이십 장을 더 지나쳐 나간 것이다.

　까딱 잘못했으면 어떻게 됐을지 아무도 모르는 일이었다.

　테이도는 가슴을 쓸어내리며 중얼거렸다.

　"휴우우! 하마터면 골로 갈 뻔했네! 이거 처음 해보는 거라 조절이 잘 안 되네?"

　그는 머리를 긁적이며 다시 중얼거렸다.

　"근데 축지법이 좀 더 발휘되어 이 벽 속에 갇히게 되면 어떻게 되는 거지? 그냥 죽는 것일까? 아니지, 아니야. 이미 지조의 단계에 들어섰는데 벽 속에 갇혀 있다고 해서 죽을 일은 없을 거야. 에에… 으음… 근데 정말 안 죽을까?"

　그는 고개를 살래살래 내저으며 이 문제는 나중에 생각해 보기로 하였다.

　그리고는 다시 천장의 구멍을 바라보았다.

　"밖에 나가 네다섯 번만 축지법을 연습해 보고 다시 들어오자. 이거 조금만 해보면 다시는 실수하지 않을 것 같아. 그리고 바로 저 동혈로 들어가는 거야. 헤헤, 그리고 철궤를… 아니지, 아니야. 그건 마을에 들어가서 확인해 보자. 너무 맛난 걸 한꺼번에 먹으면 안 좋아. 후후후! 이거 기분이 째지는 걸."

　테이도는 축지법을 연습하기 위해 몸을 띄웠다.

　　　　　　*　　　　　*　　　　　*

　뚜벅뚜벅.

　턱!

　그의 걸음이 동혈 안의 끝에 다다랐다.

　그 끝은 끝이 아니었다. 동혈의 끝 다음에 바로 넓은 광장이 다시 이어졌다.

　안에서 희미한 빛이 새어 나온다.

　테이도는 동혈 속을 천천히 걸으며 어떠한 보물이 있을까를 생각해 보았다. 이왕이면 국보급의 보물이 가득 쌓여 있으면 좋겠다는 생각에 보물의 생김새를 상상해 보기도 했다.

　"후으읍!"

　그는 이제 한 걸음 앞으로 나서기만 하면 자신이 상상하던 그 무엇인가를 보게 된다는 기대감에 깊이 숨을 들이마셨다.

　스윽!

　테이도가 드디어 안으로 들어섰다.

　역사적인 순간.

　가장 먼저 눈에 들어온 것은 삼백여 미터는 돼 보이는 널따란 공간이었다. 그는 빛을 만들어내는 것이 무엇인지를 알아보기 위해 고개를 들어 올렸다.

허공의 한 지점.

사람의 머리통만 한 구체가 저 홀로 떠 있다. 그곳에서 강한 빛이 흘러나와 광장 전체를 비춰주고 있었다.

"호오! 신기한걸. 아니, 굉장하다 해야겠군. 저것도 보물이라면 보물일 수 있으니 말이야. 돌아갈 때 가져가야지."

테이도는 이제 광장 안을 살펴보았다.

한눈에 들어오는 넓은 광장.

"……"

없었다.

그 어디에도 없었다.

산더미처럼 쌓여 있어야 할 보물이 그의 감각에 전혀 포착되지 않았다.

그의 미간이 조금씩 일그러지기 시작했다.

"안 돼. 이건 아니야. 이러면 재미없어. 보물은 있어야 해. 반드시 있어야 해!"

불안감이 전신을 엄습해 왔다.

테이도는 광장의 한가운데로 걸어갔다.

뽀드득! 뽀드득!

발을 받쳐 주는 바닥이 고운 모래로 가득했다. 모래를 헤치며 안으로 천천히 들어서는 그의 발걸음이 점점 무거워졌다.

잠시 후,

"으드득!"

이 가는 소리가 크게 들렸다.

정말 아무것도 없었다.

털썩!

그는 모래 바닥에 그냥 주저앉아 누워버렸다.

"니미럴! 씨부럴! 개부럴……·!"

입에서 저도 모르게 끊임없이 욕지거리가 튀어나왔다.

"하하하! 내가 이 꼴을 당하려고 그 개고생을 한 거란 말이지? 그 생각조차 하기 싫은 무섭던 결계가 그럼 아무 이유 없이 설치된 거라 이거야? 하하하하! 히히히히! 이거 완전히 미치겠군!"

테이도는 도저히 믿을 수가 없었다.

"히히히히히히……."

한참을 슬프게 웃었다.

"……."

그리고는 이제 웃는 것조차 지쳤는지 두 눈을 감고 침묵 속으로 들어갔다.

한참 후,

스윽!

그는 자리에서 일어났다.

이제 마을로 돌아가야 했다. 그전에 잠깐 광장 전체를 둘러보며 마지막 아쉬움을 달래볼 생각에 손발을 툭툭 털어냈다.

테이도는 광장의 가장자리를 천천히 거닐었다.

"응!"

그때 그의 눈에 이상한 것이 띄었다.

광장의 입구에서 북동쪽으로 위치한 곳에 하얀 껍질들이 보이는 것이다.

테이도는 다가가 그것들을 집어 들어 살펴보았다.

"뭐지?"

그냥 봐서 잘 모르겠기에 손에 힘을 주어 그것을 부숴보았다.

부스스스스—

"이건 무슨 알의 껍질 조각 같네. 이게 왜 여기에 있지?"

테이도는 이 알 껍질이 더 있는지 살펴보았다. 잘 보이지 않자 발로 모래알들을 흩어보면서 말이다.

그러자 곳곳에 깨진 알 조각들이 보였다. 그는 계속해서 모래알을 흩뜨리며 전진했다.

"어라라? 멀쩡한 게 있네?"

눈앞에 타조 알보다 조금 커다란 타원형의 알이 모습을 드러냈다. 가까이 다가가 조심스럽게 파헤쳐 꺼내보았다. 그러고는 한 번 흔들어보았다.

묵직했다.

"이거 더 없나?"

테이도는 들고 있던 커다란 알을 내려놓고는 두리번거리

며 다른 멀쩡한 게 있는지 계속 찾아보았다.

반 각도 되지 않는 짧은 시간.

테이도는 무려 세 개의 알을 더 찾아낼 수 있었다.

그것들을 들고서 광장의 입구까지 걸어갔다. 그는 네 개의 알을 나란히 모래 바닥에 내려놓은 채 이것들을 어떻게 할 것인가 생각해 보았다.

"으음……!"

손을 턱에 가져다 대고는 골똘히 생각하는 테이도.

그의 신형이 갑자기 사라졌다.

잠시 후,

사라졌던 테이도의 신형이 다시 나타났다.

그의 손에는 여러 가지 과일과 함께 안이 조금 파여진 석판이 들려 있었다. 테이도는 들고 있던 것들을 모두 내려놓고는 자리에 앉았다.

"룰루라라라!"

그는 안 좋았던 기억은 모두 잊어버리기로 결심하였다. 새 출발을 다짐하며 즐거운 듯이 콧노래를 부르는 테이도.

정말 긍정적인 녀석이다.

"자아! 이제 준비가 다 됐으니 어디 계란 부침이나 해 먹어 볼까!"

테이도는 우선 여기서 하나 해 먹고 세 개는 마을로 돌아가 계란 부침을 만들어 촌장과 몇 명의 사람들에게 돌릴 생각을 하였다.

알이 무척이나 크기에 하나만으로도 여럿이 먹을 수 있을 터이다. 족히 십 인분은 나오지 않을까 생각된다.

테이도는 네 개의 알 중 하나를 들어 올렸다.

이것을 깨뜨린 다음 가지고 온 석판에 부어 삼매진화로 데 워 먹을 생각인 것이다.

마을에서 가지고 왔던 약간의 소금은 결계에서의 위기 때 사라지고 없었기 때문에 양념은 과일로 대체해야만 했다.

테이도는 손날을 세웠다. 왼 손바닥에 세워둔 알을 향해 수 도로 내려칠 생각이다.

막 그가 손날을 내려치려는 찰나,

두근두근!

"……"

테이도는 들어 올렸던 손날을 거두고 손바닥 위에 있는 알 을 뚫어지게 바라보았다.

두근두근!

"엥!"

알은 살아 있었다. 놀라운 일이다.

거기다 더 놀라운 건 삼매진화를 일으키려고 모아둔 손의 선천진기가 미약하게나마 알 속으로 스며들고 있다는 사실이 었다.

물론 자신이 손에 모아둔 선천진기를 제어하면 빠져나갈

일은 전혀 없었다. 하지만 테이도는 이 신기한 현상에 놀라며 아무런 제지를 하지 못했다.

아니, 오히려 궁금했다.

자신의 선천진기를 흡수하는 알의 정체가 말이다.

테이도는 자신의 선천진기를 더욱 북돋워 알이 좀 더 잘 흡수할 수 있도록 도와주었다.

한 식경이 흘렀다.

테이도는 옆에 놓아둔 과일을 집어 한입 베어 물며 중얼거렸다.

"우물우물, 쩝쩝. 꽤 오래가네. 이제 뭔가 나와야 하는 거 아니야? 슬슬 지겨워져 가는데 말이야."

말이 씨가 된다고 했던가.

순간 알에서 작은 조짐이 일어났다.

끼직!

"오오! 껍질이 깨지려고 한다. 이제 나오겠구나. 크크, 뭘까? 공룡 새끼일까! 크기로 봐서는 그럴듯한데."

테이도는 만약 이게 공룡의 새끼라면 애완용으로 키울 생각을 하였다. 하지만 이내 고개를 가로저었다.

"아니, 아닐 거야. 나의 선천진기를 흡수하는 놈이 그냥 그런 공룡의 새끼일 리는 없어. 뭔가 다른 걸 거야."

기대감 속에 드디어 알 껍질이 깨졌다.

끼릭! 끼지직!

알 속의 무언가가 밖으로 나오기 위해 발버둥친다.
테이도는 새끼가 나오기 쉽도록 쪼개진 껍질을 손가락으
로 벗겨주었다.
잘못될 수도 있기에 최대한 조심스럽게 힘을 가했다.
툭!
드디어 그것이 나왔다.
앞으로 테이도와 함께 평생을 같이할 그것이 말이다.

CHAPTER 7

무림의 다섯 하늘

“응애! 응애! 응애……!”

“……”

테이도는 마법에 걸린 돌이 되었다.

누군가가 깨워주기 전에는 절대로 움직일 수 없는 그런.

“응애! 응애!”

하지만 절대란 말은 있을 수 없었다.

마법에 걸린 그를 다시 깨운 것은 역시나 아기의 울음소리
였다.

테이도는 퍼뜩 정신을 차리고는 아기를 바라보았다.

인간이었다.

사람이었다.

너무나 사랑스럽게 느껴진다.

자신의 팔에 안겨 있는 아기는 갓 태어난 아기답지 않게 오밀조밀한 이목구비를 지니고 있었다.

'으음……!'

"응애! 응애!"

난감했다.

테이도는 울고 있는 아기를 보며 어떻게 해야 하나 고민했다. 울음을 그치게 하고 싶었다.

무의식적으로 자신의 선천진기가 운용되었다. 그러자 놀랍게도 아기의 울음소리가 그쳤다.

아기는 상서롭게 빛나는 금단의 기운을 느끼며 미소를 지었다.

방긋방긋.

너무나 예쁘게 웃는다.

굳어 있던 테이도의 얼굴이 그제야 밝아졌다.

그는 계속해서 자신의 선천진기인 금단의 기운을 아기의 몸속으로 보냈다. 아기가 다시 울까 봐 걱정이 된 것이다.

그러고는 자신도 아기를 보며 어색한 미소를 지어 보였다. 그 모습에 아기는 더 좋아라 하며 양팔을 버둥거린다.

아기는 잠시 뒤 잠들었다.

"휴우……!"

테이도는 잠들어 있는 아기를 바라보았다.

째근째근.

분명 사람의 아기가 맞았다.

"아아! 정말 내가 지금까지 놀랄 일을 몇 번 겪어보기는 했지만 이 같은 기사(奇事)는 처음이구나. 애가 알에서 나왔다, 이거지? 이거 정말 눈으로 직접 보고도 믿기 힘든 일이군."

테이도는 아기의 성별이 궁금해졌다.

일단 남자 아기는 아니었다. 붙어 있어야 할 게 없으니 당연했다.

그럼 여자 아기?

테이도는 그래도 혹시나 하는 마음에 아기의 다리를 조심스럽게 깨어나면 끝장이라는 생각으로 벌려보았다.

"얼레?"

없었다. 갈라져 있어야 할 선이 보이지 않았다.

"이게 어떻게 된 일이지?"

테이도는 아기의 다리를 조금 더 들어 올려 항문이 있는지 살펴보았다.

"똥 누는 곳은 있네. 어어! 그럼 오줌 구멍만 없는 거야?"

미간을 살짝 찌푸리며 고민하는 테이도.

그의 고개가 살짝 돌아갔다. 그의 시선이 머문 곳엔 세 개의 알이 놓여 있었다.

"……."

테이도의 눈에 호기심이 어렸다.

                *   *   *

“이야압! 차압!”
“하앗—!”
“좀 더 강하게 내려쳐야지, 뭐 하는 거야!”
넓은 연무장.
비가 그친 지 얼마 되지 않아 바닥은 물기로 인해 축축했
다. 곳곳에는 뽑은 지 며칠 되지도 않았는데 벌써부터 잡초가
자라 오르기 시작했다.
지금은 한참 검술을 익히는 시간이다.
호드리조는 평소에는 말 많고 가벼운 성격을 드러내지만
이렇듯 검술을 훈련하는 시간만큼은 달랐다.
전혀 다른 사람이라도 된 듯 큰 소리로 조원들을 닦달하였
다. 그의 앞에는 삼십여 명의 경비조원이 동작에 맞추어 검을
휘두르고 있었다.
또한 그들 뒤에는 마을 주민병 중에 일부가 검을 배워보기
위해 나무 막대기를 들고는 조원들이 하는 모습을 보고는 따
라 하고 있었다.
그들이 익히고 있는 검술은 이 섬의 이름을 딴 드레듀스 검
법이었다. 이 검법은 이 섬의 가장 기초적인 검법으로써 오랫

동안 수련을 하면 오러를 느낄 수 있게 해주는 검법이었다.

"자아, 이제 그만! 모두 훈련을 멈추고 잠시 휴식 시간을 갖는다! 휴식이 끝나면 그다음부터 각자 자신에게 맞는 수련을 하도록! 이상!"

조원들은 들고 있던 검을 내려놓고는 바닥에 주저앉았다. 땀을 비 오듯이 흘리며 허리에 차여져 있는 가죽 통을 꺼내 물을 마셔댔다.

벌컥벌컥.

"아이고, 시원하다!"

"이제야 살 것 같네. 훈련이 너무 지루해 답답했는데 말이야!"

무척이나 목이 말랐는지 그들이 들고 있던 물통은 금세 다 비워졌다.

그때 그들의 뒤에서 훈련을 받던 주민병 틈에서 불만의 목소리가 하나 튀어나왔다.

"근데 언제까지 드레듀스 검법을 익혀야 하지? 나는 다른 걸 익히고 싶은데. 나도 이제 오러를 느끼니 오러를 모을 수 있게 해주는 마나 소드를 배우면 안 되나?"

목소리의 주인공은 이십대 초반의 갈색머리청년이었다. 그의 곁을 지나치던 경비조원 한 명이 그 말을 듣고는 피식 웃으며 대답했다.

"야 임마, 피터! 네가 언제부터 오러를 느꼈다고 그딴 소리를 하냐? 겨우 일주일 전에 느끼고선 말이야. 네 녀석은 최소한 삼 개월은 더 드레듀스 검법을 익혀서 오러의 감을 확실히 해야 해.”

“에이, 형님도 참! 매일 같은 것만 배우니까 지겨워서 그렇죠, 뭐!”

“삼 개월은 금방이다. 기초를 착실히 다져야 나중에 고생을 안 하게 돼. 날 봐. 너무 일찍 마나 소드인 이나 검법을 익혀서 지금 별다른 진전을 보이지 못하고 있잖냐.”

“그건 형님이 훈련보다는 매일 애밀리 누나만 쫓아다니느라 게으름 피워 그렇죠, 뭐!”

“뭐라고? 이 녀석이!”

그때 휴식 시간을 알차게 보내며 떠들고 있던 그들을 향해 연무장을 벗어나던 호드리조가 다시 돌아왔다.

그는 토이타 대주가 전한 간단한 지시 사항을 하나 더 내렸다. 훈련에 집중하느라 깜빡 잊고 있었는데 이제야 생각난 것이다.

좀 더 쉬지 못하게 되자 여기저기에서 불만의 목소리가 가득했다.

“조용, 조용!”

호드리조는 그들의 불만을 가볍게 묵살하고는 자기 할 말만 전하곤 다시 연무장의 다른 곳으로 걸음을 옮겼다.

그가 가는 방향은 경사가 약간 올라간 얕은 구릉이 있고 커다란 나무들이 즐비한 숲이었다.

비에 젖은 숲은 바람이 불 때마다 자신의 물기를 사방으로 날려 보내고 있었다.

퓨슝! 퓨슝! 퓨슝!

틱! 틱!

"그만! 모두 이제 자신의 표적으로 가본다!"

부스럭부스럭.

은신해 있던 마을 주민병들이 수풀에서 걸어나왔다.

모두 십대에서 오십대 후반까지의 이곳 마을의 주민들이었는데, 그들 가운데에는 여성도 세 명이나 끼어 있었다.

그들의 손에는 모두 블로우 파이프가 들려 있었다.

알레인은 그들이 쏘아댄 나무의 과녁 옆에 서 있었는데, 나무는 어른 세 사람이 팔을 둘러야 할 만큼 엄청 컸다.

그 나무의 한 부분에는 작은 과녁이 그려져 있고, 알레인은 그 과녁을 보고는 고개를 가로젓고 있는 상황이었다.

마을 주민병들이 다가오자 그들에게 과녁을 보여주며 말했다.

"실패!"

"……."

마을 주민병들은 꿀 먹은 벙어리가 되었다.

과녁은 지름 오십 센티미터의 원이었는데, 그들이 쏘아낸 블로우 파이프의 침은 모두 빗나가 있었던 것이다.

사실 15미터가 넘는 거리에서 그 정도 크기의 과녁을 맞춘다는 것은 어려운 일이었다. 하지만 어쨌든 실패인 건 사실이었다.

"이것도 제대로 못 맞추면서 어떻게 괴물을 상대할 건가? 놈들은 끊임없이 움직이기 때문에 이렇게 멈추어져 있는 과녁보다 훨씬 어렵단 말이다! 앞으로는 조금씩 몸을 움직이면서도 과녁을 맞추는 연습을 해야 하는데 이래서는 아무것도 못해!"

알레인은 주민병들에게 한소리 하고는 블로우 파이프를 들고 그들을 지나쳤다.

"자아, 잘 들어. 한쪽 눈을 감고 이렇게 하란 말이야. 블로우 파이프의 끝을 과녁에서 조금 높게 잡아. 그리고 숨을 들이마시면서 몸을 고정시킨 채 쏘는 거야. 이렇게."

퓨슝!

주민병들은 모두 과녁으로 시선을 옮겼다.

"오오!"

"정확하네! 역시 알레인이야!"

"대단합니다, 알레인 조장님!"

과녁의 한가운데에 정확히 침이 박혀 있었다.

이 침에 황금 두꺼비의 독을 묻혀 괴물의 입속이나 눈에 맞추면 얼마 지나지 않아 죽는 것이다. 물론 맞출 수 있다면 말이다.

"자아, 이건 누구나 할 수 있는 일이야! 정신을 딴 데 팔지 말고 집중해! 집중하면 누구나 할 수 있으니까! 그리고 훈련이 끝났다고 해서 집에 들어가 그냥 놀지 마! 집에 가서도 따로 연습을 하란 말이야! 이걸로는 어림도 없으니까!"

터벅터벅!

그때 뒤에서 누군가 걸어오는 소리가 들렸다. 알레인의 고개가 천천히 돌아갔다.

환하게 웃고 있는 호드리조의 얼굴이 보인다.

그러자 알레인의 얼굴이 일그러졌다.

다시 고개를 바로 하고는 마을 주민병들에게 한마디 했다.

"그럼 오늘 훈련은 이걸로 마치기로 하지. 모두 해산!"

그는 말을 마치자마자 짐을 싸 돌아가려는 그들에게 한마디를 더해주었다.

"그리고 조만간 움직이는 표적을 맞추는 훈련을 할 테니까 그리 알도록!"

"예, 조장님."

"알았어, 알레인."

이렇게 하루의 정규 훈련이 모두 끝났다.

호드리조는 집으로 돌아가는 마을 주민들을 붙잡고는 반가운 것마냥 연신 떠들어댔다.

"하하하! 안녕하십니까? 어이구! 우리 이쁜 이노아 양도 훈련을 받으러 나오셨네? 반가워! 아니, 토린 아저씨도 있었네요? 잘 지내시죠? 요새 어떻게 지내십니까? 저번에 허리를 조금 다치셨다고 들었는데……."

밝게 인사를 건네오며 끝없이 말을 쏟아대는 호드리조를 향해 마을 주민들은 화답의 미소를 지으며 답했다.

"예."

"어, 호드리조 형."

"잘 지내는가 보군."

"그럼 이만 바빠서……."

후닥닥! 휙!

모두들 호드리조와 짤막한 인사만 나누고는 재빨리 자리를 벗어났다. 돌아서는 그들의 얼굴엔 조금씩 썩은 미소가 자리해 있었다.

"에이! 좀 더 이야기나 나누고 가지."

호드리조는 그들 중 아무나 붙잡고 얘기를 나누려다 그만두었다. 그들이 너무나 빨리 사라지고 있었기 때문이다.

그들의 걸음엔 필사적인 어떤 의지가 담겨 있는 듯했다.

아쉬운 듯 입맛을 다시며 우두커니 서 있는 호드리조.

알레인은 그런 그를 보며 혀를 차며 물었다.

"쯧쯧! 여긴 뭐 하러 왔어?"

호드리조는 알레인의 물음에 느긋이 돌아서며 답했다.

"뭐 하러 오긴, 당연히 널 보려고 왔지."

"왜?"

"너하고 하르노프하고 어디 좀 데려가려고 그런다. 아아! 정말 나는 내가 생각해도 너무 착한 것 같아. 구질구질한 너희들을 내가 친구랍시고 이렇게 항상 배려하고 좋은 일은 항상 같이 나누려 하니 말이야!"

"필요없다, 호드리조. 어디로 데려가려는지 모르겠지만 나는 빼줘. 하르노프하고나 가."

"안 되는 거 너도 알잖아. 하르노프가 퍽이나 나하고 어딜 가려고 하겠다."

알레인의 콧등에 주름이 맺혔다.

"그래서 나보고 어쩌라고?"

호드리조는 알레인을 살살 달래듯 말을 이어갔다.

"헤헤, 너하고 나, 그리고 하르노프, 이렇게 셋이서 친구의 연을 맺은 지도 어언 오 년이 흘렀다. 그렇지?"

"친구는 무슨. 그래서?!"

"후후, 그래서 나, 호드리조가 그걸 기념하기 위해 좋은 걸 준비해 놨지. 네가 좋아하는 걸로 말이야. 아니, 너뿐만이 아니라 나도 그렇고 하르노프도 좋아하는 그거 말이야. 여기까지 말했으니 이제 뭔가 알아들었겠지, 알레인?"

알레인은 잠시 곰곰이 생각해 보고는 물었다.

"혹시… 그거, 맥주를 말하는 거냐?"

알레인은 몰랐지만 그가 호드리조에게 되묻는 그 짧은 시간 동안 그의 콧등에 잡혀 있던 주름이 조금씩 사라지고 있었다.

“후후후! 그래, 바로 그 맥주야.”

“어떻게?”

호드리조는 그렇지 않아도 작은 눈을 더더욱 가늘게 뜨고는 뽐내듯이 말했다.

“저번에 대주님하고 팬트린 시에 갔을 때 한 통 사가지고 왔지. 나중에 혼자 마시려고 사 온 건데, 내가 워낙에 사람이 좋다 보니 혼자 마시기가 그렇더라고. 혼자 마시려고 어제 냉동 창고에 갔는데 너희들이 눈에 밟혀서 도저히 안 되겠더라. 그래서 이렇게 훈련 끝나는 시간에 맞춰 온 거야. 같이 마시려고.”

턱—!

호드리조의 어깨에 하나의 팔이 걸쳐졌다.

“짜식, 진작 말하지. 야, 어서 하르노프 찾으러 가보자. 저기 숲 안쪽 어디에서 홀로 수련하고 있을 테니.”

작은 키의 알레인이 자신보다 큰 호드리조의 어깨에 팔을 걸치며 뜬금없이 친근감을 드러내는 게 재미나게 느껴진다.

호드리조는 만면에 웃음을 짓고는 거들먹거렸다.

“휴우! 아무리 생각해도 나는…….”

“자아, 자! 알았다고. 너 잘난 거 나뿐만 아니라 이 마을 사람 모두가 알고 있는 일이니까 어서 가기나 하자고!”

녀석의 말을 끊으며 알레인은 재촉했다.

“아니, 아니…….”

"알아! 안다고! 어서 가기나 하자고!"

"끄응, 차!"

알레인은 아예 호드리조의 등 뒤로 돌아가 그를 숲 안쪽으로 밀어붙였다.

"에이!"

어쩔 수 없는지 호드리조는 알레인과 함께 숲 안쪽으로 하르노프를 찾아 들어갔다.

그때 그들의 귓가에 이상한 소리가 들렸다.

"안녕."

호드리조는 누군가가 인사를 건네오는 목소리에 주변을 돌아보았다. 하지만 아무도 없었다.

고개를 숙여 알레인을 쳐다보았다.

"왜……?"

"뭐?"

순간 또 다른 음성이 귓가에 들려온다.

"잘들 있었나?"

화들짝!

움찔!

서로가 놀랐다. 또한 놀랄 수밖에 없었다.

소리가 아니었다. 지금 귓가에 들려온 음성은 직접적인 소리가 아니라 이건 마치 자신의 마음속에서 울려 나오는 듯한 그런 음성이었다. 그러니 놀랄 수밖에.

호드리조와 알레인은 놀란 얼굴로 서로에게 물었다.

"들었냐?"

"너도?"

부르르르—

"야, 어서 하르노프를 찾아 떠나자. 나는 더 이상 이곳에 있기 싫다. 왠지 불길하다, 야."

"그, 그래. 나도 좀 그렇다. 어서 가자."

세상에 두려울 게 없다는 용감한 사내 둘이 빠른 걸음으로 숲 안쪽으로 들어갔다. 두 사람은 잠깐 뒤를 돌아보고는 바로 뛰기 시작했다.

후다다다닥—!

그들이 떠나간 자리.

둥실!

텅 빈 공간에 커다란 철궤가 모습을 드러냈다. 그것은 처음 부터 그 자리에 있었던 듯 너무나 자연스럽게 허공에 떠 있었 다.

그 철궤 위에는 놀랍게도 한 사내가 서 있었다. 커다란 나 뭇잎으로 하체를 가린 채 뒷모습만을 드러낸 사내.

"너무 늦게 온 건 아니겠지?"

사내는 짧은 독백을 끝으로 철궤와 함께 다시 귀신처럼 사 라졌다.

　　　　　*　　　　　　*　　　　　　*

지하 석실.

매캐한 연기가 가득하다.

석실의 벽에 걸려 있는 횃불은 연기의 막에 걸려 제대로 된 빛을 내지 못하고 있었다.

"콜록콜록!"

파구스 촌장이 옆에서 기침을 해대고 있는 카나스를 향해 나직한 음성으로 말했다.

"이제 다 됐구나. 조금만 참거라."

"예. 콜록! 알겠습니다, 스승님!"

파구스 촌장은 지금 자신의 앞에 놓여 있는 커다란 솥단지를 허리를 숙인 채 바라보고 있었다. 솥단지에는 시꺼먼 액체가 부글거리며 끓어오르고 있었다.

촌장은 손에 들고 있는 막대 용기의 용액을 조심스럽게 솥단지 안으로 부었다.

치직! 치지직!

솥단지 안의 시꺼먼 액체가 반응을 일으키며 색깔이 변해갔다. 용액이 떨어진 곳에서부터 진녹색의 빛깔이 서서히 퍼져 나갔다.

"다 됐군."

파구스 촌장은 액체의 색이 변해가자 만족한 미소를 흘리며 숙였던 허리를 폈다. 그리고는 재빨리 왼손으로 수인을 맺고는 마법을 캐스팅하기 시작했다.

촌장의 캐스팅에 주변의 마나가 모여들어 점차 일정한 규칙을 만들어갔다.

"벤터레이션!"

마법의 시동어가 터졌다.

휘이이이잉!

갑자기 주위에 강한 바람이 일어났다.

바람은 석실 안에 가득 찬 매캐한 연기를 긁어모아 감싸 안고는 압축시켰다. 그러고 나서 석실 문 틈을 비집고 나가 버렸다.

"자아, 이제 다 끝났으니 나는 이만 나가 봐야겠다. 카나스, 너는 여기 남아서 나머지를 정리하고 경비조원 몇을 불러 저것을 옮겨라."

"예, 스승님."

파구스 촌장은 카나스에게 뒷정리를 맡기곤 밖으로 나왔다. 석실 문을 열고 나오자 기다란 통로가 보였고, 계속 걸어가자 그의 앞에 1층으로 통하는 계단이 나타났다.

그때 계단을 통해 누군가 내려오는 소리가 들렸다.

저벅저벅.

자세히 보니 밖에서 경비를 서고 있던 조원이었다.

"아, 촌장님. 벌써 다 끝나셨습니까?"

파구스 촌장이 고개를 끄떡이며 물었다.

"그래, 무슨 일인가? 이곳은 위험하니 함부로 들어오지 말라고 하지 않았는가!"

사내는 뒷머리에 손을 얹어 죄송스런 표정을 짓고는 대답했다.

"예에, 다른 게 아니라 대주님이 급히 촌장님을 찾는지라 어쩔 수 없이 이곳까지 오게 되었습니다."

"그래? 으음, 무슨 일이지?"

촌장은 고개를 갸웃거렸다.

"그렇다면 일단 가봐야 할 것 같군. 아아, 그리고 자네는 조원 몇을 데리고 석실 안으로 들어가 보게. 황금 두꺼비의 독을 이제 옮겨야 하니까 말일세."

"예. 알겠습니다, 촌장님."

끼이익!

집무실의 문이 열렸다.

파구스 촌장은 문 안쪽에 서 있는 토이타 대주를 보고 이채를 띠며 물었다.

"아니, 왜 앉아 있지 않고 그렇게 서 있는 겐가? 그래, 무슨 일이기에……."

촌장은 말을 하다 말고는 토이타 대주의 옆을 바라보았다.

자신의 의자에 한 사내가 이상한 물건을 든 채 앉아 있는 것
이 보였던 것이다.

그의 두 눈이 커졌다.

그럴 수밖에 없었다. 거기엔 자신이 그토록 기다리던 청년,
바로 테이도가 앉아 있었던 것이다.

“아, 아니, 자네······?”

“헤헤! 조금 늦었습니다, 영감님. 잘 지내셨죠?”

테이도는 미안한 마음에 가벼운 웃음을 지으며 혜광심어
로 자신의 뜻을 전했다.

“오이잉!”

그때 집무실 안에 난데없이 아기의 칭얼거리는 소리가 들
려왔다.

“어이쿠! 그래, 그래. 어루루루, 까꿍!”

파구스 촌장의 눈이 테이도의 얼굴 부분에서 가슴 아랫부
분으로 내려갔다.

기다란 갑각류의 껍질 같은 것이 테이도의 무릎에 놓여져
있었는데, 거기엔 아기가 푹신한 풀잎을 깔고 앉아 자고 있었
다. 자세히 보니 아기는 모두 네 명이나 되었다.

테이도는 연신 아기들을 달래었다.

“어루루루! 까꿍!”

그의 노력이 통한 것일까. 아기들은 다시 꿈나라로 돌아갔
다.

쌔근쌔근.

"휴우우……!"

아기들이 다시 잠들자 테이도는 안도의 한숨을 내쉬고는 파구스 촌장을 바라보았다.

"헤헤헤! 영감님, 그냥 이렇게 됐습니다."

촌장은 멍하니 그 광경을 바라보고 있다가 이내 고개를 살래살래 내저었다. 그리고는 안 되겠다 싶은지 수인을 맺고는 마법을 캐스팅하기 시작했다.

곧이어 그의 입에서 시동어가 터져 나왔다.

"트랜스레이션!"

파구스 촌장은 마법이 이루어지자 헛기침을 한 번 하고는 테이도의 품에 있는 아기들을 보며 물었다.

"그래, 한 달 보름이 지나서야 나타난 이유가 있었군. 테이도 군. 자네, 능력이 아주 좋아. 그 짧은 시간 동안에 네 아이의 아빠가 되다니 말일세. 나한테도 그 비법 좀 알려주지 그러나. 자네만 알고 있지 말고."

"헤헤헤, 영감님도 참, 주책 맞게. 나이를 생각하셔야죠. 나이 육십이 넘어서 이제야 아이를 갖겠단 말입니까?"

"아니, 내가 어때서 그런가? 이제 내 나이 예순셋이야. 아직 팔팔한 나이란 말일세."

"어이구, 그러셔요? 대단하십니다."

파구스 촌장은 테이도와 가벼운 농담을 주고받으며 즐거

워했다.

"헤헤헤!"

"허허허허허!"

곁에 있던 토이타 대주는 오랜만에 만면에 미소를 지으며 웃고 있는 촌장을 보니 자신도 함께 즐거운 기분이 되는 듯했다.

그들이 무슨 얘기를 나누는지는 정확히 알지 못했다.

파구스 촌장의 말은 당연히 알아듣지만 테이도의 말은 전혀 알아들을 수가 없었기 때문이다. 그건 의사 소통 마법이 시전자와 피시전자 둘이서만 이용 가능한 마법이었기 때문이다.

"뭐, 어찌 됐든지 간에 지금이라도 무사히 돌아와 줘서 다행이네. 이제는 안심이야."

"헤헤! 그런가요?"

파구스 촌장은 다시 아기들을 바라보고는 물었다.

"그런데 정말 이 아기들은 어떻게 된 건가?"

"아, 그거요? 제가 어찌어찌해서 맡게 된 아이들이에요. 이유는 묻지 마세요. 저간의 사정이 워낙 복잡하기 때문에 대답하기가 좀 그렇습니다."

테이도는 아이들이 커다란 알에서 태어났다는 말은 하지 않기로 결심하였다.

누구나 이상하게 생각할 수 있는 일이었기 때문이다. 거기다 그 알이 있던 장소는 죽음의 결계가 쳐져 있던 장소이다.

그러한 결계가 그 바위산에 얼마나 오랫동안 펼쳐져 있었는지는 누구도 모를 터이다. 수십 년 전일지, 아니면 수백 년 전일지 그건 아무도 모르는 일이었다.

그보다도 훨씬 오래됐을 것이라고 생각하였다. 왜냐하면 바위산이 처음부터 그렇게 벌거숭이로 있지는 않았을 것이기 때문이다.

아마 다른 곳처럼 울창하고 끈적끈적한 대밀림이었을 테지만 까마득한 시간 동안 결계를 유지하기 위해 조금씩 기를 빼앗겨 현재의 모습으로 바뀐 것일 게다.

자신이 데려온 아기들은 그렇게 언제일지 모를 오랜 시간을 광장 안에서 알의 형태로 갇혀 있다가 지금에야 태어난 것이다.

이건 정말 믿기 힘든 일이었다.

테이도는 아이들의 이러한 비밀을 영원히 혼자만 간직할 생각이었다.

아이들은 그저 약간 특별한 인간인 것이다.

"앞으로 제가 키워야 될 것 같아요. 이상하게 애기들이 제가 조금이라도 떨어져 있으면 죽어라 울어대니. 에휴, 내 팔자야!"

파구스 촌장이 입가에 미소를 매달았다.

"자네가 아직 총각이라 애들을 한 번도 안 키워봐서 그런

소릴 할 수 있나 본데, 후후, 힘들 걸세. 더구나 하나도 아니고 넷이나 되는 애들이라면 말이야."

"영감님이 그걸 어찌 알고 그러십니까? 영감님도 장가 한번 못 가본 총각이면서 말입니다."

"나야 장가는 못 가봤지만 애는 키워봤으니 하는 소리일세. 저번에 만나본 아이 있지? 내 제자 카나스 말일세."

"근데요?"

촌장이 갑자기 인상을 잔뜩 찡그리며 말했다. 무척이나 힘들었다는 듯이 말이다.

"내가 그 녀석을 갓난아기 때부터 키웠다네. 말도 못하게 힘들었어. 피곤해서 잠 좀 자볼라 치면 울어대지를 않나, 툭하면 똥오줌을 퍼질러 그걸 치워야 하질 않나. 말도 못해. 하나를 키우는 데도 그렇게 힘들었는데 넷이라니. 어휴! 나는 생각만 해도 무섭네."

테이도는 잠시 아이들을 바라보았다.

미처 생각지 못한 일을 파구스 촌장이 끄집어내 주었다. 이 착하고 귀엽고 예쁘게 생긴 아이들을 키우는 게 촌장의 말처럼 그렇게 힘든 일일까?

골똘히 생각해 보니 그럴 수도 있겠다 싶었다. 자신은 앞으로 할 일이 무척이나 많았다. 마법이라는 새로운 학문을 배워야 하는 입장에서 아이들은 상당한 걸림돌이 될 수도 있었다.

“으음……!”

테이도는 손가락 하나를 입가에 댄 채 천장을 바라보며 고민했다.

잠시 후,

“에잇! 모르겠다. 그냥 키우는 거야. 내가 뿌린 씨앗이니 내가 알아서 해야지 어쩌겠어. 주위에 나 혼자만 있는 것도 아니고 힘들면 맡기면 되지, 뭐.”

파구스 촌장이 그런 테이도의 결심을 듣고는 안됐다는 듯이 혀를 찼다.

“쯧쯧! 안됐군. 이젠 고생문이 훤히 열렸어, 고생문이.”

테이도는 그런 촌장을 향해 한마디 했다.

“영감님, 그렇게 불쌍한 눈으로 바라보지 마슈. 애들, 금방 자랍니다.”

“어쨌든 자네의 결심이 그렇다니 알아서 잘 키우게. 그건 그렇고, 자네, 언제부터 이곳의 언어를 배울 텐가? 언어 소통 마법은 오래 유지하기가 힘들어. 이 마법은 곧 풀릴 걸세.”

“에이! 풀리면 다시 하면 되는 것 가지고 되게 그러네. 내 일부터 당장 배우렵니다. 글자도 함께 배울 테니 그렇게 조치를 취해주세요.”

촌장은 이미 그 일에 대해 생각해 둔 게 있었는지 거침없이 대답했다.

“그래, 그거 잘 생각했네. 이왕 배울 거면 빨리 시작하는 게 낫지. 그럼 당장 내일부터 카나스에게 이곳의 언어를 배우게나. 오전 경에 그 아이를 자네 숙소로 보내주겠네. 어떤가, 괜찮겠나?"

테이도는 곰곰이 생각해 보고는 대답했다.

"오전 중이라……. 뭐, 나쁘지는 않네요. 오후에는 자신의 일도 있을 테니 그게 낫겠군요."

"그렇지?"

"예. 그리고 이 아이들 입힐 옷이랑 제 옷도 좀 준비해 주십시오. 이거 어디 내놓고 돌아다니기가 그렇습니다."

테이도는 의자에서 일어서서는 자신의 몰골을 바라보았다. 커다란 나뭇잎 하나로 하초만을 가린 채 서 있는 모습이 여간 우습게 여겨지는 게 아니었다.

파구스 촌장이 농담조로 말했다.

"하하! 그 모습도 꽤나 멋있어 보이는데 왜 그러는가? 몸의 근육이 아주 이상적으로 발달되어 있어 만약 마을 처자들이 그 모습을 본다면 모두 반하고 말 걸세."

"에이, 영감님도. 나이에 맞지 않게 자꾸 농담이나 할 겁니까? 나이를 생각하세요, 나이를!"

파구스 촌장은 테이도와 대화를 나누는 게 무척이나 즐거웠다. 그가 마을에 있다는 생각만으로도 모든 근심 걱정이 사라지는 듯한 기분이었다.

"허허, 알겠네. 지금 당장 자네 숙소로 몇 벌의 옷하고 식

 Teido's
Adventure

사거리를 보내주겠네. 아니, 식사는 같이하는 게 어떻겠나?
저녁은 좀 이르니 간식거리로 내 집에서 토이타 대주와 함께
하세나."

테이도가 고개를 가로저으며 말했다.

"그럴 바에야 저녁 식사를 조금 당겨 일찍 하죠. 뭐 하러
간식을 먹고 또다시 저녁을 먹습니까? 안 그래요?"

"으음! 듣고 보니 그게 낫겠군. 그럼 한 시간 후에 오게나.
내 과일주도 함께 준비함세."

테이도는 술이 있다는 말에 반색을 했다.

"무슨 과일준데요?"

"포도주인데, 이번엔 괜찮은 맛을 내더군. 자네가 마시기
에 실망스러울 정도는 아니라 자신하네."

파구스 촌장은 테이도와의 대화를 마치고는 바로 토이타
대주에게 저녁을 함께하는 게 어떻느냐고 물었다.

대주는 바로 고개를 끄떡이며 좋다고 대답했다.

"하하! 그럼 이제 다 된 거군. 그럼 다들 나가지."

*　　　*　　　*

끼이익!

문이 열리며 한 사내가 들어왔다.

저녁 식사를 끝마치고 이제야 숙소로 돌아온 테이도.

그는 자신의 침상으로 다가갔다.

침상은 상당히 컸다. 세 사람이 누워 있어도 될 만큼 컸는데, 자세히 보니 두 개의 침상이 겹쳐져 있었다.

테이도는 파구스 촌장에게 부탁해 침상을 하나 더 들여놓게 했다. 그리고 가장 바깥쪽에 문턱같이 기둥을 옆으로 세워 자다가 바닥으로 떨어지지 않게 해놓았다.

이 모두가 아이들 때문이었다.

침상에는 지금 아기 넷이 나란히 누운 채 자고 있었다.

'헤헤, 잘들 자고 있군. 귀여운 것들. 앞으로도 이렇게 잘 때는 팍팍 자주거라. 나 귀찮게 하지 말고. 알았지?'

테이도는 속으로 아기들을 칭찬하고는 하나하나 살펴보았다. 그는 아무 문제 없음을 확인하고는 이내 고개를 돌렸다.

그의 시선이 머문 곳은 실내의 구석진 자리였다.

그곳에 있었다.

바로 불회곡에서 영약들과 함께 가져온 철궤가.

테이도는 조심스럽게 그것을 들어서는 옆에 있는 탁자 위에 올려놓고는 의자에 앉았다.

"자아, 이제 이 안의 것을 꺼내봐야겠구나. 과연 어떤 것이 들어 있었기에 그 세 놈이 무고 안에서 피 터지게 싸우다가 뒈진 것일까?"

테이도는 철궤의 자물쇠를 움켜쥐었다.

"후후! 바위산 결계에서는 애들만 떠안고 나왔지만 너만큼은 나를 실망시키지 않겠지? 놈들이 서로 상대를 죽여서라도 차지하려 했다면……. 헤헤! 나는 너를 믿는다.”

테이도는 눈을 감고 자물쇠에 정신을 집중했다.

조금은 귀찮았다.

이게 보통의 자물쇠라면 자신의 힘으로 뜯어낼 수도 있을 터였지만 이건 아니었다.

이 자물쇠는 보검을 만들 때 주로 사용한다는 한철로 만들어져 있었다. 이건 강기 무공을 쓰지 않는 한 어쩔 수 없이 지금과 같은 수고를 해야만 했다.

테이도는 자물쇠의 구멍으로 자신의 기를 보냈다. 그 기는 자물쇠의 구조를 세세히 파악하고는 곧바로 주인에게 그 정보를 보냈다.

‘됐다!’

테이도는 의념(意念)을 보냈다. 여기서 의념이란 것은 무림인들이 운기행공을 할 때의 의념과는 달랐다.

그가 행하는 의념은 물리력을 발휘할 수 있는 염력(念力)이다. 이건 삼라귀원선법을 익히며 부수적으로 얻게 된 힘이었다.

어쨌든 테이도가 의념을 보내자 자물쇠의 맞물려 있는 부분이 바로 반응을 일으켰다.

딸깍!

“헤헤헤! 열렸다, 열렸어! 이거 생각보다 쉽게 열리네? 의

넘의 힘이 지조의 경지에 이르자 한결 편하게 발휘되는군. 이
것도 나중에 한번 시험해 봐야겠는데? 아무래도 의념의 힘이
상상도 못할 정도로 발전한 것 같아. 히히."

테이도는 풀려진 자물쇠를 빼내어 탁자 위에 올려놓았
다.

"사실 처음엔 삼라귀원선법을 익히고 나서 후회가 되는 부
분이 많았는데… 그래서 사부를 원망도 했고 말이야. 근데 지
금은 이렇듯 여러모로 쓸모가 많이 드러나니 기분이 괜찮은
걸. 이거 사람이라는 게 참 간사해. 헤헤헤."

그의 얼굴에 연신 미소가 서린다.

턱!

그는 철궤의 덮개를 잡고는 아이들이 깨지 않도록 조심스
럽게 뒤로 넘겼다.

"자아, 이제 볼까?"

그의 말과 함께 드디어 안의 내용물이 모습을 드러냈다.

"……."

테이도의 얼굴이 순간적으로 담담하게 변했다.

기대한 것과는 많이 다른 것일까.

"흐음……."

철궤 안은 다섯 개의 칸막이가 세로로 나 있고, 각 칸에는
일고여덟 권 정도의 책과 함께 독특한 물건들이 하나씩 들어
있었다.

테이도는 철궤 안을 손으로 휘저으며 혹시나 다른 내용물
이 있나 살펴보았지만 그게 다였다.

"에이, 없네. 그럼 이게 단가?"

테이도는 가장 왼쪽에 칸에 있는 물건을 하나 꺼냈다.

그것은 퉁소였다. 그것도 옥으로 만든 옥소.

"얼레? 시원하네?"

테이도는 옥소를 들고 있는 손에 시원한 기운이 스며들자 의
아해했다. 세상에 이렇게 시원한 기운을 내뿜는 옥은 한옥(寒
玉)뿐이다.

그는 옥소를 들고는 이리저리 살펴보았다.

담담해하던 그의 표정이 서서히 바뀌었다. 입꼬리가 살짝
흔들린다 싶더니 이내 크게 말려 올라갔다.

"하하하하! 히히히! 이거, 이거, 이제 봤더니 그냥 한옥이
아니라 만년한옥이잖아? 하하하!"

테이도는 크게 웃다가 갑자기 생각나는 게 있는지 바로 멈
추었다. 그리고는 조심스레 침상을 바라보았다.

조용했다.

아기들은 잘 자고 있었다.

"휴우우, 큰일 날 뻔했네. 앞으론 웃는 것도 조심해야겠는
데?"

테이도는 안도의 한숨을 내쉬고는 만년한옥을 탁자 위에
내려놨다. 그리고 이번엔 나머지 칸에 있는 물건들을 모조리

꺼냈다.

염주로 만들어진 목걸이, 연검(軟劍), 거무튀튀한 묵도(墨刀), 사람 얼굴 크기만 한 륜(輪).

테이도는 우선 염주를 들었다.

"오오! 이것도 굉장한데? 염주가 사리로 만들어져 있잖아. 파사(破邪)의 기운이 느껴지네? 아무래도 기감을 다시 열어두어야겠는데? 이런 대단한 것도 미처 몰랐으니 말이야."

사실 테이도는 삼라귀원선법이 지조의 단계에 들어서자 기감이 급속도로 발전하여 보고 듣는 오감은 물론 육감이라고도 할 수 있는 기감을 통제하기가 힘들 정도였다.

주변에서 전해오는 온갖 정보에 정신이 피로해지자 잠시 기감을 봉인 비슷하게 해둔 상태였다.

이것을 조금씩 해제하여 몸이 그것을 완벽히 통제할 수 있게 하려는 생각에서다.

테이도는 기감을 조금 풀어보았다.

화아아아악—!

그러자 방 안에 존재하는 기운들이 손에 잡힐 듯 다가왔다. 사리로 만들어진 염주를 바라보니 확실히 알 수 있었다.

염주에서 좀 전과는 비교할 수 없을 정도로 엄청난 파사의 기운이 느껴진다. 법력이 엄청난, 거의 활불 수준의 고승이 남긴 사리였다.

"헤헤! 이것도 그렇고 저것도 그렇고, 이거 모두 보물이라 할 수 있는 것들이잖아?"

하나하나가 실로 범상치 않은 것들뿐이었다.

테이도는 이 물건들의 정체가 궁금해졌다.

그는 바로 철궤 안에 있는 책들을 꺼내 읽어보았다. 원래는 읽어볼 생각이 전혀 없었다. 왜냐하면 그 책들이 무공 비급일 것이라 생각했기 때문이다.

그에게는 더 이상 무공을 익힐 필요성이 없었다. 아니, 익힐 수가 없다는 게 맞는 말이었다.

"혜광 선사라……. 어디서 많이 들어본 이름인데?"

테이도는 책의 서문에 적혀 있는 이름에 고개를 갸웃거렸다. 분명 들어본 이름이었지만 잘 생각이 나질 않았다.

계속 책의 다음 장을 넘기며 읽어보았다.

"반야대능력(般若大能力)! 아아, 그렇구나! 혜광 선사! 어디서 많이 들어봤다 했더니 이제 기억이 나네. 맞아, 맞아. 서장의 천룡사에서 배출한, 무림에서 불성(佛聖)이란 칭호를 얻었다는 그 양반이구나."

테이도는 반야대능력이라는 신공의 이름을 떠올리자 이 책의 저자를 바로 알 수 있었다.

반야대능력.

불문에 전해오는 최강의 무상신공이었다.

그 무상의 신공과 견줄 만한 불문의 절학으로는 오직 하나가 있을 뿐이다.

그건 바로 소림의 장경각에 보관되어 있다는 역근세수진경이었다. 달마 대사가 구 년 면벽의 깨달음 끝에 만들어냈다는 그 천고의 절학만이 반야대능력과 쌍벽을 이룰 만하다고 할 수 있었다.

"그러니까 이 책이 이백오십 년 전쯤에 무림을 뒤흔든 그 양반이 저술한 것이구나. 으음… 그래, 맞아. 오천(五天)의 일인이었어. 무림의 다섯 하늘이라는……."

책에는 반야대능력의 신공과 함께 그것을 제대로 펼칠 수 있게 해줄 불문 절학이 몇 가지 더 기술되어 있었다. 그 모든 것들이 지금은 멸문되어 사라진 서장 천룡사의 비전 절학이었다.

테이도는 반야대능력의 무서가 들어 있던 칸을 뒤적거리며 나머지 책들을 모두 꺼냈다. 그리고 하나하나 세심히 읽어 보았다.

잠시 후,

"아아! 이것들은 모두 주해서로구나. 대단한데? 누가 이렇게 자세히 주해를 달았지?"

부시럭! 부시럭!

휙휙휙!

테이도는 나머지 다른 책들도 빠르게 넘겨보았다.

"그렇군. 한 놈이 쓴 게 아니야. 전부 필체가 달라. 근데 이

게 어떻게 된 일이지? 천룡사의 무상절학이 왜 전대 황실의
별고에 처박혀 있었을까? 으음……."

테이도의 머리가 기름에 칠해진 듯 빠르게 돌아갔다. 무림
의 역사가 떠오르며 대충의 윤곽이 잡혔다. 그는 철궤 안의
나머지 책들을 모두 꺼내보았다.

두 번째 칸에서 나온 책은 구중천마공(九重天魔功)이었다.
이 또한 이백오십 년 전쯤의 천마교라는 마문(魔門)의 절학이
었다.

천마교의 교주 여일소가 이 마공을 연성해 낸 뒤 무림에 피
바람을 불러일으키자 사람들은 그에게 마존이라는 칭호를 붙
였다.

마존이라는 칭호를 얻게 된 여일소는 혜광 선사와 마찬가
지로 당시 무림의 다섯 하늘의 한자리를 차지하게 되었다.

테이도는 두 번째 칸에서 나온 나머지 책들도 읽어보았다.

같았다.

두 번째 칸의 나머지 여섯 권의 책도 첫 번째 칸에서처럼
구중천마공에 관한 주해를 달아놓은 것이었다.

테이도는 나머지 칸의 책들도 차분히 읽어 내려갔다.

세 번째 칸에서는 태양신공(太陽神功)이 나왔다. 네 번째 칸
에서는 상청무상신공(上淸無上神功)이, 마지막 칸의 것은 수
룡곤음력(水龍坤陰力)이라는 절학이었다.

"역시 전부 오천의 절학들이구나. 놈들이 별고에서 뒈진

이유도 알겠어. 이것들 중 하나라도 익혀낸다면 세상의 그 무엇도 방해가 될 순 없겠지. 무림을 제패할 충분한 역량을 쌓을 수가 있는 거야."

테이도는 별고에서 서로 싸우다 죽은 놈들을 생각했다.

"미친놈들! 어차피 하나 이상은 익히지도 못할 거면서 뭐하러 다 가지려다 그렇게 뒈진 거야? 그런 것들은 죽어도 싸지. 암, 죽어도 싸."

테이도는 이 무상의 절학들에 관한 의문점을 나름대로 유추해 보았다.

무림의 다섯 하늘이라는 불성, 마존, 태양신군, 곤륜상인, 옥소선자. 이들은 모두 같은 시대에 태어난 불운아들이라 할 수 있었다.

이들은 전부 서로 다른 시대에 태어났다면 능히 천하제일이라는 칭호를 얻고도 남을 인물들이었다. 정말 무(武)에 관한 재능이 하늘이 내려줬다고 해도 과언이 아닐 정도로 뛰어난 천재들.

그들은 당연히 무에 관한 자존심이 남다를 수밖에 없었다. 따라서 동시대를 살아가는 그들은 필연적으로 부딪칠 수밖에 없었다.

하지만 그 누구도 상대방을 압도할 순 없었다.

그들의 실력은 백중지세였다. 조금씩의 실력 차이는 분명 있었지만, 그것이 만약 생사결을 겨룬다고 가정한다면 양패구상을 당할 수밖에 없는 미미한 실력 차였다.

한 번의 부딪침은 그렇게 끝나고 그들은 돌아섰다. 그런 그들의 마음속에 하나의 생각이 들어섰다.

노력해야 한다.

잘못하면 상대에게 뒤처질 수 있다.

이길 수는 없다 하더라도 지는 것은 참을 수 없다. 자신의 앞에 누군가가 있다는 것은 죽으라는 소리나 마찬가지였다.

그들은 그렇게 지지 않기 위해 더욱 무공을 수련했다.

그렇게 다섯 명의 무학 천재들은 노력에 노력을 더하게 되었다. 밤낮을 잊고 무학에 대한 이치를 생각하며 수련을 계속해 나가는 천재들.

그 후로 몇 차례의 대결이 더 있었지만 그들은 여전히 상대방을 이길 수 없었다.

당시 그들의 대결을 소수의 무림 고수들이 참관하게 되었는데 그들은 한결같이 이렇게 말했다.

―경천동지의 무시무시한 대결.

산 정상의 봉우리가 그들의 손짓 한 번에 날아가고 발을 한 번 구를 때마다 지반이 흔들리며 가라앉았다.

검을 휘두르면 구름이 몰려들고, 륜을 날리면 하나의 태양이 떠올랐다. 귀곡(鬼哭)의 음파가 퍼지면 만물이 소멸했다.

이들 오천의 고수들이야말로 무림사 이래로 지금껏 없었

던 절대의 고수들이었다.

그렇게 다섯 명의 절대고수는 세상에 자신들의 위대함을 떨쳤다.

그리고 그들은 사라졌다.

오천이 왜 사라졌는지는 아무도 몰랐다.

그들의 사문이나 문파 내에서도 사라진 이유를 전혀 알지 못했다. 항간의 소문엔 마지막 대결을 펼치려 모처의 비밀 장소로 떠났다는 얘기만 떠돌 뿐이었다.

'아마 전대 황실에서 이들이 마지막으로 대결을 펼쳤던 장소를 발굴해 내 이들의 무공 비급을 수습했겠지. 그리고 비급의 내용이 어려우니 이것의 주해를 달 뛰어난 학자들을 모아 해석하게 만들었을 거야. 당연히 그 학자들은 나중에 모두 죽임을 당했을 테고.'

테이도는 고개를 들어 실내의 천장을 한 번 바라보고는 계속 생각을 이어갔다.

'그런데 이런 절대의 비급들을 학자들만으로 해석하기에는 무리가 있었을 텐데……'

비급의 주해를 단 책들을 다시 끝까지 읽어보았다.

생각대로였다.

뒤로 갈수록 비급에 대한 해석이 확실하지 않고 두루뭉술하게 적혀 있었다. 그냥 이것의 구결은 이럴 것 같다는 학자 자신의 생각을 기술해 놓고 있었다.

'그렇군. 내 이럴 줄 알았어. 이렇게 해석을 해놓고는 황실의 고수들이나 아니면 일반인들에게 시험 삼아 익혀보게 했을 거야. 구결을 잘못 해석해 주화입마에 빠질 수도 있으니 말이지. 으음, 시험 삼아 익힌 자들은 아무래도 황실의 사람들이 아니겠군. 맞아, 맞아. 놈들이 모험을 할 필요는 없지. 일반인들을 데려다가 해보았을 거야. 이거, 여럿 죽어 나갔겠는데?

오천의 다른 주해서들도 모두 읽어보았다. 다른 것들도 마찬가지로 뒤로 갈수록 정확하지가 않았다.

테이도는 이번엔 주해서를 오천의 원본과 비교해 가며 읽어보았다.

찌르르르—

어느새 한 마리의 귀뚜라미가 실내에 들어와 테이도의 독서를 방해한다.

날은 점점 어두워져만 갔다.

CHAPTER 8

육아의 어려움

"이거, 이거, 정말 엄청난 절기들이네! 이놈들, 인간이 맞기는 한 거야? 어떻게 이런 절기를 창안해 냈지?"

테이도는 마지막으로 옥소선자의 비급을 덮고는 믿지 못하겠다는 듯이 말했다.

정말 고금제일이라 할 만하다는 생각이 들었다.

대표적으로 불성의 불존주─염주─를 사용한 마지막 초식인 삼십육광휘불(三十六光輝佛)을 보면 알 수 있었다.

서른여섯 개의 불존주가 하늘 위로 솟구쳐 올라 각각의 방위를 정해 빛을 지상으로 내보내게 된다.

이것은 진법의 원리를 이용한 것이라 할 수 있었는데, 이때 쏘아진 빛의 영역은 최대 삼백 장—900미터—이 넘었다.

이때 초식이 발휘되고, 이 영역 내에 머물러 있는 자는 누구라도 죽음을 피할 수 없었다. 특히 마공이나 사공(邪功) 계열의 무공을 익힌 자는 아예 핏물만을 남긴 채 육신을 소멸시켜 버릴 정도였다.

그럴 수밖에 없는 것이, 불성의 무공 자체가 파사의 기운을 지녔기 때문이다.

"이걸 정말 이들이 익혀냈을까?"

테이도는 의문스러운 듯 고개를 가로저었다. 자신이 생각하기에 오천의 마지막 초식들은 도저히 사람이 익혀낼 만한 성질의 것들이 아니었다.

이것은 인간을 초월한 그 무엇인가가 갖춰져 있어야만 익힐 수 있겠다는 생각이 들었다.

인간을 초월한다.

이 말의 의미는 별다른 게 아니었다. 무림인들이 사용하는 하단전의 한계를 넘어서면 되는 것이었다.

그 한계를 넘어 중단전을 열거나, 아니면 신으로 다가갈 수 있다는 상단전을 열면 그게 바로 인간을 초월한 것이라 할 수 있었다.

"아아, 알겠다!"

그의 표정에 의미심장한 미소가 번졌다.

"이 새끼들, 누굴 바보로 아나? 이건 지들도 익히지 못한 거야. 틀림없어. 오천 각자가 서로 이길 수 없는 난적들이다 보니 이론상으로나마 적어놓고 자신이 이것만 익힌다면 너희들은 상대도 안 된다고 거짓부렁을 해댄 거야.”

테이도는 안됐다는 듯이 혀를 찼다.

“짜식들! 그렇게 지기가 싫었던 거냐? 지들도 익히지 못한 초식들을 만들면서까지 말이야?”

스윽!

테이도는 자리에서 일어났다.

툭툭!

이제 철궤 속에서 나온 보물들을 모두 확인했으니 탁자 위를 정리하는 일만이 남은 것이다.

그것들을 정리하며 철궤 안에 넣는 테이도의 입에서 아쉬운 한숨이 흘러나왔다.

“조금 아쉽네. 나도 무공을 익힐 수 있었으면 좋았을 텐데 말이야. 특히 지력(指力)을 허공을 격하고 쏘아내는 것은 꼭 배우고 싶었는데. 아아, 삼라귀원선법……!”

이상하다.

무공을 익힐 수 있었으면 좋았을 거란 말이 도대체 무슨 뜻이란 말인가. 그럼 그동안 테이도가 보여준 경공술과 내가중수법을 비롯한 점혈법은 다 무엇이란 말인가?

삼라귀원선법에 그 비밀이 있었다.

테이도가 네 살 때부터 익히기 시작한 삼라귀원선법은 다른 무림의 내공심법과는 다르게 중단전을 기본으로 수련하는 것이었다. 애초부터 이것은 치고받는 무공으로서의 기능보다는 신선이 되기 위한 공부였다.

테이도는 삼라귀원선법의 하권에 어떠한 내용이 수록되어 있는지는 알 수 없었지만 절대로 무공의 초식은 아닐 것이라 생각했다.

하여간 상권에는 삼라귀원선법과 함께 몸을 움직이는 신법, 이렇게 두 가지의 법문만이 적혀 있었고, 테이도는 그것들을 어느 정도 익히고 나자 바로 사부가 전수해 준 무공들을 배우게 되었다.

하지만 이내 포기해야만 했다.

사부가 전수해 준 내공심법을 운기하면 중단전의 푸른 기운이 하단전에 생성된 기운을 바로 흡수해 버리는 것이었다.

이것은 생각지도 못한 일이었다.

테이도의 사부인 북궁투도도 이러한 사실에 당황해하기는 마찬가지.

할 수 없이 다른 무공을 익혀보기로 했다.

하오문의 자잘한 무공에서부터 시작해서 테이도 자신이 무림의 여러 문파에 일하러 갔을 때 들고 나온 무공 비급까지 정말 다양한 무공들을 익혀보았다.

결과는 실패였다.

그 많은 무공이 모두 초식으로 발현되지 못했다.

하지만 이대로 포기할 수는 없었다. 세상에는 어쩔 수 없는 일이란 게 있었다.

물론 자신이야 워낙에 빠르다 보니 도망가려 마음먹으면 누구도, 그게 현재의 십대고수라 해도 자신을 어찌할 수는 없었다.

하지만 만약 누군가를 지켜야만 하는 상황에 닥친다면 자신으로서는 어떻게 할 수가 없는 실정이었다.

찾아야만 했다.

공격 수단이 하나 정도는 필요했다.

결국에는 여러 무공들을 익혀보고 나서야 하나의 가능성을 발견했다. 그것이 현재 테이도가 사용하는 내가중수법과 점혈법이었다.

테이도는 이것들을 익히기 위해 무림의 각종 내가중수법과 점혈법의 비급들을 참조하여 수많은 실패를 거듭하며 겨우 익혀낼 수 있었다.

이것은 중단전의 기운을 이용한 테이도 본인만의 독문무공이었다.

끼이걱!

테이도는 철궤의 덮개를 닫아 바닥에 내려놓았다.

"휴우! 나쁘지는 않아. 무기들이 보물이라 불릴 정도는 되니까 말이야. 특히 만년한옥으로 만든 옥소는 부르는 게 값일 정도의 보물이라 할 수 있지.”

테이도는 다시 의자에 앉아 생각에 잠겼다.

탁탁탁!

탁자 위에 올려놓은 손에서 손가락 하나가 본인의 의지와 상관없이 연신 춤을 추었다.

‘아쉽네……!’

테이도는 저도 모르게 탁자 위에서 춤을 추고 있는 손가락을 들어 올렸다.

휘이익!

그 손가락은 기이한 호선을 그리며 허공에서 한 바퀴 돌더니 실내의 벽을 향해 쭉 뻗어 나갔다.

퓨슝!

“…….”

테이도는 자리에서 벌떡 일어났다. 그리고는 방금 손가락이 향했던 방향의 벽을 향해 걸어갔다.

뚜벅뚜벅.

“으음!”

자세히 보니 벽에 구멍이 나 있었다.

손가락을 그 구멍에 끼워보았다.

쏘옥!

제집인 양 손가락은 거침없이 들어갔다.

“얼레? 이거, 되잖아?”

테이도는 자신의 손가락을 보면서 방금 무의식적으로 펼친 지풍을 생각해 보았다.

철령지(鐵靈指).

그가 방금 펼친 지법은 무림의 마도 문파에 잠시 일하러 갔다가 끝나고 나오면서 가지고 온 것이었다.

전에는 이 지법을 전혀 사용할 수가 없었다.

한데 지금은 이 지법을 무의식중에 펼쳐 낸 것이다.

테이도는 다시 의자에 앉아 지법을 펼칠 때 자신의 몸에서 일어난 기의 운용법을 되새겨 보았다.

"방금 중단전의 금단이 하단전으로 내려갔어. 그래, 이건 틀림없는 사실이야. 그 금단의 기운이 다시 철령심법의 내공법과 유사한 기운으로 바뀌고는 곧바로 철령지의 운용결대로 움직여서는 손가락을 통해 몸 밖으로 배출이 된 거야. 어, 잠깐! 금단의 기운이 하단전으로 내려갔다?"

그의 표정이 변해갔다.

"히히히히히!"

입꼬리가 귀에까지 닿을 정도로 기쁨을 참지 못해 웃어댄다.

테이도는 웃는 도중에 자신의 웃음소리가 너무 크지 않았는지 염려되어 침상의 아기들을 한 번 바라보았다.

잘만 잔다.

'큭큭큭큭!'

테이도는 손으로 자신의 입을 막고는 속으로 마음껏 웃어 댔다.

'그래, 그래. 그런 거야. 삼라귀원선법이 지조의 경지에 들어 금단을 형성하자 이리 된 거야. 인극의 경지에서는 하단전에 기운을 쌓기만 하면 훔쳐 가 제 배만 불렸는데, 지금은 금단이 오히려 기운을 변화시켜 펼치고자 하는 무공을 구현해 내주고 있어.'

스윽!

다시 자리에서 일어났다.

'한데 위력이 좀 약한 것 같아.'

테이도는 밖으로 나가 다시 한 번 철령지를 발휘해 보기로 결심했다. 확실치는 않지만 방금 전에 자신이 발출한 철령지가 본래의 위력에 한참 못 미치는 듯했기 때문이다.

만약 그렇다면 그 이유도 알아보고, 또한 금단이 무공에 어느 정도의 영향을 미치는지 자세히 알아볼 생각이었다.

*　　　*　　　*

"으으응……!"

몸이 조금 무거워진 기분이다.

일어날까 말까 고민하는 사이 얼굴 부위가 갑자기 따뜻해졌다.

쪼륵! 쪼르르륵!

"……."

감겨진 눈을 조심스레 떠보았다. 조그마한 물체 하나가 자신의 얼굴에 누워서는 쉬를 하고 있었다.

그의 얼굴이 무참히 구겨졌다.

뚜— 욱! 뚝!

오줌 줄기는 금방 그쳤다.

테이도는 우선 자신의 얼굴에 올라타 자고 있는 물체, 그러니까 아기를 조심스레 들어 올려 자신의 옆에다 내려놓았다.

'으음!'

예감이 안 좋았다.

자신의 복부 부근에서 느껴지는 또 다른 아기.

녀석의 몸이 작은 떨림을 보이며 곧바로 쉬를 하려 했다.

테이도는 재빨리 아기를 들어 올리려 팔을 뻗었다.

쪼르르르륵—!

"……."

늦어버렸다.

가만히 앉아서 아기가 쉬를 다 마치기를 기다릴 수밖에 없었다. 테이도는 자신의 다리에 기대어 자고 있는 나머지 아기 둘을 바라보았다.

저 애들은 아직 멀쩡했다. 저것들이 일을 보기 전에 다리에서 치워야 했다.

부르르르르—

테이도는 아기가 쉬를 다 마치자 들어 올려 처음에 눕힌 아기 옆에다 눕혀주었다. 나머지 아기들도 나란히 눕혀놓고는 침상에서 내려왔다.

쌔근쌔근.

천사 같은 얼굴로 자는 아이들.

"햐아아! 저런 얼굴들을 하고서 나한테 그런 무시무시한 암격을 가하다니. 강호에서는 늙은이와 여자, 그리고 어린아이를 조심하라더니 그 말이 참말이었구나."

스스스스스—

그의 몸에서 허연 김이 피어오르기 시작했다.

이것은 그가 자신의 몸에 묻은 소변의 물기를 내력을 이용해 말리느라 생긴 현상이었다.

"그런데 저거 저렇게 놔두어도 되는 건가? 애들이 모두 오줌 구멍이 없으니 방금처럼 항문으로 소변을 보아야 하는데. 에에… 그럼 똥 눌 때처럼 뒤처리를 해야 되는 건가?"

잠시 골똘히 생각해 보고는 결론을 내렸다.

"아니야. 항문에서 오줌이 나온다고 닦을 필요는 없어. 오줌이 나온다고 어느 누가 그걸 닦아내겠어? 아무도 없지. 그건 그냥 넘기면 돼. 똥 나올 때만 뒤처리를 해주자. 그게 여러모로 편해."

테이도는 자신의 편함을 위해 아기들의 불편함을 이렇게

묵살시키고 말았다.

"자아, 이제 밖에 나가서 밥 좀 얻어먹고 다시 들어와 아기들 식사를……."

테이도는 잠시 말을 끊고는 어제저녁에 파구스 촌장이 자신에게 해준 말을 떠올려 보았다.

아기들이니까 당연히 젖을 물려야 한다는 말과 함께, 자신이 말을 해놓을 테니 마을의 외곽에 있는 부녀회관에 가보라고 했다.

그곳에 여러 아기의 엄마들이 함께 모여 있을 테니 그들에게 테이도의 아기 넷을 맡겨놓으면 그 애기 엄마들이 알아서 젓을 물려줄 것이라 했다.

"맞아, 어제 영감님이 말한 대로 하면 되겠구나. 히히! 잘됐어. 애들 키우는 거, 생각해 보면 그거 별거 아니야. 쉬워, 아주 쉬워."

테이도는 생각보다 편하게 아기들을 키울 수가 있겠다 생각하니 기분이 좋아졌다.

뚜벅뚜벅!

문을 열고 밖으로 향하는 그의 걸음에 씩씩함이 묻어 나온다.

"꺼— 어억!"

입에서 트림 소리가 거창하게 나왔다.

테이도는 지금 자신의 숙소에 파구스 촌장의 제자인 카나스와 같이 있었다.

오늘부터 이곳의 언어와 글을 배우기로 했으니 앞으로 전심전력으로 배울 생각이었다.

우선은 단어를 확실히 하기로 했다. 자신이 혜광심어로 주위에 보이는 사물을 물어보면 카나스가 정확한 발음으로 자신에게 들려주는 식이었다.

단어를 어느 정도 알게 되면 그 다음부터는 녀석이 지니고 있는 책을 통해 글자도 같이 병행해 배울 생각이었다.

"야, 카나스, 그러니까 저거는 의자라고 발음을 한다, 이거지?"

카나스는 테이도의 심어에 정확한 발음으로 다시 한 번 사물의 이름을 말했다.

"의자!"

카나스도 처음엔 파구스 촌장과 마찬가지로 테이도의 혜광심어에 무척이나 놀랐다. 마음속으로 파고드는 그 음성이 무척이나 신기하게만 느껴진 것이다.

"의자! 의자! 으음, 이제 됐어."

테이도는 카나스의 발음을 두 번 정도 따라 해보고는 다시 다른 사물의 이름을 물어보았다.

책상, 나무, 그릇, 주전자, 컵…….

테이도는 원래부터 무척이나 똑똑했다.

그의 사부인 북궁투도는 처음 테이도를 만나 대화를 나눌 때 아이가 자신을 많이 닮았다는 생각을 가졌다.

우선 자신과 마찬가지로 거지들 속에서 살아가는 아이라는 점과 무척이나 총명하다는 것이었다. 그러한 점이 마음에 들어 무턱대고 자신의 제자가 되겠느냐고 물어보았고, 네 살짜리 아이는 바로 승낙해 버린 것이다.

원래 제자를 맞이할 때는 우선 근골을 만져 보고 무의 재능이 어떠한지를 살펴본 다음에나 하는 것이었는데, 그것이 인연이었는지 거지 굴에서 바로 스승과 제자의 관계가 돼버렸다.

어쨌든 테이도는 머리가 좋았다.

그런 그의 지력(智力)이 삼라귀원선법을 익히고부터는 더더욱 똑똑한 머리로 변해 버렸다.

전 같으면 수재라 할 머리가 이제는 천재라 불려도 전혀 어색하지 않을 정도가 된 것이다.

그는 계속해서 카나스와 사물의 이름을 알아갔다.

그때 갑자기 테이도의 얼굴이 변했다.

카나스는 테이도와 마주 보며 단어의 이름을 발음하고 있다가 그의 표정이 심상치 않음을 느끼고는 의문스런 표정을 지었다.

'왜 그러지? 내가 뭔가 실수라도 한 게 있나?'

테이도의 미간에 자리한 주름이 더할 수 없을 정도로 심하게 잡혀갔다.

벌떡—!

급기야는 자리를 박차고 일어서는 테이도.

"에잇! 귀찮게 왜 울고 지랄들이야! 이제 한참 수업의 진도가 팍팍 나가는데……!"

테이도는 카나스에게 심어를 보냈다.

"이봐, 카나스! 아무래도 안 되겠어. 나, 잠깐 나갔다 다시 들어올 테니까 여기에 있어. 아니, 아니다. 어떻게 될지 모르니까 일단 돌아가 네 할 일이나 해라. 그리고 내일부터 다시 수업을 시작하자고. 알았지?"

테이도는 그에게 내일 다시 보자는 심어를 보내고는 자리에서 꺼지듯 사라졌다. 카나스는 무슨 일인지 알고 싶어 자리에서 일어났지만 그는 이미 사라진 뒤였다.

끼이익!

방금 전까지 굳게 닫혀 있던 실내의 문짝이 언제인지도 모르게 열려 있다. 카나스는 바람에 흔들리는 문짝을 바라보며 중얼거렸다.

"…뭐야?"

＊　　　＊　　　＊

"응애, 응애, 응애……!"

부녀회관은 지금 아기들의 울음소리로 시끄러웠다.

여섯 명의 마을 아줌마는 아기들의 울음을 그치게 하려고 한참 어르고 달래는 중이었다.

테이도가 맡긴 간난아기를 포함해 두세 살가량 되는 아기의 수는 모두 열두 명.

아줌마 한 명당 두 아기를 책임진다면 그렇게 어려운 일은 아니라 할 수 있었는데, 지금의 상태로 봐서는 아기들을 상대로 악전고투를 펼치는 형상이었다.

이러한 분위기를 이끌어낸 일등 공신은 테이도가 맡긴 네 아기였다.

네 아기는 부녀회관 거실의 한쪽에서 연신 울음을 터뜨리고 있었다. 아기들 곁에는 지금 두 명의 아줌마가 달라붙어 울음을 그치게 하려고 다양한 방법들을 시도하고 있었지만 영 신통치가 않았다.

처음에 테이도가 맡겼을 때는 아기들이 자고 있는 상태였다. 시간이 조금 지나자 자고 있던 아기들은 하나둘 깨어났고, 네 아기의 옆에서 자신의 아기에게 젖을 물려주고 있던 아줌마 한 명이 그 모습을 보며 자신의 아기를 내려놓았다.

그리고 바로 깨어난 네 아기 중 하나를 들어 올려서는 자신의 젖을 물려주었는데, 그때부터 네 아기의 울음소리가 터져 나오기 시작한 것이다.

네 아기 모두 젖을 물리자 강한 거부감을 일으키며 통곡의 수준으로 울어댔다.

그 여파는 젖을 물고 있던 다른 아기부터 곤히 잠을 자던 다른 아기들에게까지 퍼져 나가 이제는 실내의 모든 아이들이 우는 사태로 발전한 것이다.

"어루루루루! 까꿍!"

"어— 홍! 어— 홍!"

"아가야, 왜 이렇게 우니? 어디가 아픈 거니?"

여섯 명의 아줌마가 필사적인 각오로 아기들을 달래는 이때, 회관 내의 문이 열리며 한 사내가 들어왔다.

덜컹!

"……."

테이도는 실내의 현 상황에 입을 다물지 못했다.

열두 명의 아기가 이곳저곳에서 하늘이 떠나가라 울음을 터뜨리고 있었다.

"응애, 응애, 응애!"

"으아아… 아앙!"

이곳은 전쟁터였다.

열두 명의 애들과 여섯 명의 아줌마가 벌이는 한판 승부.

테이도는 쉽게 떼어지지 않는 걸음을 억지로 들이밀며 자신의 아기들과 싸우고 있는 아줌마에게 다가갔다.

여섯 명의 아줌마는 찔끔찔끔 걸어오는 테이도를 보며 약간의 두려움이 깃든 표정을 지었다.

테이도는 자신의 아기들이 있는 곳에 이르자 무슨 말부터 먼저 꺼내야 할지 잠시 고민했다.

생각을 바로 정리하고는 제일 왼쪽에서 자신의 아기를 달래고 있는 아줌마에게 심어를 보냈다.

"아줌마, 애들 밥은 먹였어?"

도리도리.

테이도는 다음 질문을 생각해 보았다. 여기서 맡기고 나갈 때 바로 아기들에게 젖을 물려주리라 생각했는데 아직까지 먹이지 못했다면 무언가 문제가 있었다는 말이다.

짐작 가는 일이 하나 있기는 했다.

"그럼 혹시 애기들이 밥을 거부하는 거야?"

끄떡끄떡.

"네 아기 모두?"

끄덕끄덕.

역시 그랬다. 자신이 짐작한 게 맞았다.

'알에서 태어난 특별한 아이들이라서 그런가? 어제부터 아무것도 먹지 못해 상당히 배가 고플 텐데도 젖을 거부한다면 그건 사람의 젖이 저 아기들에게 맞지 않는다는 뜻이겠지? 그럼 어떻게 해야 하지? 뭘 먹긴 해야 할 텐데……'

"응애, 응애!"

테이도는 울고 있는 네 아기를 바라보았다.

"제기랄! 아침만 해도 애 키우는 게 별거 아니라 생각했는데 한 시진도 안 돼서 나를 귀찮게 하는구나.”

테이도는 자리에 앉아 울고 있는 아기들을 보듬어 안았다.

아기들에게 약간의 금단의 기운을 흘려보냈다.

“으아…….”

뚝!

신기하게도 아기들의 울음소리가 바로 멈추었다.

주위에 있던 여섯 명의 아줌마가 그 모습을 보며 놀라운 표정을 감추지 못했다.

“이거, 그럼 뭘 먹여야 하지? 사람의 젖을 물지 않는다면 다른 짐승의 젖은 말할 것도 없을 테고. 으으음, 영감님에게 한번 물어볼까? 아니, 아니야! 그 양반이 아는 것이 많은 똑똑이는 틀림없지만 이런 문제까지는 알 수 없을 거야.”

테이도는 일단 아기들을 센티스콜이라는 괴물 놈의 껍데기를 떼어내 만든 반구형의 보퉁이에 넣었다.

이것은 아침에 아이들을 맡길 때 가지고 온 것이었다. 안에는 푹신한 이불이 들어 있어 아기들이 자리하기에는 안성맞춤이었다.

“일단 뭔가를 먹긴 해야 하니까, 과일이나 견과류 종류의 자연식을 먹여보자. 그것마저 거부하면… 에에… 그건 우선 먹여보고 생각해야겠다. 무슨 방법이 있겠지.”

테이도는 실내의 여섯 아줌마에게 고마웠다는 인사를 건네고는 회관 문을 열고 나왔다.

쪽쪽! 쪽쪽!

잘만 먹어댔다.

테이도는 자신의 손가락을 아기의 입속에 넣고는 이상한 기분에 몸을 떨었다.

부르르르—

"참나, 이거, 기분이 되게 묘하네."

그의 옆에는 커다란 바가지가 놓여 있었다.

거기엔 뭐라 설명하기 힘든 죽이 들어 있었는데, 테이도는 연신 자신의 손가락을 바가지 안의 죽 속으로 넣었다가 빼서는 그걸 다시 아기의 입속으로 넣었다.

주위엔 각종 과일과 콩 껍질, 그리고 견과류의 일종인 호두 껍데기가 널려 있었다.

테이도는 그것들을 전부 내력을 사용해 가루로 만들어서는 약간의 물을 첨가하여 죽을 만들었다.

어차피 과일도 수분이기 때문에 물은 약간만 넣었다.

이렇게 죽을 만들어놓고는 또다시 난관에 부딪쳤는데, 그건 이 죽을 어떻게 먹이느냐는 것이었다. 곰곰이 생각해 보다 어릴 때 주위의 아이들 중에 자신의 손가락을 물며 놀던 녀석들이 생각났다.

테이도는 손가락이 젖꼭지의 역할도 하겠구나 싶어 바로 실행에 옮겨보았는데 결과는 대만족이었다.

"으어잉!"

아기가 배가 부른지 칭얼거린다.

테이도는 아기를 다시 보금자리에 넣고는 아직까지 식사를 못한 마지막 아기를 꺼냈다. 그러고는 다시 손가락에 죽을 묻혀서는 아기의 입속으로 넣었다.

흐느적!

아기가 혀를 움직여 자신의 입속으로 들어온 물체를 탐색한다. 그리고 바로 강한 힘으로 빨아들이기 시작했다.

쪼— 옥!

"으으으, 정말 요상한 기분이야! 이건 기분이 좋은 것 같기도 하고 아닌 것 같기도 하고… 정말 모르겠단 말이야?"

테이도는 식사를 하고 있는 아기의 얼굴을 내려다보다 문득 이채를 띠었다.

"얼레? 머리카락이 나기 시작하네?"

테이도는 아기의 머리를 매만져 보았다. 머리카락이라기보다는 솜털에 더 가깝다고 할 수 있었지만, 어쨌든 머리가 나기 시작한 것은 틀림없는 사실이었다.

"금빛의 머리칼!"

그는 얼른 다른 아기들의 머리도 살펴보았다.

없었다.

다른 아기들의 머리에는 아직 솜털조차 없었다.

테이도는 아기들을 번갈아 보며 녀석들의 차이점을 생각

해 보았다.

"그래, 이 녀석이 가장 먼저 태어났지. 금빛이가 지금 나기 시작했다면 요 녀석들도 금방 머리칼이 나기 시작하겠는데? 좋았어! 아~ 주 좋아! 빨리 자란다면야 나야 좋은 일이지."

쪽! 쪼─ 옥!

테이도는 자신의 손가락을 빠는 귀여운 아기의 머리를 연신 쓸어내리며 생각했다.

'빨리 자라거라, 빨리…….'

*   *   *

우르르릉!

쏴아아와아아!

지겹다고 느낄 정도로 내린다.

과연 열대우림 기후답다고나 할까. 비는 그저께 세상을 한바탕 휘젓더니만 지금 또다시 내리고 있다.

끼이익!

마을의 중앙에 있는 창고에서 한 명의 인물이 걸어나왔다. 그의 손에는 커다란 나뭇잎을 덧대어 만든 우산이 들려 있었다.

휘이이이잉!

"어이쿠! 이놈의 바람이 심술을 부리는구나!"

목소리를 들어보니 창고에서 나온 이는 파구스 촌장이었
다. 비바람에 우산이 요동을 치자 그는 몸을 웅크리며 우산의
손잡이를 잡았다.

파구스 촌장이 지금 나온 창고는 식료품 보관 창고였다. 안
에 새겨놓은 마법진이 생명을 다해 지금 다시 그려놓고 나오
는 길인 것이다.

촌장은 비바람이 점점 거세어지자 아무래도 서둘러 가야
겠다는 생각에 걸음을 빨리했다.

철퍽철퍽!

그의 걸음에 바닥에 고인 물줄기가 사방으로 튄다. 서둘러
걷던 그의 걸음이 갑자기 멈추어 섰다.

"누구지?"

파구스 촌장은 육십여 미터 앞에서 갑자기 튀어나온 사내
를 우두커니 바라보았다. 유령처럼 허공에 나타난 그는 우산
도 없이 유실수 나무의 근처로 다가갔다. 그리고는 나무에 맺
힌 과일을 몇 개 따고 있었다.

신기한 건 그의 몸에서 금빛의 광채가 일어나더니 떨어지
는 빗줄기를 튕겨내고 있다는 사실이었다.

사내는 필요한 몇 개의 과일을 따더니 고개를 돌려 파구스
촌장을 쳐다보았다.

"영감님, 이렇게 비바람이 부는 날에 왜 그리 싸돌아다니
는 겁니까? 이런 날엔 집에서 푹 쉬며 포도주나 한잔하는 게

몸 건강의 지름길이란 걸 몰라요?"

파구스 촌장은 귓가를 간질이며 들려오는 목소리에 바로 사내의 정체를 알 수 있었다.

과일을 따던 사내는 다름 아닌 테이도였던 것이다.

방금 그는 파구스 촌장에게 혜광심어가 아닌 일반적인 전음술로 자신의 뜻을 전했다.

이곳의 언어를 배운 지 얼마 되지도 않았는데 그는 벌써 이곳 사람들에게 웬만큼 통하는 언어 구사 능력을 지니게 된 것이다.

"이보게, 테이……."

"나이를 생각하세요, 나이를!"

스르르르르—

테이도는 파구스 촌장의 말을 끊고는 자기 할 말만 하고는 다시 사라졌다.

"허허! 참나, 유령 할애비가 저리 가라 하겠군."

파구스 촌장은 갑자기 나타났다 사라진 테이도를 보며 너털웃음을 터뜨렸다.

'그런데 조금 이상하군. 그 친구, 얼굴이 야위어 보인 것 같았는데……. 아무래도 내가 잘못 본 거겠지?

촌장은 자신의 눈을 한 번 비비고는 그가 사라진 방향을 바라보았다.

우르르르릉! 쾅쾅!

쏴아아아아아!

빗줄기는 갈수록 거세어져만 갔다.

쪽! 쪼옥!

"테이도님, 그 말의 뜻은 그러니까… 이런 것입니다."

카나스는 오늘도 어제와 마찬가지로 테이도의 집에서 글을 가르치고 있었다.

"짜식! 그냥 형님이라고 부르라니까! 자꾸 그렇게 닭살 돋게 테이도님이라고 할래? 그러다 맞으면 디게 아프다!"

"에, 예, 형님. 죄송합니다. 익숙하지가 않아서요."

"잘해, 임마!"

테이도는 침상 앞에 탁자와 의자를 가져다 놓고 앉아 있었다. 그의 무릎에는 은색 머리칼의 아기가 올라앉아 테이도의 손가락에 묻어 있는 죽을 먹고 있었다.

침상엔 아기 셋이 이미 죽을 다 먹고는 포만감에 젖어 있었다. 특이한 건 지금 식사를 하고 있는 아기부터 침상에 있는 세 아기까지 머리색이 모두 다르다는 것이었다.

아기들의 부모가 모두 달랐던 것일까. 제일 처음 태어난 금빛 머릿결의 아기부터 적색, 흑색, 은색의 모두 다른 빛깔의 색을 띠고 있었다.

아기들은 누워서 잠깐 휴식을 취하더니 곧이어 앙증맞은 손발을 움직이며 버둥거리기 시작했다.

잠시 후, 아기들에게서 놀라운 일이 벌어졌다.

아기들은 태어난 지 이제 한 달이 조금 넘었을 뿐이다. 그렇다면 아직까지 몸을 제대로 가누지 못해야 정상이다.

그런데 침상의 아기들은 몸을 버둥거리며 움직이더니 바로 포복의 자세를 잡고는 기기 시작하는 것이었다. 자세히 보니 한 달이 조금 넘은 아기들치고는 많이 자라 있어 또래의 아기들보다도 한참이나 컸다.

"우이잉!"

무릎 위의 아기가 배가 부른지 칭얼거린다.

"그래, 그래. 우리 에란트가 이제 배가 부른가 보구나. 그럼 이제 쉬어야지?"

테이도는 식사를 막 끝낸 아기를 들어 올려서는 세 아기가 놀고 있는 침상에 내려놓았다.

"아— 아함!"

아기들의 식사가 모두 끝나자 연신 하품을 해대기 시작하는 그다.

"아함! 몸이 조금 찌뿌드드하네! 어젯밤에 한숨도 못 자서 그런가?"

네 아기를 키운다는 게 어디 보통 일인가. 부녀회관의 애기 엄마들에게 맡기면 좋을 텐데 그쪽에서는 불가능하단다.

네 아기가 테이도와 떨어져 있으면 죽을 듯이 우는 통에 어쩔 수 없이 혼자 애를 봐야 했다.

"형님, 많이 피곤하신 것 같습니다. 수업은 이만 끝내고 내일 다시 올까요?"

카나스는 처음과 다르게 해쓱해진 테이도의 볼 살을 보며 물었다.

어차피 웬만한 것은 이미 다 가르친 상태였다.

글은 이미 읽고 쓸 정도의 수준이 되었고, 말은 전문적인 학식을 필요로 하는 대화는 아직 힘들지만 이 섬의 기본적인 도량형이라든가 시간, 날짜를 비롯한 일상적인 대화를 나누는 데에는 전혀 문제가 없을 정도가 되었다.

이 모두가 한 달이 조금 넘는 시간 동안, 그것도 오전에 두 시간 정도의 짧은 수업을 통해 이루어진 성과였다.

카나스는 당연히 놀랄 수밖에 없었고, 테이도의 뛰어난 머리를 부러워하였다.

그럴 수밖에 없는 것이, 뛰어난 마법사가 되기 위한 조건 중 하나를 그는 이미 충족시키고 있었기 때문이다. 물론 그 이전에 마법을 배우는 데 있어 가장 중요한 마나의 친화력이 있느냐 하는 점은 별개의 문제로 말이다.

테이도는 아기들이 침상에서 노는 모습을 지켜보며 대답했다.

"그러자. 그게 좋겠어."

카나스는 테이도의 힘없는 목소리를 들으며 잠시 무언가

를 생각하더니 다시 물었다.

"형님, 내일부터는 이곳의 언어를 배우기보다는 마법에 사용되는 룬어를 배우는 게 어떻겠습니까? 이미 웬만큼 언어 문제는 해결됐으니 말입니다."

"그래? 그럼 나야 좋지."

테이도는 내일부터 룬어를 배우자는 카나스의 말에 반색을 지으며 돌아섰다.

"가르치는 것이야 전적으로 네가 알아서 해야 하는 문제이기 때문에 그동안 잠자코 있었다만 사실 진작에 룬어를 배우고 싶었다. 빨리 배우고 싶어 아주 몸이 근지근질했지, 카나스. 헤헤, 잘됐다, 잘됐어."

테이도는 내일부터 드디어 마법의 문자라는 룬어를 배운다는 사실에 피곤했던 마음이 싹 사라지는 기분이었다.

"우이잉!"

"끼잉!"

테이도는 아기들의 웅얼거리는 소리에 뒤돌아보았다.

"이런! 크리티안! 타이니의 몸에 올라타면 어떻게 해! 타이니가 힘들잖아!"

테이도는 타이니라는 아기의 몸에 올라탄 크리티안을 들어서는 다시 옆에 내려놓았다.

카나스가 옆으로 다가와 아기들의 노는 모습들을 보고는 물었다.

“아기들 이름은 그걸로 완전히 정하신 겁니까?”

“그래. 며칠 전에 네 녀석 사부와 아기들 이름에 관해 얘기를 나누다가 어제서야 비로소 결정했다. 종이에 이름을 한 삼십여 개 늘어놓고 눈을 감아 손에 짚이는 걸로 정했다. 머리색의 특징에 따라 성을 붙여서 말이야.”

“머리색이요?”

“그래.”

테이도의 말에 갑자기 아기들이 불쌍해지는 카나스.

“그렇게 대충 지어도 되는 겁니까?”

“뭐, 어때! 예쁘기만 하면 되지. 자, 봐라, 카나스. 요 녀석이 세인아 골드고, 애는 타이니 블랙, 그리고 다시 등에 올라타려는… 야야야! 너 또 왜 에란트의 등에 올라타려고 해! 어쨌든 이 녀석이 크리티안 레드고, 애가 에란트 실버야. 어때? 이름들, 괜찮지?”

카나스는 아기들의 이름을 하나씩 들어보니 의외로 괜찮다는 생각이 들었다.

“생각보다 괜…….”

“야야야! 크리티안! 너, 자꾸 그럴래?”

CHAPTER 9

가두어 죽이다

휘이이이잉!

바람이 거세게 불고 있었다.

부스럭! 휘스스스스스······!

강한 바람에 대지 위의 수풀은 요란스런 움직임을 보이며 서로의 몸을 비벼댔다.

하늘을 보니 먹구름이 서서히 몰려들고 있었다. 또다시 한바탕 비라도 쏟아 부을 듯 거침없이 다가온다.

“에이씨! 또 비가 내리려고 하네. 어떻게 이곳은 툭하면 비가 내리냐? 지겹지도 않나! 제길!”

테이도는 지금 아기들의 점심 식사를 끝내고 집에서 나오는 길이었다.

처음에 녀석들은 테이도가 밥을 먹여주고 난 후 자신들을 놔두고 밖으로 나가려 하자 시위라도 벌이듯 다 같이 울음을 터뜨렸다.

테이도는 아기들에게 금단의 기운을 흘려 넣어 녀석들이 우는 것을 막아낼 수 있었다. 하지만 그때뿐, 그가 나가려 하면 또다시 울어대는 것이었다.

그는 오늘 밖에서 해야만 할 일이 있었다. 웬만한 일이라면 아기들을 데려가겠지만 오늘의 일은 아기들이 방해가 되면 안 되었다.

어쩔 수 없었다.

결국 하나 남은 방법을 쓰고야 말았다. 바로 아기들의 수혈을 짚어 잠들게 한 것이다.

한참 자라나는 아이들의 수혈을 짚는다는 게 녀석들의 성장에 썩 좋은 것은 아니었지만 지나치게 자주 사용만 안 한다면 별 문제가 없기에 행한 조치였다.

테이도는 먹구름이 잔뜩 낀 하늘을 미간을 잔뜩 찌푸린 채 쳐다보고는 한 걸음을 움직였다.

지이이이잉—

갑자기 눈앞의 공간이 일그러지며 테이도를 덮쳐 왔다. 그는 너무도 자연스럽게 그 공간 속으로 몸을 집어넣고는 바로 사라졌다.

축지법이었다.

테이도는 지금 한 걸음에 이백여 미터의 공간을 건너뛰며 앞으로 나아가고 있었다. 현재로서는 최대한 펼친다면 삼백여 미터까지는 가능했다.

앞으로 삼라귀원선법의 경지가 높아진다면 더욱 멀리 축지법을 사용할 수 있을 터였다.

잠시 후, 테이도는 주위가 울창한 숲으로 둘러싸인 곳에 이르렀다. 어디를 둘러보아도 관도라 할 만한 길이 전혀 나 있지 않은 곳이다.

테이도는 몸을 띄워 하늘로 솟구쳤다.

휘이익―!

허공의 한 지점에 이른 그는 주변을 둘러보았다.

우르르르르릉……!

먹장구름 속에 숨어 있던 천둥이 뛰쳐나와 천지를 가르며 퍼져 나간다.

후둑! 후두두둑!

곧이어 비가 쏟아지기 시작했다.

"제길! 하필 이런 날에 놈들을 막아야 하다니! 지랄을 떠는 것도 날을 봐가면서 하면 어디 좀… 좋아!"

순간 테이도의 몸에 금빛의 기운이 어렸다.

팅, 팅팅!

빗줄기는 금빛의 기운을 뚫지 못하고 모조리 팅겨 나갔다.

테이도는 쏟아지는 비가 짜증나는지 연신 투덜거리며 어기비행의 수법으로 허공을 날며 주변을 관찰했다.

"저기다!"

목표로 한 지점을 발견한 그는 신형을 밑으로 숙여 빠른 속도로 하강했다.

길이 나 있었다.

주변엔 커다란 나무들이 부서진 채 썩어가고 있다.

수풀 사이로 다양한 형태의 파인 자국들이 희미하게 나 있었는데, 한 번 더 비가 내리면 사라질 그런 것들이었다.

"이 길목에다 미로구상진(迷路毆傷陣)을 펼치면 알아서들 죽어 나가겠지. 전부 막아낼 수는 없겠지만 대다수가 걸려들 거야."

쏴아아아아아아!

비가 폭우로 바뀌며 쏟아져 내린다.

"제기랄! 다른 곳에도 가봐야 하는데……. 최대한 빨리 끝내고 가자."

테이도는 품에서 진을 펼치기 위해 준비한 여러 가지 조그만 물체를 꺼내놓고는 지세를 살폈다.

푸욱!

손가락 길이의 돌 막대가 몸의 절반만을 남겨놓고는 땅속으로 박혀 들어갔다.

푹! 푹! 푸욱!

진의 축을 박아 넣는 테이도의 손길이 거침없이 빨라졌다. 아니, 지세를 살피는 그의 눈이 빨라지고 있다는 말이 정확했다.

7, 8분 정도의 짧은 시간이 지나고 테이도는 진의 중심 축을 마지막으로 박아 넣었다.

푸욱!

우우우우웅!

미로구상진은 짐승의 포효와 같은 짧은 비명을 한 번 내지르고는 다시 잠잠해졌다.

"됐다. 역시 서두르니 진의 설치도 빠르구나. 이제 두세 곳의 다른 길목에도 마저 설치하고 얼른 돌아가야지."

테이도는 진이 완성되자마자 다시 축지법을 사용해 사라졌다.

*　　　*　　　*

똑! 또― 옥!

비를 품은 먹장구름은 물러갔다.

더럽던 대지는 빗물에 씻겨 그 싱싱한 초록빛 물결을 자랑하고 있었다.

촉촉한 물기를 머금은 살아 숨 쉬는 대지.

하지만 그런 아름다운 풍경도 잠시였다.

시간은 빠르게 흘러 대지 위의 초록빛을 가리기 시작했다.

산채의 입구.

파구스 촌장은 어두운 하늘의 한 부분을 물끄러미 바라보고 있었다. 그의 시선이 머문 동녘 하늘에는 지금 붉은 달이 서서히 떠오르고 있었다.

그 모습이 마치 죽음의 신이 인세에 강림하여 산 자들의 영혼을 빼내기 위해 사전 준비를 하는 것처럼 느껴졌다.

"촌장님, 준비를 완벽히 끝냈습니다. 이제 기다리는 일만 남았습니다."

파구스 촌장이 뒤를 돌아보았다.

"그래, 수고 많았네, 대주."

토이타 대주는 누각 위에 있는 조원들에게 간단한 수신호를 보내고는 촌장의 옆 자리로 다가왔다.

"그런데 테이도, 그 친구가 보이지 않습니다. 어디에 있는지 알고 계십니까?"

"자기 집에 있을 걸세. 점심때 잠깐 나갔다가 온다고 나에게 말해놓고는 한참을 있다가 돌아와서는 아기들 밥 줄 시간을 놓쳤다며 서둘러 집으로 들어갔네. 아마 곧 이곳으로 올 걸세."

토이타 대주는 테이도가 점심때 나가서 한참을 있다가 돌아왔다는 말에 물었다.

"무슨 일로 나갔답니까, 그 친구?"

"테이도 군의 말로는 괴물의 수를 좀 줄여보려 나갔다고 하더군."

"예? 어떻게 말입니까?"

"그건 나도 모르겠네."

토이타 대주는 영문을 모르겠다는 듯이 얘기했다.

"그 넓은 지역을 일일이 돌아다니며 놈들을 죽였을 리는 없을 텐데… 수를 줄여놓으러 갔다는 말이 무슨 뜻인지 잘 모르겠군요, 촌장님."

파구스 촌장이 웃으며 말했다.

"허허! 테이도, 그 친구가 워낙에 신비한 구석이 많잖은가. 아마 어떤 특별한 능력을 발휘한 것인지도 모르지."

"예에, 어쨌든 그 친구 덕분에 마을 주민병들의 사기가 많이 올라 다행입니다."

"그럴 수밖에 없지 않겠는가. 지난번의 그 사건을 생각한다면 당연하다 할 수 있겠지. 아마 평생을 통해 그런 엄청난 위용의 광경은 처음이었을 걸세. 나도 그렇고, 자네도 마찬가지로 말일세."

"예, 그렇지요."

토이타 대주는 잠시 말을 늘이더니 이내 다시 이어 말했다.

"테이도, 그 친구 덕에 이번엔 전처럼 놈들에게 당하지만은 않을 것 같습니다. 거기다 알레인의 보고로는 이번에도 놈들의 이동이 대부분 서북 방향으로 향했답니다. 주민병의 사기도 올랐고 이곳으로 오는 녀석들의 숫자도 저번과 비슷하다면, 잘하면 단 한 명의 사망자도 없이 괴물 놈들을 격퇴시킬 수 있을지도 모릅니다."

"그렇다면 정말 좋은 일이지. 아암."

파구스 촌장이 정말 그렇게 됐으면 좋겠다는 듯이 연신 고개를 끄떡이며 긍정의 표현을 나타냈다. 그리고는 지그시 두 눈을 내리감는다. 대주는 그런 촌장의 모습을 보며 오늘은 그 어느 때보다 열심히 싸워야겠다고 생각하였다.

"아, 그리고 촌……."

움찔!

대주는 말을 하는 도중에 갑자기 멈추고는 몸을 떨었다. 그의 모습에는 무언가에 놀란 표정이 역력했다.

"어, 언제……?"

파구스 촌장은 무슨 일인가 하여 감은 두 눈을 뜨고는 토이타 대주를 바라보았다.

화들짝!

경기에 들린 듯이 놀라는 촌장.

"뭐요? 뭘 그리 놀라요?"

언제 나타난 것일까. 테이도는 파구스 촌장과 토이타 대주의 사이에 서 있었다. 손을 뻗으면 바로 닿을 수 있는 거리에 말이다.

"자… 자네… 어, 언제 왔는가?"

"방금 전에요."

촌장은 놀란 가슴을 쓸어내리며 말했다.

"이보게, 테이도 군. 왔으면 왔다고 말이라도 해야 될 것이 아닌가. 그렇게 갑자기 유령처럼 나타나면 어떻게 하나? 까딱했으면 심장이 멈춰 죽을 뻔했네."

"나참, 영감님도. 그렇게 심장이 약해서 앞으로 어찌 살려고 합니까? 사내로 태어났으면 담력이 있어야 할 거 아닙니까, 담력이!"

파구스 촌장은 테이도의 말에 어처구니가 없다는 듯 바라보고는 한마디 했다.

"토이타 대주를 보게나. 아마 그도 놀랐을 걸세."

테이도가 고개를 틀어 토이타 대주를 쳐다보았다.

"……."

대주는 그냥 두 눈을 크게 뜨고는 말없이 멀뚱멀뚱 서 있었다. 자신이 보기에는 전혀 놀란 표정이 아니었다.

"뭐가요, 영감님? 멀쩡한데."

"휴우! 됐네. 아마 대주는 놀란 마음을 빠르게 수습했나 보군. 처음엔 그도 분명 놀랐을 걸세."

파구스 촌장은 간신히 진정된 가슴을 다시 어루만지며 테이도를 바라보았다.

그의 팔에는 기다란 물건이 놓여져 있었다. 처음 봤을 때에는 너무 놀라 미처 발견하지 못한 것이었다.

"그런데 애들은 왜 데리고 나왔는가? 오늘은 붉은 달이 뜨는 날이라 극히 위험한 밤인데 말일세."

테이도는 지금 반구형의 튼튼한 보퉁이에 아기 넷을 넣고 한 팔로 들고 있었다. 아기들은 그 안에서 고개를 내민 채 처음 보는 세상에 호기심 어린 눈빛을 보내고 있는 중이었다.

"위험이요? 에이, 오늘 그렇게 위험하지 않을걸요?"

촌장이 이해할 수 없다는 표정을 지었다.

"자네는 위험하지 않을 거라고 어떻게 그리 자신하는가? 물론 자네의 그 신출귀몰한 능력은 나도 인정하는 바이지만, 다른 이곳 사람들은 자네와는 다르네. 놈들과 맞서다 죽음을 당하는 자도 나올 걸세. 자네가 아무리 뛰어나도 그들 모두를 구할 수는 없지 않겠나?"

테이도는 짧게 대답했다.

"이곳으로 오는 놈들의 숫자가 적을 거라면서요?"

"그랬지. 알레인의 보고로는 그랬으니까. 아마 저번 정도의 수가 몰려오지 않을까 생각되네. 예측이 빗나가도 그보다 조금 더 몰려오는 정도일 걸세."

"그럼 됐네요, 뭐."

"뭐가 됐는데?"

"위험하지 않을 거라구요."

"……."

파구스 촌장은 대화의 진전이 전혀 나아가질 않자 잠시 침묵했다. 그리고는 테이도의 위험하지 않을 거라는 확신이 어디서 나오는지 생각해 보았다.

짐작 가는 일이 하나 있기는 했다.

촌장은 바로 의미심장한 미소를 지으며 물었다.

"혹시 위험하지 않을 거라는 자네의 그 확신은 점심때 잠깐 밖으로 나갔던 일과 관계가 있는 일인가?"

"아마도… 그렇겠죠?"

"말해줄 수 있겠나?"

테이도가 약 올리듯 웃으며 말한다.

"헤헤! 비… 밀!"

촌장의 이마에 주름이 생겨나기 시작했다.

"자네, 정말 내 속을 시커멓게 태워 죽일 생각인가? 어서 뜸들이지 말고 말해주게."

"하하하하! 지금은 안 됩니다. 나중에 기회가 되면 알려드리죠. 아니, 언제 시범을 보일 때가 있을 수도 있겠군요. 헤헤헤, 영감님, 그러니 지금은 궁금하더라도 참아주세… 용!"

테이도는 촌장이 약 올라 하는 표정이 재밌는지 연신 웃어대기 시작했다.

"자네, 자꾸 그……."

파구스 촌장이 테이도에게 막 뭐라고 혼내려는 찰나, 방해꾼이 나타났다. 그것도 떼거리로.

"우오옹!"

"까르르르르······."

아기들이 테이도가 웃음을 터뜨리자 같이 큰 소리로 웃기 시작했다. 고사리 같은 손을 들어서는 연신 좌우로 흔들며 말이다.

얼마나 예쁘고 천진하게 웃는지 파구스 촌장의 이마에 피어 있던 굵은 주름이 펴지기 시작했다.

"헤헤헤! 너희들도 나와 같은 마음인가 보구나. 그럼 다 같이 더 큰 소리로 웃어볼까? 에헤헤헤헤!"

"까르르르르!"

"허허! 그것참······."

파구스 촌장이 허탈한 웃음을 지었다. 그리고는 고개를 숙여 보퉁이의 아기들을 바라보았다.

방긋방긋.

아기들이 자신의 모습을 보며 예쁜 웃음을 짓는다.

촌장은 아기들의 이런 천진한 모습을 보며 오늘 밤이 살육의 밤이라 될 거라는 생각을 도저히 할 수 없었다. 어쨌든 테이도가 저리 장담하는 것을 보니 약간 마음이 놓이는 그였다.

중천적월(中天赤月).

시간은 언제인지 모르게 저녁을 지나 한밤중의 깊은 곳으로 다가갔다.

"어떻게 된 일이지? 왔어도 벌써 한참 전에 왔어야 할 놈들이 어떻게 한 놈도 보이지 않는 걸까?"

알레인은 바위에 엎드려 숨어 있다가 안 되겠는지 자리에서 일어났다.

그의 한 손엔 활이 들려 있었다. 또한 등에는 이번에 파구스 촌장이 황금 두꺼비의 독을 마법적인 처리를 거쳐 좀 더 강력하게 만든 독액이 묻은 화살이 다수 있었다.

알레인은 시간이 지나도 주위가 너무나 조용하기만 하자 어찌할 바를 몰랐다. 그냥 멍하니 서서 산의 초입을 바라보고 있을 뿐이었다.

그때 적막감이 감도는 주위에 처음으로 변화가 생겼다.

콰쾅! 콰콰쾅!

"아! 이제야 괴물 놈들이 오는구나!"

알레인은 다시 바위 위에 엎드려서는 활에 시위를 매기고 기다렸다.

크와아아아아앙—!

쿠오오오오오!

그가 있는 바위에서 조금 떨어져 은신해 있던 조원들과 마을 주민병들도 드디어 적막감을 깨는 폭발음과 함께 괴물들의 포효성이 들리자 긴장하기 시작했다. 각자의 무기를 더욱 꽉 쥐고는 알레인과 마찬가지로 놈들이 나타나기만을 기다렸다.

잠시 후,

폭발음이 들린 뒤로도 여전히 괴물 놈들이 올라오는 소리
는 들리지 않았다.

부르르르—

긴장감을 너무 오래 유지한 것일까? 수풀 속에 은신해 있
던 사람들의 몸에 근육 경련이 일어났다. 하지만 모두 인내심
을 가지며 기다렸다.

쿵! 쿵! 쿵!

드디어 한 놈이 올라오기 시작했다.

가장 앞에서 은신해 있던 조원 한 명이 올라오고 있는 녀석
을 향해 블로우 파이프를 들었다.

"으음?"

괴물 놈의 자세가 이상했다.

놈은 네 개의 눈을 지닌 5미터 크기의 몬스터였는데, 얼굴
의 한쪽 부분이 마법진의 폭발에 뜯겨져 있었다. 그곳으로부
터 많은 양의 검은 피가 흘러나오고 있었고, 놈은 그 때문인
지 비틀거리며 제대로 중심을 잡지 못하고 있었다.

"잘됐군. 저곳으로 독침을 날리자!"

조원은 블로우 파이프에 입을 가져가 놈의 뜯겨진 머리 부
근을 겨냥했다.

퓨— 슝!

정확히 들어갔다.

다른 곳에 숨어 있던 주민병들도 독침과 함께 화살을 날리

기 시작했다.

쇄에에에엑!

퓨슝!

퍽퍽! 퍼억!

눈이 네 개인 몬스터의 상처 난 머리에 두 대의 화살과 많은 독침이 박혀 들어갔다. 놈은 전보다 더 비틀거리더니 이내 쓰러졌다.

쿠웅—!

놈은 너무나 쉽게 쓰러졌다.

알레인은 다시 바위 위에서 일어나 주변을 살펴보았다.

"……."

주위는 다시 침묵 속으로 빠져들어 갔다.

알레인은 지금의 이 고요함이 영 어색하게만 느껴졌다. 한참 놈들과 사투를 벌여야 하는데 어떻게 된 게 달랑 한 마리만 올라오고 끝난 것이다. 그 올라온 괴물 놈도 심한 상처를 입어 거의 다 죽게 된 상태라 쉽게 쓰러뜨릴 수 있었다.

'이상하네? 왜 놈들이 안 오지?

이 같은 상황은 다른 곳도 마찬가지였다.

호드리조는 한참을 매복해 있다가 도저히 안 되겠는지 밖으로 나왔다.

부스럭!

수풀에 가려진 땅바닥이 솟아오르며 옆으로 갈라졌다. 호드리조는 매복을 풀고 나오자마자 주변을 살폈다.

밖에는 이미 조원 몇몇과 마을 주민병들이 나와 있었다.

호드리조는 자신도 매복을 풀고 나왔으면서 밖으로 이미 나와 있는 이들을 나무라는 어투로 말했다.

"어허! 다들 이렇게 나와 있으면 어떻게 해! 언제 놈들이 쳐들어올지 모르는데 말이야!"

그러자 마을 주민병 중 오십대 중반의 나이로 보이는 사내가 한마디 했다.

"그렇게 잘 알고 있는 자네는 왜 매복을 풀고 나왔는가? 우리야 일반인이다 보니 좀이 쑤셔서 도저히 안 되겠기에 나왔지만 말일세."

"아니, 쿠렌 아저씨! 그게 무슨 말입니까? 아저씨가 어떻게 일반인이에요, 병사지. 이곳의 모두는 경비조원에 마을 주민병이라는 직책을 다 가지고 있다구요."

"됐네. 어쨌든 너무 오래도록 놈들이 나타나지를 않으니 이상해서 나와본 거야."

"아니, 그래도 끝까지 은신해 있어야지요. 제가 나와 상황을 보고 괜찮다 싶으면 어련히 알아서 부를까, 그새를 못 참고 나왔다는 건 뭔가 잘못돼도 한참은 잘못된 거라구요. 이건 저를 무시하는 처사예요. 그래도 제가 명색이 여기를 책임지는 조장인데 말입니다. 여기가 대도시와 같은 그런 큰 곳이었다면 여기 있는 모두는 중징계감이라구요, 중징계감! 아시겠어요?"

"알겠네, 알았어. 내가 잘못했네. 자네가 말해줄 때까지 기다렸어야 하는데. 내가 완전히 잘못했으니 이제 그만 하세."

쿠렌이라는 이름을 가진 오십대의 아저씨는 호드리조와의 대화가 더 길어지면 피곤해질 것 같은 기분에 얼른 자신의 잘못을 인정하고는 입을 다물었다.

"조장님, 조장님! 하늘을 보십시오! 붉은 달이 벌써 저만큼이나 가 있습니다!"

조원 중 하나가 호드리조의 곁으로 빠르게 다가오더니 호들갑스럽게 말했다.

"알아, 임마! 나도 봤어!"

"이상하잖아요. 앞으로 두 시간만 있으면 저 달은 완전히 기울어질 텐데 놈들은 하나도 보이지 않으니……."

호드리조는 뒷머리를 긁적이며 생각에 잠겼다.

'정말 이상하긴 하네. 이럴 수도 있는 것일까? 알레인의 보고로 놈들의 숫자가 적을 거라는 예상은 했지만, 그렇다 하더라도 저번과 비슷하게는 올 줄 알았는데 말이야. 지금까지 한 놈도 나타나지 않았다는 건…….'

호드리조는 자신의 머리로 아무리 고민해 봐야 소용없음을 깨닫고는 생각을 멈추었다.

주위를 보니 모두들 서로 여러 의견들을 나누며 잡담을 하고 있었다.

호드리조는 그래도 아직까지는 안심할 단계는 아니라 판단하고 모두를 다시 은신시키려 하였다.

"으응?"

호드리조는 이상한 낌새에 고개를 들어 하늘을 올려다보았다. 기울어가는 붉은 달 옆에 검은 점 같은 게 보였다. 가만히 보니 그 검은 점은 점점 크기를 키우더니 제대로 된 형체를 이루기 시작했다.

그의 작은 눈에 이채가 띠었다.

꺄아아아아악—!

"저, 저건……!"

호드리조는 자신의 두 눈을 있는 대로 치켜뜨며 모두에게 들리도록 큰 소리로 외쳤다.

"모두 빨리 은신해! 와이번이다! 와이번이야! 놈이 하늘에서 공격해 온다!"

"뭐라고?"

"무, 무슨 소리야? 이곳에 와이번이 왜 나타나?"

모두들 우왕좌왕하며 하늘을 보았다.

휘이이이잉—!

놈은 커다란 날개를 휘저으며 내려오고 있었는데, 먹이를 발견한 듯 속도를 올리고 있었다.

캬아아아아악—!

"모두 빨리 피하라니까 뭐 해?"

호드리조가 다급히 다시 외치자 모두들 각자의 은신처로 빠르게 숨어들어 갔다.

콰아앙! 콰앙!

푹! 푹!

와이번은 지상으로 내려서자마자 꼬리로 주변의 작은 나무는 부수고 커다란 나무는 피하면서 날카로운 부리로 수풀을 파헤치기 시작했다.

놈은 이곳에 숨어 있는 자신들을 일일이 부리로 뒤지며 찾아낼 생각인 듯했다.

호드리조는 커다란 나무 뒤에 숨어 자신의 검을 매만졌다. 검신에는 독액이 잔뜩 묻어 있어 검은빛의 윤기가 흐르고 있다.

"씨발! 이거 어떻게 된 거야? 북쪽에 서식하는 와이번이 왜 이곳에 나타난 거야!"

퓨슝! 퓨슝!

은신한 마을 주민병들이 독침을 날리기 시작했다.

하지만 소용없는 일이었다. 독침은 와이번의 질긴 가죽에 모조리 튕겨 나가고 있었다.

블로우 파이프는 괴물들의 눈이나 입속 같은 약한 부분을 공격하기 위해 만들어진 것이다. 그런데 와이번은 커다란 덩치에 비해 머리는 작은 편이라 다른 괴물들에 비해 목표하는 곳을 맞춘다는 것이 더욱 힘들었다.

콰아앙! 푹푹!

놈은 자신들을 발견하지 못하자 더욱 광포하게 뒤지기 시작했다.

호드리조는 아무래도 자신이 나서야겠다고 생각했다. 솔직히 자신은 없었다. 와이번의 가죽은 다른 괴물의 껍질에 비해 더욱 질겨서 쉽사리 검이 들어가질 않기 때문이다.

그나마 놈의 날개를 노려 혼신의 힘으로 내려치면 상처를 낼 수 있을지도 몰랐다.

캬아아아악—!

호드리조는 놈이 자신이 있는 쪽으로 다가오자 검의 손잡이를 꽉 잡았다.

손에서 저도 모르게 땀이 배어 나온다.

푹! 푸욱!

놈의 머리가 거목의 옆에서 드러났다.

와이번이 눈알을 이리저리 굴리며 완전히 몸체를 드러내자 호드리조는 놈의 뒤를 노리기 위해 거목 옆으로 돌아서려 했다.

그 순간 와이번의 두 눈이 갑자기 터져 나갔다.

퍼펑!

와이번은 두 눈이 터져 나가는 고통에 괴성을 질러댔다. 놈의 눈에서 검은색 피가 폭포수처럼 흘러나왔다.

크에에에엑—!

"뭐야! 저놈의 두 눈이 왜 갑자기 터진 거지?"

와이번의 눈에는 화살 같은 어떠한 무기도 보이지 않아 왜 터져 나간 건지 알 수가 없었다.

호드리조는 이 의외의 상황에 서둘러 놈의 뒤로 돌아갔다.

눈을 잃은 와이번은 아무것도 보이지 않자 거목에 자신의 몸통을 부딪쳐 갔다.

쿠쿵! 쿵!

호드리조는 놈의 날개에 자신의 검을 사용할 생각이었지만, 와이번이 너무 날뛰는 바람에 쉽게 기회를 포착할 수가 없었다.

"우이잉!"

순간 호드리조의 몸이 움찔거렸다.

"응?"

그는 갑자기 자신의 귀에 아기의 웅얼거리는 듯한 소리가 들리자 와이번에게 다가가던 발걸음을 멈추었다. 그러고는 귀를 기울여 보았다.

크에에에에엑!

와이번의 괴음만이 크게 진동하고 있다.

"뭐야? 잘못 들은 건가? 하긴 말도 안 되지! 이런 곳에 아기가 있을 리 없지!"

호드리조는 자신의 귓구멍을 한 번 후비고는 다시 와이번에게 조심스럽게 다가갔다.

흔들흔들.

기운 찬 바람에 가느다란 나뭇가지가 출렁이며 자신의 존재를 알린다.

우수수수수―

그때 어딘가에서 나직한 음성이 흘러나왔다.

"호오, 저놈 봐라? 철령지에 눈깔이 두 개나 날아갔는 데도 힘이 넘쳐 나네. 흐으음! 역시 본래의 위력에 절반도 못 미쳐. 이거 안 되겠는데……."

그랬다.

테이도는 지금 호드리조가 숨어 있던 거목의 나뭇가지 위에 서 있었던 것이다. 산채의 입구에서 파구스 촌장, 토이타 대주와 같이 있다가 하늘에서 커다란 새가 나타나자 놈의 방향을 따라 이곳으로 온 것이었다.

보퉁이 안에 있는 네 아기는 테이도의 완벽한 보호 아래 바깥의 살벌한 광경을 신기한 듯 바라보고 있었다.

"오이잉!"

"까르르르르!"

아기들은 앙증맞은 손을 뻗어서는 와이번을 향해 뭐라고 웅얼거리며 웃는다.

"헤헤헤, 요 귀여운 녀석들. 그래, 저놈을 보니까 기분이 좋은가 보구나. 알았다, 알았어."

테이도는 아기들을 위해서 저놈을 단매에 쳐 죽여야겠다
는 생각으로 바로 몸을 움직였다.

스으— 팟!

그의 몸이 와이번의 머리에 살짝 모습을 내비쳤다. 아니,
내비쳤다고 생각하는 순간 이내 다시 사라졌다.

정말 귀신같은 움직임이었다.

장내의 누구도 방금 전 테이도가 와이번의 머리 부근에 나
타났다는 걸 모르는 듯했다. 모두들 은신한 채 계속해서 놈을
주시하고 있었으면서도 말이다.

호드리조는 와이번이 갑자기 난폭한 행동을 멈추고 가만
히 서 있자 기회다 싶어 검을 들어 혼신의 힘으로 놈의 날개
를 베었다.

사각!

"됐다! 얕지만 제대로 들어갔어!"

호드리조는 와이번의 날개를 바라보았다. 자신의 독검에
살짝 베어진 부분에서 검은 피가 흐르고 있었다.

한데 이상한 것은 녀석이 자신의 검에 베이고도 가만히 있
다는 사실이었다.

'뭐지?

호드리조는 이상한 생각에 와이번의 정면으로 다가가 섰다.

놈의 흉측한 얼굴을 보니 두 눈에서는 여전히 피가 흐르고
있었다. 한데도 놈은 죽은 듯이 서 있기만 했다.

호드리조는 놈의 몸통을 검으로 건드려 보았다.

툭!

쿠웅—!

놈은 너무나 쉽게 쓰러졌다.

"……."

휘이이이잉—

테이도는 이 주변 일대를 한 바퀴 산책하고는 다시 산채의 입구로 돌아왔다.

그곳에는 경비조원 몇 명의 모습만 보였다.

고개를 들어 누각의 위를 보니 거기에 파구스 촌장과 토이타 대주, 그리고 알레인이 같이 있었다. 그들은 서로 대화를 나누고 있었는데, 아마도 오늘 벌어진 일에 대해서 얘기를 나누고 있는 듯했다.

"저 먼저 들어갑니다, 영감님!"

촌장이 누각 아래를 바라보니 테이도가 아직까지 아기들과 함께 있는 모습이 보였다.

"아니, 이 사람아! 아직까지 아기들을 재우지 않고 이곳에 있으면 어찌하나? 어서 들어가 보게."

파구스 촌장은 테이도의 모습이 오늘따라 더욱 빛이 난다고 느끼고는 자신의 마음속에서 일어나는 따뜻함과 뿌듯함을 말로써 전했다.

"그리고… 오늘 참으로 고마웠네."

"에이, 뭐 별거 아닌 일 갖고."

테이도는 심드렁히 짧게 말하고는 이내 아기들과 함께 공간 속으로 스며들 듯 사라졌다.

스르르르르—

촌장은 테이도가 사라지자 고개를 들어 하늘을 바라보았다. 하늘엔 이미 붉은 달의 자취는 사라지고 새벽의 여명이 찾아오고 있었다.

오늘 일을 생각해 보면 믿겨지지가 않았다.

붉은 달이 뜨는 밤에 이처럼 조그마한 마을에 사망자는커녕 단 한 명의 부상자도 생기지 않았으니 이는 기적 같은 일이었다.

'허허! 우리 마을에 복이 들어온 게야, 복이.'

*   *   *

스스스스스—

주위는 온통 짙은 안개로 가득 찼다.

그 안개 속에서 사람의 형태로 보이는 실루엣이 바람에 따라 일렁거리며 다가오고 있었다.

쑤욱!

휘류류류류룽!

무슨 일인지 갑자기 안개가 요동을 치며 사라지기 시작한다. 그러자 안개에 가려져 있었던 사람의 형체가 서서히 모습을 드러냈다.

"여기엔 괴물들이 몇 마리나 있을까나?"

목소리를 들어보니 안개 속의 인물은 테이도였다.

그는 아기들을 재우고는 곧바로 어제 자신이 설치했던 미로구상진을 해체하기 위해 이곳으로 다시 온 것이다.

테이도는 미로구상진 내의 이곳저곳을 돌아다니며 진의 축을 제거하고 있었다.

"자아, 마지막이다."

쑤욱—!

곧이어 모든 안개가 사라지고 미로구상진 내의 모습이 완전히 드러났다.

크르르르르르!

끄윽! 끅!

진의 내부는 많은 괴물들의 무덤 터가 되어 있었다. 그중 몇 마리의 괴물은 온몸에 극심한 상처를 입어 피를 흘리면서도 아직까지 살아 있었다.

테이도는 진 내의 풍경을 바라보며 감탄했다.

"오오! 한 오십여 마리는 되겠군. 다른 곳보다 십여 마리나 많아. 헤헤헤! 역시 미로구상진이야. 진법의 특성대로 놈들이 서로 죽기 살기로 싸웠나 보구나. 이건 처음으로 펼쳐 보는 거라 좀 그랬는데 이제 보니 제대로 발휘되었어."

<u>끄르르르르!</u>

테이도는 살아 있는 괴물에게 다가가 핏물을 게워내고 있는 놈의 얼굴을 쓰다듬었다.

<u>쓰으읍―!</u>

그는 자신의 입가에 침이 고임을 느꼈다.

크아아앙!

죽어가고 있던 양 머리 공룡이 테이도가 자신을 만지며 입맛을 다시자 위협의 포효를 가하며 고개를 살짝 들어 올렸다.

따악―!

털썩!

녀석의 위협은 테이도의 한 번의 손찌검에 막을 내렸다.

끼이잉! 끼잉!

양 머리 공룡은 방금 테이도에게 맞은 부분이 너무나 아파 얕은 신음을 흘렸다. 자세히 보니 놈의 관자놀이 부근이 심하게 부어오르고 있었다.

"이놈이 괴물들 중에서는 제일 맛있었던 것 같아. 쫄깃쫄깃한 육질이 내 입맛에 딱 맞아. 며칠 전에 이 양 머리 공룡의 고기가 다 떨어진 것 같던데 이 녀석이나 가지고 가야겠다."

테이도는 양 머리 공룡을 마을 산채로 가지고 가기로 결심하고는 다른 살아 있는 괴물들을 찾아 나섰다.

크으웅! 끄륵, 끄륵!

살아 있는 대부분의 괴물들은 모두 금방이라도 죽을 것처럼 보였다.

"잘 가라!"

내가중수법으로 놈들의 남은 숨통을 하나씩 가볍게 끊어주었다.

이제 마지막 한 마리만 남았다.

"얼레! 이놈은 좀 다르네?"

테이도가 지금 바라보고 있는 놈은 녹색의 피부에 여덟 개의 발을 가진 벌레 몬스터였다.

부글부글!

놈의 검은 피가 흐르는 상처 부위에는 지금 진녹색의 액체가 스며 나와 국을 끓일 때처럼 부글거리고 있었다.

테이도가 그 부위를 자세히 살펴보니 벌어진 상처가 조금씩 아물어가고 있었다.

"이야! 이놈은 상처를 치유하는 능력이 뛰어나구나! 이놈은 다른 놈들처럼 무기가 될 만한 특별한 게 없는 대신 치유력으로 생존하는 놈인가 본데? 이거 한 식경 정도면 완전히 나을 수 있겠는걸."

테이도는 괴물이 상처를 얼마나 빠르게 치유하는지를 잠깐 보고는 더 이상 놈에게 관심이 사라졌는지 바로 내가중수법으로 놈의 뇌를 파괴했다.

끄륵! 끅!

혹시 몰라서 여러 번 꼼꼼히 죽여댔다.

"근데 저번에 그놈은 안 보이네? 이곳에서는 센티스콜이라고 했던가? 몬스터라고 이곳에서는 안 먹던데. 그놈도 먹어 보면 디게 맛있는데 말이야. 이곳 사람들은 그걸 몰라."

테이도는 다음 기회에 센티스콜이나 사냥하러 나가봐야겠다고 생각했다.

터억!

그는 마을로 돌아가기 위해 양 머리 공룡의 다리를 두 손으로 잡았다. 다리를 잡은 부분에 손아귀 힘이 들어간다.

무얼 하려는 것일까.

테이도는 놈의 다리를 잡고는 들어 올려서 바로 돌리기 시작했다.

휘잉! 휘이잉!

적어도 십 톤은 넘게 나갈 놈의 무게가 그에게는 아무렇지도 않은 듯했다. 너무나 가볍게 돌리고 있는 것이다. 빠르게 회전하던 그는 양 머리 공룡을 잡고 있던 두 손을 놓았다.

슈우우우우웅!

양 머리 공룡은 테이도가 왔던 방향으로 하늘 높이 포물선을 그리며 빠르게 날아갔다.

테이도는 이마에 손을 얹고는 감탄의 목소리로 말했다.

"이야아! 잘 날아가네! 개도 두들겨 패야 맛있는 것처럼 저놈도 저렇게 하다 보면 육질이 좋아지겠지. 아마 도착할 때

즈음이면 육질이 맛있게 변해 있을 거야.”
　스읍―!
　테이도는 입가에 저도 모르게 고인 침을 닦아내고는 바로
양 머리 공룡이 날아간 방향을 향해 축지법을 펼쳤다.
　스르르르르―

CHAPTER 10

마법의 길에 들어서다

"야야야!"

아침부터 테이도의 고함이 터져 나온다.

"세인아, 너 자꾸 사부의 얼굴 위로 올라서려고 할 거니? 좀 가만히 있지 못해! 아니, 크리티안! 너는 또 왜 그래?"

테이도는 아기들이 식사를 모두 마치자 바로 내려놓고는 자신도 좀 쉬기 위해 침상으로 올라갔다. 카나스가 오기 전에 잠깐 눈을 좀 붙이기 위해서였다. 한데 아기들이 심심한 모양인지 자신의 짧막 잠을 방해하고 있다.

테이도는 누웠던 몸을 일으켜 세우며 자신의 얼굴을 놀이터 삼아 놀고 있는 세인아를 들어 올렸다.

“까르르르르!”

금빛 머리의 세인아는 테이도가 자신을 안아주자 기분이 좋은지 신나 한다.

테이도는 세인아를 침상에 내려놓고는 자신의 하체로 눈을 돌렸다. 이상한 느낌이 든 것이다.

조물락! 조물락!

지금 그의 하체에는 붉은 머리의 크리티안이 조막만 한 손으로 자신의 가장 소중한 물건을 마구 만져 대고 있었다.

“야야! 크리티안! 그건 장난감이 아니란 말이다! 저번에도 그러더니! 네 녀석은 이 사부를 뭘로 여기는 게냐? 앙!”

테이도는 크리티안에게 짐짓 호통을 내지르고는 녀석을 들어 올려 무서운 눈으로 노려보았다.

“오이잉!”

크리티안이 앙증맞은 손을 들어올려 테이도의 눈을 만지려고 버둥거린다.

“이놈 봐라? 사부가 무섭게 눈을 부라리면 얌전히 있어야지, 오히려 장난을 치려고 해?”

“우이이잉!”

툭툭!

이번엔 누군가가 자신의 허리를 건드리고 있다. 고개가 저절로 돌아갔다.

“흐음.”

에란트와 타이니다.

녀석들은 지금 자신의 허리를 붙잡고는 일어서기 위해 안간힘을 쓰고 있었다.

털썩!

아기들은 버둥거리며 애쓰다가 이내 다시 누워버렸다. 이제 2개월도 채 안 된 아기들이라 일어설 수 없는 게 당연했지만 일어서려고 애쓴다는 사실이 놀라웠다. 아기들의 성장 속도는 무척이나 빨랐다.

"왜? 너희들도 안아달라고 시위하는 거냐?"

테이도는 크리티안을 내려놓고는 자신의 허리에 달라붙은 아기들도 마저 떼어냈다. 그리고는 작은 한숨을 내쉬었다.

"휴우우, 내 팔자가 그렇지, 뭐. 까짓것, 쉬는 것 포기한다, 포기해!"

테이도는 나란히 앉아 있는 네 아기를 보며 한숨을 짓더니 갑자기 문 쪽으로 시선을 돌렸다.

"짜식! 하여간 시간 지키는 것 하나는 알아줘야 한다니까. 후후후. 이거 기분 만점이야, 만점! 오늘부터 시작이니 말이야!"

무슨 일일까? 테이도는 방금 전의 아기들과의 실랑이는 잊은 채 바로 웃음 띤 얼굴이 되었다.

정말 환한 표정이다.

아무래도 오늘은 그에게 무슨 특별한 날인 듯싶다.

척!

테이도는 잠깐 동안 문가에 시선을 고정시키더니 이내 침상 밖으로 내려갔다. 아기들은 테이도가 나가자 침상 문턱으로 다가와 놀아달라는 듯 손을 뻗고는 옹알이를 해댔다.

잠시 후,

문밖에서 노크 소리가 들렸다.

똑똑!

"문 열려 있으니 들어와, 카나스!"

"예, 형님!"

테이도는 의자에 앉아서 입가에 환한 미소를 담은 채 카나스를 반겼다.

"후후, 오늘이다, 카나스!"

카나스는 즐거워하는 그의 얼굴을 보고는 마주 웃으며 답했다.

"예. 그렇지요, 형님. 오늘부터 마법이 무엇인지를 알려 드리기로 약속했지요."

그랬다. 테이도가 아기들과의 실랑이에도 불구하고 즐거운 얼굴을 한 이유가 여기에 있었다. 바로 오늘이 그토록 바라 마지않던 마법을 배우는 첫날인 것이다.

"뭐, 꾸물거릴 필요 없이 바로 시작하자고. 나는 모든 준비가 다 됐으니까 말이야. 어서 자리에 앉아."

카나스는 테이도의 기대에 찬 재촉을 외면하며 갑자기 생뚱맞은 말을 내뱉었다.

"테이도 형님, 오늘 날씨 참 좋지요?"

"뭔 소리야?"

테이도는 카나스가 갑자기 날씨 타령을 하자 의아한 듯 되물었다.

"하하! 다른 게 아니라 마법의 첫 수업을 이런 골방에서 하는 것보단 탁 트인 야외에서 하는 게 어떨까 해서요. 어떻습니까? 밖에서 하는 게 아무래도 낫겠죠?"

테이도가 반색을 지었다.

"그래? 그거 괜찮은 생각인데? 좋았어! 나가자고!"

"하하! 형님이 좋아하실 줄 알았습니다."

테이도는 자리에서 벌떡 일어나서는 당장에 밖으로 나가려고 문의 손잡이를 잡아갔다.

그 순간,

"오이잉!"

"우오오옹!"

그의 고개가 저도 모르게 돌아간다.

초롱초롱!

네 아기 모두 침상의 문턱에 둘러앉아 자신을 맑은 눈망울로 바라보고 있다. 테이도는 아기들의 눈빛이 부담스럽게 느껴져 잠시 고민을 해야만 했다.

아기들이 같이 있으면 중요한 첫 마법 수업에 방해가 되지 않을까 걱정이 되었다.

"에잇! 그래, 나 혼자 나가기는 좀 그렇다. 좋아, 그럼 다 같이 나가자. 자, 나의 번뇌들아, 이리 온!"

테이도는 네 아기를 센티스콜의 껍데기로 만든 커다란 보퉁이에 하나씩 담았다.

"까르르르르르!"

"헤! 자식들! 되게 좋아하네."

아기들의 웃음소리가 그의 귓가를 간질인다.

녹색의 바다 위.

그 생명의 쉼터엔 지금 커다란 구름의 그림자가 지나가고 있었다.

하늘 위를 두둥실 떠가는 구름.

"오이잉!"

아기들은 그 모습이 신기한지 작디작은 손을 꼼지락거리며 구름을 향해 웅얼거린다.

"마법사가 되는 첫 번째 조건은 방금 제가 한 것과 같은 자세로 마나를 느낄 수 있느냐 없느냐에 달려 있습니다. 이것을 저희들은 마나 친화력이라고 부릅니다."

카나스는 커다란 나무의 그늘 앞에 앉아 있었다. 그 옆에는 테이도가 같이 앉아서 아기들의 재롱을 지켜보며 그가 하는 말에 한참 귀를 기울이고 있는 중이다.

지금은 마법 수업을 시작한 지 벌써 한 시간이나 지난 상황이었다.

"사실 이게 가장 중요한 거라 할 수 있죠. 아무리 머리가 좋아도 마나를 느끼지 못하면 시작조차 할 수 없는 것이니까 말입니다."

"그 마나라는 것이 그러니까, 네 말대로라면 세상을 이루는 모든 것의 근본이라는 거지? 그걸 느낄 수 있는 자만이 마법을 시작할 수 있는 것이고."

"예, 그렇습니다. 이 마나를 느낀다는 것은 정말 타고나야 하는 것이기 때문에 마법을 배울 수 있는 자는 극소수라고 할 수 있지요. 마나 친화력! 이것이 바로 마법사가 되기 위한 첫 걸음이죠."

테이도는 카나스가 말하고 있는 이 마나 친화력이라는 단어에 대해 궁금증이 일었다.

"그럼 마법사들은 제자를 처음으로 맞이할 때 이놈이 마나를 느낄 수 있는지 없는지를 어떻게 알 수 있는 거지?"

카나스는 테이도가 지금 한 질문을 이미 어느 정도 예상하고 있었다. 자신도 마법사가 되기 전에는 마찬가지로 이러한 궁금증에 파구스 촌장에게 질문한 적이 있었기 때문이다.

"방법은 두 가지가 있습니다."

"오오, 그래? 두 가지나 있어? 그럼 그 두 가지 방법이 뭐야? 빨리 말해봐!"

"예에. 우선 첫 번째 방법은 마법을 보여주는 것입니다. 마법을 사용하기 위해서는 주위의 마나를 끌어모아야 하는데, 이때에 마나의 움직임을 느낄 수 있다면 그는 마나 친화력의 재능을 가진 자라고 할 수 있습니다.”

“마나의 느낌이라는 게 구체적으로 어떤 건데?”

카나스는 테이도의 뜻밖의 질문에 잠시 뜸을 들이고는 생각에 잠겼다.

“구체적인 느낌이라……. 그건 아무래도 사람마다 차이가 있는 것 같습니다. 스승님께서 말씀하시길, 자신은 마나를 처음 느꼈을 때 석양의 지는 태양을 보는 듯한 느낌이었다고 합니다. 그리고 저 같은 경우에는 어릴 때 냇가에서 물장구를 치며 놀던 때의 그런 느낌이었습니다.”

“냇가에서 물장구를 치는 느낌이 어떤 건데?”

“으음, 그게 설명하기가 조금 어려운데… 구체적으로 어떤 느낌이냐 하면…….”

테이도는 카나스가 제대로 된 답을 내놓지 못하고 뜸을 들이자 바로 다음 질문으로 넘어갔다.

“됐다, 됐어! 그럼 두 번째 방법은 뭐냐?”

카나스는 테이도가 두 번째의 방법을 물어오자 바로 대답해 주었다.

“두 번째는 마법진을 이용하는 겁니다. 마나를 모아둔 마법진 안에 들어가서 하루 안에 마나를 느낄 수 있으면 되는 것입니다.”

"마법진이라……. 알았어. 그럼 마법사가 되기 위한 두 번째 조건은 뭐냐?"

"두 번째는 마나 지배력입니다."

"마나 지배력?"

"예. 이 마나 지배력은 말 그대로 세상에 퍼져 있는 마나를 지배하는 것입니다. 마나를 느꼈으면 이젠 마나를 끌어모아야 하는 거죠. 이것을 마법학에서는 개더링이라고 부릅니다. 이것은 재능도 중요하지만 보다 노력이 많이 필요한 겁니다."

"여엉— 차!"

"까르르르르!"

테이도는 아기들이 자꾸 보퉁이에서 나오려 하자 한 놈씩 잡아서는 하늘 위로 던져 주었다.

두둥— 실!

허공으로 떠오른 아기는 솜사탕처럼 보이는 뭉게구름을 잡으려고 앙증맞은 손발을 마구 움직여 댔다.

"오이잉?"

아기는 떠오를 때의 빠른 속도와는 다르게 내려올 때는 자신이 마치 깃털이라도 된 듯 천천히 내려왔다. 그 모습이 여간 신기한 게 아니었다.

"나, 이놈들 참! 카나스, 그다음은 뭐야?"

카나스는 테이도가 아기들을 데려와서는 귀찮아하면서도

같이 놀아주는 모습이 싫지만은 않았다. 아기들이 비록 자신의 수업을 방해하고는 있었지만 그 노는 모습이 너무나 예뻤기 때문이다.

"다음은 뛰어난 머리죠. 개더링의 과정을 거쳐 모아진 마나를 복잡한 마법의 수식대로 배열해야 하니까요. 마법의 서클이 올라갈수록 수식은 더욱더 복잡해지기 때문에 마도사 이상을 목표로 한다면 뛰어난 머리는 필수입니다."

"마법 수식이라……. 좋았어. 마법이 이루어지기 위한 설명은 대충 그 정도면 됐고, 그럼 네가 시범을 좀 보여줘 봐."

카나스는 테이도가 당장 마나를 느낄 수 있는지를 알아보려 한다고 생각했다.

"형님, 우선 제가 아까 보여주었던 마나 명상법을 먼저 익히는 게 어떻습니까? 마나를 바로 느낀다는 것은 아무리 재능이 뛰어난 자라 하더라도 처음엔 힘들거든요."

"아까 누워서 명상하던 것을 말하는 거냐?"

"예. 이건 별로 어렵지 않습니다. 제가 가르쳐 드릴 테니 한번 해보세요. 그런 다음 제가 마법의 시작이라 할 수 있는 라이트 마법을 보여 드리겠습니다."

사실 테이도는 카나스가 말하고 있는 마나를 느낄 수 있는지를 우선 알아봐야 한다는 말에 자신은 그게 불필요하다고 생각했다.

왜냐하면 자신은 이미 마나 친화력을 가지고 있다고 생각하고 있었기 때문이다.

파구스 촌장이 자신에게 마법을 펼치려 할 때 이미 자신은 마나라는 것을 느꼈다. 물론 그 마나라는 것이 자신이 알고 있는 자연기라는 전제하에서 말이다.

테이도는 그래도 혹시나 하는 생각에 카나스가 말한 마나 명상법을 배워두기로 결심하고는 바로 그 자세로 들어갔다.

이 자세는 내공심법을 익히는 자세 중의 하나인 와공과 상당히 비슷했다.

잠시 후, 카나스는 테이도가 어느 정도 마나 명상법에 익숙해지자 라이트 마법을 시전하기 위해 곧바로 마나를 모으는 과정인 개더링을 전개했다.

"형님, 그럼 마음을 편안히 하고 한번 마나를 느껴보도록 하세요."

"알았어! 빨리 시작이나 해!"

테이도의 재촉에 화답이라도 보내려는 것일까.

순간 대기의 기운이 변하기 시작했다.

우우우우웅―!

대기의 기운. 그것이 공명음을 토해내며 주변의 자연기가 천천히 카나스의 곁으로 몰려들었다.

'그래, 이거야! 지금 이동하고 있는 이 자연기가 바로 카나스가 말한 마나임이 틀림없어!'

테이도는 자신이 알고 있는 자연기의 개념이 이곳에서 말하는 마나가 틀림없음을 확신했다.

이 자연기라는 것은 다른 말로는 후천지기(後天之氣)라고도 한다.

후천지기.

이것은 자신이 살던 중원의 무림인들도 사용한다.

무림인들의 그 초인적인 힘은 바로 내공이라는 것에서 나오게 되는데, 이 내공은 심법을 통해서 익히는 것이고, 심법을 행하기 위해서는 호흡을 통해 운기행공을 하면 된다.

호흡을 통한 운기행공을 하게 되면 주변에 퍼져 있는 후천지기를 흡수하게 되고, 그 기운은 바로 심법에 맞는 정련된 기운으로 바뀌어 본신의 진기가 되는 것이다.

그럼 내공을 익힌 무림인은 모두가 마나를 느낄 수 있는 것일까?

그건 아니었다.

무림인들은 자연에 퍼져 있는 후천지기는 느끼지 못한다. 다만 각자가 익히는 심법을 통해 후천지기를 끌어모아 본신의 진기로 만들 수 있을 뿐이다.

무림인들은 서로 싸울 때 상대방의 기세를 먼저 파악한다. 상대가 자신보다 고수인지 하수인지를 먼저 파악하고 대응 방법을 생각하게 되는 것이다.

이때 그들이 느끼는 기세라는 것이 각자가 익힌 내공심법으로 쌓은 가공된 진기인 것이다.

내공을 쌓은 무림인은 이렇게 가공된 진기는 느낄 수 있지만 자연 그대로의 순수한 기, 다시 말해 마나는 느끼질 못했다.

하지만 테이도 그는 달랐다.

'헤헤헤, 삼라귀원선법! 갈수록 내 맘에 쏙 드는구나. 마법을 익히는 데에도 이렇게 큰 도움이 되니 말이야.'

테이도는 누워 있는 자신의 눈앞에 조그만 빛의 구가 생성됨을 느낄 수 있었다. 감은 두 눈 속으로 빛이 스며들어 온다.

더 이상 마나 명상법을 행할 필요가 없었다.

그는 누워 있던 자세에서 바로 일어나 앉았다.

"우오이잉!"

"어휴! 그래, 그래!"

테이도는 일어나자마자 아기들을 한 번씩 안아주며 자신의 선천진기인 금단(金丹)의 기운을 조금씩 전해주었다. 그러자 아기들의 칭얼거림이 조금씩 가라앉는다. 녀석들, 어찌 이리도 금단을 좋아하는지…….

카나스는 테이도가 마나 명상법의 자세를 풀고 일어서자 라이트 마법의 시전을 중지했다.

"형님, 뭔가 느껴지는 게 좀 있었습니까?"

"응."

"…….""

카나스는 건성으로 대답하는 그의 말에 잠깐 말문이 막혔다. 너무 짧았다. 그리고 왠지 믿음이 가지 않는 대답이다. 아무래도 다음 질문을 던져 봐야 했다.

"그래요? 그거 다행이네요. 그렇다면 형님도 마법을 배울 수가 있겠군요. 그럼 형님이 느끼셨다는 마나는 어떠했습니까?"

"나? 으음… 확실히 네가 말한 대로네. 마나의 느낌을 구체적으로 설명하는 게 어렵긴 하군. 그래도 설명해 보자면 내가 느낀 마나는 세상이다."

"세상이요?"

테이도는 자신이 방금 말한 세상이라는 느낌이 다시 생각해 보니 그럴싸하다고 생각했다.

"그래, 세상의 모든 것. 강하면서도 부드럽고, 따뜻하면서도 시원한, 뭐, 대충 그렇게 설명할 수 있겠어."

더더욱 믿음이 가지 않는 대답이다. 카나스는 그냥 수긍해 주는 척하며 대답했다. 여기서 그런 말도 안 되는 소리가 어디 있느냐고 했다간 한 대 맞을 수도 있었기 때문이다.

"그렇군요. 알겠습니다."

테이도는 방금 카나스가 펼친 라이트 마법을 직접 눈으로 보고 싶어졌다.

"카나스, 라이트 마법을 다시 한 번 펼쳐 봐."

"다시 한 번이요?"

"그래. 이번엔 마나 명상법을 하지 않고 느껴보려고 그래.

그냥 편안한 자세로도 되는지 말이야.”

카나스는 테이도의 설명에 부정적인 반응을 보였다.

“아마 쉽지는 않을 겁니다. 이제 처음으로 마나 명상법의 효과를 본 사람이 바로 마나를 느낀다는 것은 정말 마나의 축복을 받은 사람이 이외에는 힘들거든요.”

“짜식! 카나스, 네가 그게 될지 안 될지 어떻게 알고 그래, 임마? 내가 만약 되면 어떻게 할 거야? 그냥 한 번 펼쳐 봐! 어차피 밑져야 본전이니까 말이야!”

“휴우! 예, 알겠습니다, 형님!”

카나스는 당연히 안 될 거란 생각이 들었지만 테이도가 저리 강하게 원하자 할 수 없이 다시 한 번 라이트 마법을 시전하였다.

테이도는 카나스가 눈을 감고 주변의 자연기, 아니, 마나를 모으는 장면을 자세히 느껴보기 위해 자신의 기감을 최대한으로 열었다.

다시 한 번 대기의 기운이 흔들렸다.

우우우우웅—!

순간, 테이도의 눈에서 금빛의 기운이 어리기 시작했다. 저도 모르게 삼라귀원선법이 운용되고 있는 것이다.

‘얼레?

무슨 일일까.

테이도의 두 눈이 동그랗게 치켜떠진다.

이상했다.

지금 그의 눈에 마나가 이동하는 모습이 보이고 있다.

쓱쓱!

테이도는 자신의 눈을 비벼보았다. 그러나 마찬가지였다. 여전히 그의 눈에 마나의 이동 모습이 비쳐졌다.

그가 카나스를 살펴보니 그의 심장에서 하나의 기선(氣線)이 뻗어 나와 있었다. 그 기선은 지금 모여든 마나를 통제하고 있는 중이었다.

'이거 어떻게 된 일이지? 전에 영감님이 마법을 펼쳤을 때에는 이렇지 않았는데 말이야.'

테이도는 이러한 현상이 혹시 삼라귀원선법이 지조의 단계에 들어서 생긴 게 아닌가 의심해 보았다.

'아, 라이트 마법이라는 게 저렇게 해서 이루어지는 거구나! 신기하네!'

테이도는 카나스가 모여든 마나를 마법 수식을 통해 라이트 마법으로 변화시키는 과정을 자세히 볼 수 있었다.

팟―!

드디어 라이트 마법이 시전되며 빛이 만들어졌다.

테이도는 마법이 시전되는 전체의 과정을 자세히 본 후 마지막에 안타까운 탄식의 비음을 흘렸다.

"아아! 씨불! 마지막 변화가 너무 복잡해!"

"형님, 무슨 일이십니까?"

카나스는 테이도가 갑자기 탄식을 터뜨리자 의아해했다.

"아니다, 아니야! 이제 됐으니까 라이트 마법의 시전을 그만둬."

테이도는 카나스에게 마법 캔슬을 부탁하고는 팔짱을 낀 채 자신만의 생각 속으로 빠져들었다.

'처음 마나가 변화를 일으키며 움직일 때에는 마치 투명한 물 같은 그런 모습이었어. 그래, 투명한 물. 그게 딱 맞는 표현이야. 그리고 그게 카나스의 주위로 모여서는 분리가 되기 시작했어. 수십, 수백 개가 넘는 다양한 색상의 마나로 말이야. 그건 아마 녀석의 마법 수식에 의해 그리 된 것일 거야. 그러고 나서 그 마나의 줄기들은 서로의 몸을 부딪치며 충돌을 일으켰지.'

테이도는 카나스가 펼친 라이트 마법의 분석을 위해 머리를 쥐어짰다.

그의 주위로 일념(一念)의 세계가 서서히 다가왔다. 그 자신도 미처 모르게 말이다.

툭툭!

그의 생각이 멈추었다.

"뭐야! 왜?"

테이도는 자신의 앞에 서 있는 카나스를 보며 물었다.

"형님, 벌써 한 시간이나 지났습니다. 아무리 불러도 대답도 않고, 도대체 무슨 일입니까?"

"엥! 벌써?"

테이도는 잠깐 마법에 대해 생각해 본다는 게 한 시간이 나 지났을 줄은 꿈에도 생각지 못했다.

"그럼 진작에 알려주지 그랬어?"

"아니, 저는 형님이 너무나 심각하게 무언가를 생각하는 듯해 방해가 될까 봐서 그랬죠."

테이도는 자리에서 벌떡 일어서서는 말했다.

"야야! 얼른 가봐라! 내가 네 시간을 너무 뺏은 것 같아 안 되겠다."

"시간을 뺏기는요? 어차피 매일 이 정도 시간은 수업을 할 때의 시간과 다를 게 없는데요, 뭘."

카나스는 아무 문제 없다는 듯이 느긋이 말하고는 자신의 로브 속을 뒤적거렸다.

"그리고 형님, 오늘은 이걸 드릴 테니 집에 가서 한번 읽어 보세요."

"뭔데?"

"별거 아니에요. 그냥 마법 수식을 다룬 책인데 마법을 배 우기 위한 기초 서적이라고 보시면 될 겁니다."

"오오, 그래?"

테이도는 재빨리 카나스가 전해주는 책을 받아서는 표지 에 적힌 제목을 읽어 내려갔다.

마법 수식. 그것이 알고 싶다. 기초편.

  테이도는 표지의 제목을 읽고 나서 바로 안쪽의 내용을 대충 훑어보았다. 책 표지엔 기초편이라고 쓰여 있긴 하지만 두께가 만만치 않게 두꺼웠다. 거의 사람의 중지 정도 되는 두께였다.

  테이도는 책을 대충 훑어보고는 아기들의 보금자리인 보퉁이 안에다 넣었다.

  쌔근쌔근.

  아기들은 어느새 잠들었는지 모두 다 꿈나라로 놀러 가 있는 상태다.

  "형님, 당분간은 그걸로 오후 시간에 혼자 공부해 보세요. 아마 심심하지는 않을 겁니다. 오전엔 저와 같이 계속 공부할 테니 혹시 막히는 게 있으면 그때 물어보시구요."

  테이도는 책을 받아 기분이 좋은지 싱글거리는 얼굴로 대답했다.

  "헤헤, 알았다. 네 녀석이 내게 가장 필요한 것을 알아서 이렇게 챙겨주는구나. 고마운 녀석……."

  부비부비.

  테이도는 오늘 따라 카나스가 너무나 예쁘게 보여 녀석의 얼굴을 붙잡고는 자신의 볼을 비벼댔다.

"아아, 형님, 이게 무슨 짓입니까? 저리 가세요! 예에!"

"짜식! 가만있어 봐! 이 형님이 처음으로 네 녀석에게 애정 표현을 해주는데 말이야. 나도 남자에게 이러는 건 처음이라고! 알아?"

"예, 예! 알아들었으니 이제 그만 하시죠, 형님!"

좋은 뜻으로 건네준 마법 서적에 그 보답이 이런 것이라면 앞으론 사양하고 싶은 카나스다.

"가만 좀 있어봐. 조금만 더……."

"그… 마안……!"

카나스의 절규에 찬 목소리가 점점 커져만 갔다.

늦은 밤.

사위는 짙은 어둠을 머금고 적막감을 피워내고 있다. 그러한 어둠을 뚫고 저 멀리 한곳에서 희미한 불빛이 피어 나오는 게 보인다.

허름한 초옥!

탁자 위에 놓인 등촉이 어두운 실내를 밝혀주고 있었다.

테이도는 점심때부터 줄곧 의자에 앉아 마법 수식의 기초편을 읽고 있다. 세심히 읽는 그의 표정에 경건한 마음이 느껴진다.

쌔근쌔근.

테이도의 뒤를 보니 아기들은 침상에 나란히 누워 잠을 자고 있었다.

이상한 일이다.

보통 지금쯤은 아기들이 활발히 활동을 하는 시간이다. 지금까지 이런 일은 한 번도 없었던 것이다.

사실 아기들이 지금 이렇게 잠을 자는 이유는 간단했다. 다른 게 아니라 바로 테이도가 아기들의 수혈을 짚어 잠들게 하였기 때문이다.

그는 아기들의 저녁을 평소보다 한 시간 정도 앞당겨 먹이고는 바로 수혈을 짚어버렸다. 평소에 아기들의 수혈을 잘 짚지 않던 테이도가 오늘따라 그렇게 한 이유는 무엇일까?

답은 바로 책에 있었다.

카나스가 오전에 전해준 그 마법 수식 기초편 말이다.

탁—!

테이도는 마법 수식이 적힌 책을 덮었다. 그리고는 자신의 손을 한번 유심히 바라보았다.

잠시 후, 그 손으로 이상한 모양을 취하는 테이도.

"카나스가 마법 수인을 맺을 때 아마 이런 모양이었지?"

테이도는 눈을 감고 주위의 마나를 끌어들였다.

카나스가 행한 개더링의 과정을 테이도가 지금 하고 있는 것이었다.

얼마 후, 그의 입에서 마법의 시동어가 터져 나왔다.

"라이트!"

화아아아악—!

실내가 순간적으로 엄청난 빛에 휩싸였다.

그 빛은 탁자에 놓여 있는 등촉의 불빛을 잡아먹을 정도로 엄청난 밝기를 자랑했다.

테이도의 눈앞에 떠 있는 빛의 구.

"헤헤헤, 역시 되는구나. 내, 될 줄 알았어. 그런데… 약간 카나스와는 다른데?"

테이도는 자신이 방금 펼친 마법이 카나스의 라이트 마법과 조금 다름을 느낄 수 있었다.

카나스가 전해준 마법 수식 기초편의 제일 마지막에는 라이트 마법을 이루는 수식이 부록으로 적혀 있었다.

테이도는 그 책을 오늘 반나절을 모두 소비해 가며 끝까지 다 읽고는 부록에 적힌 라이트 마법을 한번 시전해 볼 생각을 하였다.

한데 이상한 것이, 마법 수식을 책에 있는 그대로 따라서 캐스팅했는데 막판에 수식이 제 맘대로 조금 변한 것이다.

그 변하게 만든 힘은 희한하게도 자신의 중단전에 자리 잡은 금단이었다. 아무래도 뭔가가 있는 듯했다.

테이도는 방금 전 자신이 펼친 마법을 골똘히 생각해 보았다. 잠시 후, 다시 한 번 라이트 마법을 시전해 보기로 결심하였다.

마나가 모이고 캐스팅이 행해졌다.

그리고 시동어가 터지기 직전, 자신의 금단의 기운이 수식이 이루어진 곳으로 다가가 살짝 변화를 주었다. 방금 전과 똑같은 상황이다. 녀석은 마치 이게 진짜 라이트 마법의 수식이라고 주장하려는 듯이 굴었다.

테이도는 몇 번을 원래의 수식대로 계속 라이트 마법을 시전해 보고는 마지막에는 금단이 원하는 수식대로 마법을 전개해 보았다.

"라이트!"

화아아아악—

밝기가 확실히 원래의 수식보다 강하다.

"아무래도 이게 진짜 라이트 마법 같은데? 금단이 원하는 수식대로 하니까 한결 부드러워……."

테이도는 빛의 구슬을 캔슬시키고는 생각에 잠겼다.

'금단은 삼라귀원선법을 통해 생성되어졌어. 그 금단은 마법의 수식을 좀 더 효율적으로 만들어주었고 말이야. 힘은 적게 들면서 위력은 좀 더 강하게. 이런 걸 꿩 먹고 알 먹는 거라 할 수 있는 거겠지.'

팅팅!

테이도는 탁자 위에 놓여진 찻잔을 톡톡 건드리며 계속해서 생각을 이어갔다.

'삼라귀원선법과 마법. 요거 둘이 궁합이 너무나 잘 맞는 것 같은데? 찰떡궁합이야, 찰떡궁합! 삼라귀원선법이 처음 내 손에 쥐어졌을 때에는 상편이 전부였어. 하편을 보지 못해서 뭐라고 확신은 못하지만 하편은 분명 삼라귀원선법의 실용 법문이 적혀 있었을 거야. 으음! 근데 갑자기 되게 궁금해지네. 그 실용 법문은 어떤 내용일까?

지금 잠깐 생각해 본다고 해서 보지도 못한 하편이 어떠한 것인지는 알 수 없다. 테이도는 그냥 단순하게 생각하기로 했다.

'아마도 그 실용 법문은 마법과 비슷했을 거야. 그래, 그래. 요건 거의 틀림없을 것 같아.'

삼라귀원선법에 대해 이런저런 생각을 하던 테이도. 어느 순간부터 입꼬리가 귀에 걸릴 정도로 커져 간다. 그리고는 갑자기 그의 입에서 방정맞은 웃음소리가 터져 나왔다.

"에헤헤헤헤! 몰랐구나. 미안하다. 삼라귀원선법, 삼라귀원선법……. 네가 바로 보물이었어. 바로 진정한 최고의 보물. 에헤헤헤헤헤헤!"

갑자기 삼라귀원선법이 미치도록 예쁘게 보이는 테이도다. 그날 그의 방정맞은 웃음은 밤새도록 이어졌다.

*　　　*　　　*

카나스는 전날과 마찬가지로 시원한 나무 그늘 아래 앉아 있었다.

휘이이이잉—!

시원한 나무 그늘 아래로 더욱 시원한 바람이 불어온다. 앞으로도 자주 야외 수업을 해야겠다는 생각이 들 정도로 날씨는 좋았다.

그의 앞에는 테이도와 아기 넷이 나란히 붙어 있었다.

카나스는 지금 테이도가 자신에게 뭔가를 보여주겠다는 말에 말없이 그가 하는 모양을 지켜보고 있는 중이었다.

"라이트!"

화아아아악—!

허공에 빛의 구가 생성되며 어둡지 않은 아침을 더욱 밝혀주었다.

"……!"

카나스는 이곳 열대우림 기후인 드레듀스 섬에서 태어나 난생처음으로 얼음이 무엇인지를 알았다. 그 자신이 얼음 동상이 돼버렸으니 모를 수가 없는 것이다.

잠시 후, 간신히 얼음 마법에서 깨어난 카나스는 떨리는 음성으로 물었다.

"혀, 형님, 어떻게 라, 라이트 마법을 펴, 펼치신 겁니까?"

테이도는 카나스의 황당하다 못해 믿을 수 없다는 듯한 표정에 간단히 대답해 주었다.

"마법 수식대로 해봤지."

“수식대로요?”

“그래. 네가 준 마법 수식 기초편 맨 뒷장에 적혀 있는 거. 바로 그것대로 해본 거야.”

카나스는 믿을 수 없다는 듯 다시 물었다.

“그럼 어제 하루 동안 그 두꺼운 책을 모두 다 읽고 이해했다는 말입니까?”

“응.”

“그게 말……!”

카나스는 말을 하려다가 중간에 멈추었다. 일단 이 문제는 그냥 넘어가기로 한 것이다. 자기가 지금까지 봐온 바로는 테이도의 머리는 천재 이상으로 똑똑했기 때문이다.

“그럼 심장엔 언제 1써클의 마나를 새겨놓으신 겁니까?”

“아아! 네가 저번에 지나가는 투로 얘기한 그거? 나, 심장에 그거 없어.”

테이도는 어제 카나스가 심장에 새겨진 원 모양의 기선으로 마나를 통제하는 방법을 보고는 자신의 금단도 그런 역할을 할 수 있지 않을까 하는 생각에 어제 밤늦게 시험해 본 것뿐이다.

그 시험은 당연히 카나스의 마법보다 더욱 훌륭한 결과로 나타났고 말이다.

“그, 그게 말이나 되는 소리입니까? 형님, 어떻게 심장에 마나 써클을 형성하지도 않고 마법을 쓸 수 있습니까?”

테이도가 짐짓 화난 듯이 말했다.

"너, 목소리가 크다? 감히 이 형님께 대드는 거냐?"

"아, 아니, 그게 아니구요, 형님!"

카나스는 테이도의 들려올려진 손가락을 보고는 흥분된 마음을 가라앉히려고 무지 애썼다. 그리고는 잠깐 침묵의 시간으로 들어가서는 복잡한 생각을 정리했다.

잠시 후, 카나스는 테이도에게 마법을 어떻게 사용하게 되었는지를 처음부터 세세하게 물어보기 시작했다.

마법 수인은 언제 배운 것인지에서부터 개더링의 문제와 캐스팅 등의 다양한 질문들이 이어졌다.

테이도는 마치 이것은 별거 아니라는 듯이 카나스의 질문이 나올 때마다 대충 성의없이 대답해 주었다.

시간이 흐를수록 카나스의 얼굴 표정이 변해갔다. 중반쯤 엔 입이 귀에 걸릴 정도로 변했다가 마지막엔 눈이 풀린 허탈한 모습을 보여주었다.

"하아아……!"

"어린놈이 아침부터 웬 한숨이야? 복 달아나게!"

카나스는 힘없는 목소리로 대답했다.

"아아! 죄송합니다, 형님! 그냥 제 기분이 좀 그래서요."

모든 질문과 대답이 끝난 후, 카나스의 마음엔 자괴감이라고 해야 할까, 어쨌든 허탈한 감정 비슷한 게 들어섰다.

자신의 나이 올해로 스물한 살. 마법은 2써클을 마스터한 상태고 조금 더 노력하면 3써클을 바라볼 수 있을 정도로 마법에 뛰어난 재능을 가졌다.

스승인 파구스 촌장의 칭찬이 대단했고, 자신도 스스로는 몰랐지만 마법에 대한 자부심이 가득했다. 그 자부심은 언제부턴가 자만심으로 변했던 것 같다.

그러한 자만심이 방금 전 테이도의 말도 안 되는, 도저히 믿을 수 없는 마법적 재능을 보고는 바닷가의 모래성처럼 힘없이 무너지는 기분이 들었다.

카나스는 테이도를 바라보며 맥 빠진 음성으로 말했다.

"형님, 오늘의 수업은 그냥 이대로 끝냈으면 좋겠습니다. 원래는 당분간 제가 형님의 마법에 대한 수업을 맡아 가르치려 했는데… 일단은 스승님을 찾아뵙고 여러 가지 의견을 나누어봐야 될 것 같습니다."

갑자기 테이도가 미간을 좁히며 다시 손을 들어 올렸다. 그러고는 가운뎃손가락으로 카나스의 이마에 꿀밤을 먹였다.

딱콩!

"아얏!"

"이 자식이 아까부터 복 달아나는 짓만 하고 있어! 좀 생기 있게 말할 수 없어?"

"예에……."

"이 자식이 또!"

다음날 아침.

덜컹!

문이 열리며 파구스 촌장이 들어왔다.

"까르르르르!"

테이도는 침상에서 아기들에게 비행 놀이를 시켜주며 놀고 있었다.

"어이구! 영감님, 오셨습니까?"

그의 반가운 인사에 파구스 촌장은 다짜고짜 마법을 펼쳐보라고 했다. 테이도는 그의 모습에 희미한 미소를 짓고는 바로 마법을 보여주었다.

"라이트!"

화아아아아악—!

파구스 촌장도 카나스와 별다를 게 없었다.

그의 표정 또한 도저히 믿을 수 없다는 듯 서서히 변해갔다. 다음 수순도 마찬가지로 진행되었다.

카나스와 똑같은 질문이 이어졌고, 테이도의 대답 또한 성의없이 펼쳐졌다. 다만 다른 점이 하나 있다면 파구스 촌장은 자신이 펼친 라이트 마법이 어떻게 더 강한 밝기를 유지하는지에 대한 질문을 추가했을 뿐이다.

파구스 촌장은 예전에 펼치려다 그의 방해로 실패했던 마법을 떠올렸다. 그는 테이도에게 가만히 있으라고 말하고는 바로 마법을 펼쳤다.

"디텍트 마나!"

"……."

실패했다.

마법은 이루어졌지만 테이도의 몸속 마나를 읽어낼 수 없었다. 무언가 파구스 촌장 자신으로서는 알 수 없는 어떤 힘이 테이도의 몸을 감싸고 있었던 것이다.

촌장은 몇 가지 추가적인 질문을 더 하고는 이내 힘없는 발걸음으로 걸어나갔다.

테이도는 파구스 촌장이 나이 많은 노인네만 아니었다면 카나스처럼 꿀밤을 먹였을 텐데 하며 아쉬워했다.

*   *   *

우르르르릉―!

콰쾅!

쏴아아아아아……!

짙은 차향이 풍겨 나오는 실내.

테이도는 지금 탁자 위에 놓인 칡차를 마시며 책을 읽고 있었다.

탁 트인 밖에 나가 책을 보려고 했는데 하늘에 또다시 먹구름이 끼어 어쩔 수 없이 다시 안으로 들어오게 되었다. 탁자 위에는 십여 권의 책이 아무렇게나 널려 있었다. 책의 제목을 보니 모두 마법에 관한 책자들이다.

마법학 그 시작점, 흑마법의 현재와 미래, 네크로맨서의 엉뚱한 오해, 마법, 알고 보면 쉽다, 마법 수식의 일반 1권 등등…….

지금 시간은 오전 열한 시 즈음.

테이도는 마법 수식의 일반 2권을 읽고 있는 중이었다.

원래대로라면 이 시간엔 카나스에게 마법 수업을 받아야 했다.

하지만 얼마 전에 있었던 라이트 마법 사건 이후로 혼자서 책을 통해 마법을 익히게 된 테이도이다. 물론 완전히 혼자서 마법을 익혀야 하는 건 아니었다.

마을의 일을 마친 파구스 촌장이 밤에 찾아와 마법에 관한 수업을 한 시간 정도씩 해주고는 있었다. 수업은 주로 테이도가 하는 질문에 답을 해주는 식으로 진행되었다.

요즘엔 파구스 촌장도 마법에 대한 열정이 다시 살아나는 듯한 기분이었다.

촌장은 거의 오륙 년 정도를 5써클 유저에 머물고 있었다. 물론 마을 일을 보느라 마법에 소홀한 점이 어느 정도는 있었다. 하지만 몇 년간 전혀 마법이 진전을 보이지 않자 거의 체념 상태로 바뀌어 있었다.

그런 그가 테이도의 이상한 마법적 재능과 그가 보여준 라이트 마법에 관한 새로운 수식으로 인해 마법에 대한 열정이 되살아났다. 요즈음엔 다시 마법에 대한 연구와 수련을 틈나는 대로 하고 있는 것이다.

이상한 것은 어찌 된 일인지 테이도가 가르쳐 준 라이트 마법의 새 수식이 그에겐 적용되지 않는다는 사실이었다. 가르쳐 준 대로 몇 번을 해보았지만 마법이 발현되지 않았던 것이다. 이건 정말 이해 불능의 일이었다.

탁—!

테이도는 읽고 있던 책을 덮고는 자리에서 일어났다. 그리고는 침상에서 자고 있는 아기들에게 다가갔다.

"아아, 이 자식들! 언제쯤 깨어날까나. 조금 걱정이 되기는 하네."

테이도는 잠자고 있는 아기들의 볼을 차례대로 한 명씩 쓰다듬어 주었다.

"알에서 태어난 특별한 아이들이다 보니 보통의 아이들과 다르다는 것은 당연한 일이긴 한데……."

사실 희한하게도 아기들은 삼 일 전부터 잠을 자고 있는 중이다. 그 삼 일 동안 아기들은 단 한 번도 깨어나지 않았다.

테이도는 이상한 생각에 아이들의 몸을 살펴보았는데, 놀랍게도 네 아이는 겨울잠을 자는 곰처럼 동면을 하고 있는 상태였다.

물론 여기는 겨울이라는 날씨가 존재하지 않기 때문에 동면이라는 말은 좀 그랬지만, 어쨌든 그와 비슷한 형태로 아이들은 자고 있는 것이었다.

테이도는 아기들의 몸 내부를 다시 한 번 세세히 살펴본 후 기다리는 수밖에는 없다고 판단했다. 아기들 모두가 동면을 한다면 나름대로 특별한 이유가 있을 터. 자신은 틈틈이 금단의 기운을 아기들에게 전해주면 된다고 생각했다.

"애들이 조용해서 공부하기에는 좋은데… 뭔가 허전하군."

테이도는 아기들의 고사리 같은 손을 한 번씩 잡아주고는 이내 다시 돌아가 의자에 앉았다.

"휴우……!"

그의 입에서 저도 모르게 한숨이 흘러나왔다.

『테이도의 모험』 2권에 계속…

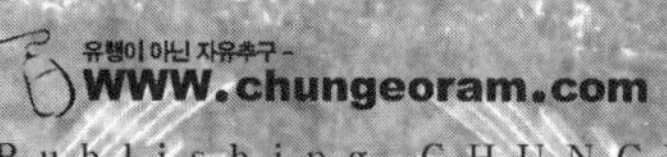

유행이 아닌 자유추구 -
WWW.chungeoram.com
Book Publishing CHUNGEORAM

The Chain of the
Northern Sky

아울 판타지 장편 소설
FANTASY FRONTIER SPIRIT

북천의 사슬

"강해져라! 내가 보지 못하는 순간에도
네가 자신을 지킬 수 있도록."

달이 거꾸로 서는 날이 되면 찾아든다. 언제나 낯선 세상의 그림자와 함께.
이 세상의 경계 너머 있는 듯한,
세상의 허허로운 바람과 차가운 눈보라같이.

삼켜진 달의 전사, 그리고 이제 한줌만 남은 왕의 기사,
풍요와 영광을 잃고 퇴색한 왕국을 지켜온 기사, 클로드 버젤이다.